LA JUSTICE

INTRODUCTION

CHOIX DE TEXTES

COMMENTAIRES

VADE-MECUM

ET BIBLIOGRAPHIE

par

Magali Bessone

GF CORPUS

GF Flammarion

ISBN : 2-08-073050-9

SOMMAIRE

III

RENDRE JUSTICE OU RENDRE LA JUSTICE ?

INTRODUCTION

La justice est-elle une norme morale individuelle ou universelle ?

De l'expérience de l'injustice au relativisme éthique

Les 30 et 31 octobre 1998, le cyclone Mitch traverse deux des pays les plus pauvres d'Amérique centrale, le Honduras et le Nicaragua, et cause des inondations et des glissements de terrain qui ravagent ces pays : c'est *injuste*. Des premiers combats de 1949 à la fuite du dalaï-lama en 1959, la Chine pénètre et colonise progressivement le Tibet en multipliant les mesures arbitraires ; le Tibet en appelle à la communauté internationale, qui, si elle s'émeut, n'intervient pas : c'est *injuste*. La première expérience à laquelle nous sommes confrontés immédiatement n'est pas celle de la justice, mais bien plus évidemment celle de l'injustice, et même, *des* injustices. En découlent le sentiment d'altération d'un certain ordre, ou encore le sentiment d'un mal injustifiable, que nous éprouvons à l'égard d'événements qui relèvent d'actions humaines ou de forces naturelles. Mais peut-on parler de justice ou d'injustice hors du plan des actions humaines ? N'est-il pas impropre de nommer « injuste » un événement qui ne relève que du hasard ? La justice se fonde-t-elle strictement sur des conventions humaines, ou peut-on légitimement supposer une justice – ou une injustice – inhérente au cours des choses, et, dans ce cas, comment s'y inscrit l'action humaine ? De nombreuses catastrophes naturelles semblent être aussi tributaires de décisions humaines : le cyclone Mitch a été meurtrier au Nicaragua, parce que les infrastructures y sont fragiles, les conditions d'hygiène déplorables, etc. La justice est-elle positive, instituée et politique, ou relève-t-elle d'un sentiment ou d'un sens moral, fondateur d'une norme de justice qui dépasserait le cadre humain ?

La seconde expérience que nous faisons, lorsque nous tentons d'appréhender l'idée de justice, est celle de la diversité des règles, des institutions ou même des principes moraux que la justice humaine a établis. Le fait de vivre une injustice – que l'on soit victime, spectateur ou acteur – implique toujours une certaine idée de la justice que l'on ne peut définir comme claire et distincte. Si la justice est de l'ordre d'une institution, l'expérience historique ou anthropologique que l'on en a (l'esclavage est-il juste ? l'inceste est-il juste ?) nous conduit à ne considérer que des justices relatives, sans parvenir à saisir une justice absolue.

L'expérience de l'injustice s'impose clairement à notre conscience, mais la justice reste difficile, sinon impossible, à cerner et à définir. C'est la position soutenue par Hans Kelsen (*What is Justice ? Justice, Law and Politics in the mirror of Science*, University of California Press, Berkeley et Los Angeles, 1957), pour lequel tout ce que l'on peut déduire de la diversité des tentatives de justifier les systèmes moraux et les systèmes judiciaires, c'est la diversité des valeurs, et la futilité de tenter d'établir un modèle de comportement humain comme juste. La justice absolue n'est qu'une illusion. Le relativisme éthique que défend Kelsen impose à l'individu de choisir parmi ces systèmes, par ailleurs tous équivalents, ce qui, pour lui, est bien ou mal, juste ou injuste. Il semble pourtant que des injustices bien réelles existent, desquelles on peut se plaindre, contre lesquelles on peut lutter, ou que l'on peut vouloir justifier. Et le relativisme éthique normatif de Hans Kelsen, s'il refuse de reconnaître une justice absolue, propose néanmoins l'existence d'une certaine justice fondée sur la tolérance, qui à son tour équivaut à la liberté, laquelle n'est possible que dans une forme de gouvernement démocratique ; or ce principe de tolérance, il le veut valide et efficace pour tout être rationnel, réinvestissant ainsi le champ de la morale. Que la justice absolue soit insaisissable n'invalide ni l'exigence d'universalité qui dépasse tout système juridique et moral, ni le caractère normatif qu'elle revêt à l'égard du comportement de chaque individu, le mettant au contraire à chaque instant face à la lourde responsabilité d'être juste sans y être obligé. Même le relativisme éthique a besoin de l'étalon d'une norme universelle pour nommer ce qui est juste.

Le sentiment de l'injustice

Le sentiment de la justice – ou de l'injustice – semble être la chose du monde la mieux partagée. Nous pouvons nous interroger sur sa genèse : Serge Lebovici, dans l'article « C'est pas juste » (cf. W. Baranès et M.-A. Frison-Roche, *La Justice, l'obligation impossible*, Autrement, 1995), estime que si les concepts de justice et d'injustice sont tardifs, ils sont précédés de « prénotions », elles-mêmes issues d'expériences qui remontent à la petite enfance. Le sentiment d'injustice naît lorsque le très jeune bébé ressent un relatif délaissement de la part de sa mère : « Il paraît bien que les conditions d'union des soins maternels avec le bébé devraient faire de sa vie un paradis qu'il ne peut qu'imaginer, en raison de l'*injustice* dont il est victime » (p. 15). La notion de justice apparaît vers douze ans, mais le sentiment en lui-même nous est commun à tous dès nos premières expériences vécues, et il ne disparaît pas avec l'acquisition du concept rationnel. Nous éprouvons tous de l'indignation face à une action que nous n'hésitons pas à qualifier intuitivement d'injuste, avant même de faire le détour de la raison. Un sentiment peut se définir comme une réaction sensible, subjective (en cela, il diffère de la perception ou la sensation, initiatrices d'une démarche qui mène à la connaissance objective), née d'une émotion, mais consistant en un état affectif plus durable que l'émotion. Le sentiment n'est pas du côté de la connaissance, qui relève de la raison, il n'est pas discursif, et il est réactif : il n'est pas premier. Nous sommes témoins d'un événement (quelqu'un ne reçoit pas son dû), et avant de nous demander pourquoi il ne l'a pas reçu, ou si c'était vraiment quelque chose qui lui était dû, et au nom de quels critères, etc., nous allons traduire le sentiment que nous éprouvons par : « ce n'est pas juste ». Notre aspiration à la justice est motivée par ce sentiment de l'injustice.

Rousseau défend l'idée de la primauté de ce sentiment dans l'*Émile ou de l'éducation*, en particulier au livre IV (p. 289-307), où il réfute anthropologiquement la théorie du droit naturel. Selon la tradition issue d'Aristote et adaptée par le christianisme thomiste, la théorie du droit naturel identifie le *jus* au *justum* : le *jus* est *naturale* parce qu'il fait partie de l'ordre des choses universellement voulu par Dieu ; selon la théorie classique du droit naturel, telle qu'elle est d'abord énoncée par Grotius puis reprise notamment par Hobbes, le droit est conçu comme un pouvoir inhérent à la nature humaine, expression de la nature *en* l'homme et spécifique de la nature *de* l'homme : le pouvoir de tout faire pour se conserver (cf. texte n° 12). Pour Rousseau, il est impossible de séparer morale et politique, et toute philosophie morale doit partir des passions naturelles, des besoins des hommes. « Si c'en était ici le lieu, j'essayerais de montrer comment des premiers mouvements du cœur s'élèvent les premières voix de la conscience, et comment des sentiments d'amour et de haine naissent les premières notions du bien et du mal : je ferais voir que *justice* et *bonté* ne sont point seulement des mots abstraits, de purs êtres moraux formés par l'entendement, mais de véritables affections de l'âme éclairée par la raison, et qui ne sont qu'un progrès ordonné de nos affections primitives », et en note « l'amour des hommes dérivé de l'amour de soi est le principe de la justice humaine » (p. 305-306). La pitié et l'amour de soi sont les deux sources du sentiment de la justice, qui relève d'abord et avant tout du cœur humain. La pitié est le « premier sentiment relatif », qui marque les prémices de l'humanisation de l'homme, en tant qu'il est une espèce morale : la nature fait dériver la pitié immédiatement de l'amitié, car l'homme a une destination morale. La pitié conduit à la considération de l'Autre, ce qui ferme par nature la voie à l'inégalité et l'injustice. La pitié est populaire et démocratique, et l'homme est démocrate par le seul jeu de ses passions. Les trois maximes de la pitié sont : « Il n'est pas dans le cœur humain de se mettre à la place des gens qui sont plus heureux que nous, mais seulement de ceux qui sont plus à plaindre » (p. 289), « on ne plaint jamais dans autrui que les maux dont on ne se croit pas exempt soi-même » (p. 290), « la pitié qu'on a du mal d'autrui ne se mesure pas sur la quantité de ce mal, mais sur le sentiment qu'on prête à ceux qui le souffrent » (p. 291). Le sentiment de pitié attache chaque homme à ses semblables, et il est lié au sentiment de l'amour de soi : il y a, dans la pitié, le bonheur de ne pas souffrir de ce qui nous émeut. Justice bien ordonnée commence par soi-même : je m'attache à mon semblable pour l'amour de moi, et « c'est pour ne pas souffrir que je ne veux pas qu'il souffre » (note, p. 306). Rousseau fait donc surgir la dimension morale de l'espèce humaine d'une réaction d'ordre quasi physiologique et de l'amour de soi.

La vertu de justice

Cependant, la pitié doit s'élargir en vertu pour mener à la justice. « Étendons l'amour-propre sur les autres êtres, nous le transformerons en vertu » (p. 329). Or, l'amour du genre humain est l'amour de la justice : Rousseau oppose l'intérêt individuel et l'amour d'autrui, qui veut son bonheur, c'est-à-dire le bonheur de l'espèce, et non le bonheur d'un individu. Ce que l'homme doit acquérir, c'est la conscience de son espèce. « Pour empêcher la pitié de dégénérer en faiblesse, il faut donc la généraliser et l'étendre sur tout le genre humain. Alors on ne s'y livre qu'autant qu'elle est d'accord avec la justice, parce que, de toutes les vertus, la justice est celle qui concourt le plus au bien commun des hommes » (p. 329). Si la justice est issue d'un sentiment, et cela fait sa force, elle-même ne peut être un simple sentiment, radicalement subjectif, faible, intermittent, et, ultimement, immoral, voire injuste (la pitié soulevée par un méchant que l'on torture est en fait une cruauté pour l'espèce dans son ensemble). La justice est une *vertu*, à acquérir par l'éducation, et c'est la fonction de l'*Émile*, en particulier du livre IV qui contient la profession de foi du vicaire savoyard. Rousseau, ici, rejoint l'enseignement du christianisme : la doctrine chrétienne différencie les vertus théologales, directement rattachées à Dieu, qui les donne à l'homme dans le dynamisme de la grâce (foi, espérance et charité), et les vertus cardinales, naturelles ou morales, qui se fondent sur la nature de l'être humain qu'elles perfectionnent. Ces dernières s'acquièrent de façon durable par un exercice constant ; ce sont donc des vertus acquises : prudence, force, tempérance et justice.

Cette tradition renvoie à Platon, qui distingue, dans la *République*, quatre vertus : la sagesse, le courage, la tempérance et la justice. On peut considérer que cela clôt la discussion engagée dans le *Ménon* : au-delà de la multiplicité des vertus, existe-t-il une essence unique de *la* vertu ? Le *Ménon* est un dialogue dit « socratique », ou « aporétique », où la réponse est davantage à chercher dans la forme même du dialogue que dans son contenu : au terme du dialogue, on sait ce que la vertu n'est pas, mais sa définition nous a échappé. La vertu n'est pas une opinion droite, puisque la morale doit être élevée au rang de science ; la vraie réponse de Socrate se dissimule probablement dans ce qui n'apparaît que comme une digression, à savoir le passage sur la réminiscence. Ménon n'a pas compris l'enjeu de cette voie, mais du moins, il sait désormais que sa pseudo-vertu, qui se répand en discours savants, n'est qu'une opinion droite ; ainsi, il ne prétendra plus l'enseigner. L'intention de Platon est manifestement polémique, et le véritable enjeu du dialogue est de lutter contre la rhétorique qu'utilisent les hommes politiques à leurs fins personnelles. C'est pourquoi il inaugure la méthode de la réminiscence, démarche philosophique qui relie l'approfondissement de l'intériorité et l'analyse de la nature des idées. Ce qui nous est suggéré ici, c'est que si l'on ignore ce qu'est la vertu, c'est que l'on s'est oublié soi-même, que l'on a oublié son âme. On peut rapprocher le mythe de la transmigration des âmes du *Ménon* (81b-e) du mythe d'Er le Pamphilien, qui clôt la *République* : connaître la vertu, c'est se rappeler d'où vient son âme. Dans le *Ménon*, Socrate s'en tient à une définition purement formelle de la vertu comme sagesse ou raison, pour se consacrer ensuite au problème de son enseignement. En effet, la capacité de bien juger suppose une éducation, et ne tient pas seulement à un bon naturel ; c'est la fonction primordiale de toute Cité de dispenser cet enseignement, grâce auquel elle assure sa propre pérennité.

Si nous considérons que la cité utopique construite dans la *République* représente l'idéal politique, nous pouvons prolonger les dialogues et tenter d'analyser les apories restées en suspens. Il y a identité de structure entre l'âme et la Cité, et connaître l'âme vertueuse revient à connaître la Cité vertueuse, donc à connaître la vertu. Il existe quatre vertus fondamentales : la sagesse, vertu de la fonction dirigeante, des gardiens qui gouvernent la Cité ; le courage, qui consiste en une opinion droite sur ce qui est à craindre et à affronter, vertu des guerriers qui assurent la sauvegarde de la Cité ; la tempérance, qui s'applique à l'ensemble des trois classes (y compris les artisans et les agriculteurs) ; enfin, la justice, condition des autres vertus qu'elle enveloppe et produit : « Ce principe qui ordonne à chacun de remplir sa propre fonction pourrait bien être, en quelque manière, la justice » (*République*, p. 185). La justice est la force nécessaire qui concourt, avec les trois autres vertus, à la vertu de la Cité, sans laquelle ces trois dernières ne sont pas même des vertus. L'injustice, au contraire, est « le plus grand méfait que l'on puisse commettre à l'égard de sa propre Cité », et c'est « la confusion et la mutation de ces trois classes » (*ibid.*, p. 186). Que chacun accomplisse la tâche qui lui est propre, c'est le principe même de la justice. Or la différenciation des parties internes de l'âme (*nous*, *thumos*, *epitumia*) correspond aux différentes classes de la Cité. La justice est la vertu par excellence, elle relève d'une exigence intérieure – exigence de limitation et d'équilibre –, conçue comme condition d'une vie bonne ; la Cité juste éduque les citoyens, leur inculque cette exigence d'harmonie, qui vaut pour le corps et pour l'esprit. C'est la raison pour laquelle l'éducation platonicienne met l'accent sur la musique et la gymnastique.

Nous touchons alors aux limites du parallèle entre la Cité et l'âme : l'éducation des citoyens s'intéresse aussi au corps, car les hommes, dans la Cité, sont à la fois un corps et une âme. C'est là que se précise l'insuffisance de la vie politique. La vie dans la Cité n'est pas la vie philosophique ; et non seulement elles ne se recoupent pas parfaitement, mais elles s'opposent même par certains aspects. La Cité juste n'est pas nécessairement composée d'hommes justes (seuls les sages gardiens connaissent cette harmonie de l'âme par laquelle on peut être appelé juste), et le philosophe, homme juste par excellence, meurt condamné par la Cité. Si la République idéale est une utopie, c'est qu'il y a une irréconciliable contradiction entre le philosophe et le roi ; non que le premier soit corrompu par le pouvoir (contrairement à l'opinion de Kant, qui estime que la philosophie doit garder son rôle critique et, sur cette base, juge non souhaitable que les philosophes deviennent rois ou les rois philosophes, cf. *Vers la paix perpétuelle*, p. 109), mais parce que la véritable justice n'a partie liée qu'à l'âme.

Une société juste est-elle une société de Justes ?

Socrate, exemple paradigmatique du philosophe et de l'homme juste, doit choisir de mourir dans la Cité. Pourtant, même si la société exige sa mort, c'est aussi par et dans la société qu'il est homme. Repenchons-nous sur

Rousseau : « Un être vraiment heureux est un être solitaire ; Dieu seul jouit d'un bonheur absolu ; mais qui de nous en a l'idée ? Si quelque être imparfait pouvait se suffire à lui-même, de quoi jouirait-il selon nous ? Il serait seul, il serait misérable. Je ne conçois pas que celui qui n'a besoin de rien puisse aimer quelque chose : je ne conçois pas que celui qui n'aime rien puisse être heureux » (*Émile*, p. 287). Le sage socratique sait qu'il n'est pas un dieu, ni un misérable ; il sait qu'il ne vit que dans la Cité.

L'homme est par nature un animal politique, selon la célèbre définition aristotélicienne ; ce qui ne signifie pas qu'il est déterminé biologiquement, mais qu'il est un être tel que la vie la meilleure pour lui est la vie politique. Il ne peut atteindre ses fins les plus élevées que par la vie en commun ; or la fin la plus élevée de l'homme est le souverain bien, c'est-à-dire le bonheur en tant qu'il revêt toujours en même temps un caractère individuel et un caractère collectif. Les hommes se rassemblent pour mener une vie heureuse. Mais cette conception hédoniste de la vie politique se prolonge par une pensée de la vertu, ce qui permet d'éviter l'écueil dénoncé par Hannah Arendt (*Essai sur la révolution*) : si l'on considère le bonheur personnel comme la fin du politique, le risque est grand de voir les citoyens se détourner de la vie publique, et même la considérer comme un obstacle au bonheur privé. Chez Aristote, le bonheur privé ne se conçoit que dans et par le bonheur public et est inséparable de la vertu. Or, la vertu par excellence est la justice, qui s'acquiert en agissant justement. L'homme juste est un homme heureux, pour Aristote. Et il faut à l'homme vertueux, à l'homme heureux, des amis. L'homme heureux possède par définition tout ce qui est désirable pour lui et il est un homme (c'est-à-dire un animal politique) par excellence ; il ne peut donc pas être solitaire. Par ailleurs, pour lui, la vie est un bien désirable en soi, et l'amitié consiste à vouloir du bien à ses amis, ou à se comporter avec eux comme avec soi-même ; la vie de son ami est donc pour lui désirable. L'homme heureux doit donc avoir des amis (*Éthique de Nicomaque*, livre IX, chap. IX). En outre, d'un strict point de vue politique, « si les citoyens pratiquaient entre eux l'amitié, ils n'auraient nullement besoin de la justice ; mais, même en les supposant justes, ils auraient encore besoin de l'amitié ; et la justice, à son point de perfection, paraît tenir de la nature de l'amitié » (*ibid.*, p. 230). L'amitié semble donc remplacer la justice comme vertu par excellence. Sans elle, les hommes sont malheureux (ils sont donc moins « hommes »). Une cité d'amis est une cité complètement autonome, et parfaitement réalisée en vue du bien commun. Or, la seule différence entre l'amitié et la justice est que la dernière comporte toujours une dimension institutionnelle. Si les hommes étaient suffisamment vertueux pour ne connaître que des rapports fondés sur l'amitié la plus haute (celle qui ne relève ni du plaisir ni de l'utile, mais de la vertu), la justice institutionnelle serait inutile. Les hommes s'aimeraient, vivraient dans une communauté où régnerait la concorde, et se consacreraient à la philosophie. Autrement dit, si les hommes étaient tous des Justes, ils n'auraient pas besoin de la justice. La justice, pensée comme sentiment, disparaît dans l'alliance de pitié et d'amour de soi, et, pensée comme vertu, elle s'identifie à l'amitié, ce qui ne convient que dans une pensée de l'*arêté* (excellence), c'est-à-dire élitiste. La justice doit entretenir un double rapport au lien social : elle le suppose, certes (si les hommes ne vivaient pas ensemble, ils n'auraient besoin que de pitié), mais elle le constitue en même temps (si les hommes pouvaient vivre ensemble sans elle, ils formeraient des communautés d'amis). La justice a pour fonction de rendre possible une vie en société pour les hommes tels qu'ils sont. La norme morale est insuffisante si elle ne s'accompagne pas de son application institutionnelle : considérer la justice comme une norme morale que chacun a en soi représente un trop grand risque ; la justice ne peut simplement obliger, elle doit contraindre.

C'est le sens de l'affirmation de Spinoza : « Si les hommes étaient ainsi disposés par la Nature qu'ils n'eussent de désirs que pour ce qu'enseigne la vraie raison, certes, la société n'aurait besoin d'aucunes lois, il suffirait simplement d'éclairer les hommes par des enseignements moraux pour qu'ils fissent d'eux-mêmes et d'une âme libre ce qui est vraiment utile » (*Traité des autorités théologique et politique*, trad. Ch. Appuhn, revue par R. Misrahi, Gallimard, Bibliothèque de la Pléiade, p. 684). Atteindre la vraie raison, devenir un Sage, Spinoza l'affirme à la fin de l'*Éthique*, se situe au terme d'une voie très ardue à parcourir ; ce serait se leurrer que de penser que tous les hommes en sont capables. Ils sont tous en proie aux désirs et aux passions, mais seuls les sages atteignent la connaissance de la raison qui peut modérer ces passions, ou les transformer, les guider. Les lois sont nécessaires à la conduite de la vie en société, qui, elle, affranchit les hommes de leur condition d'esclaves à l'égard de leurs sentiments. Sans la société, les hommes mèneraient une vie misérable et presque animale ; s'ils vivaient dans l'Âge d'or des poètes, ils seraient capables de distinguer ce qui est utile selon l'enseignement de la droite raison, et ce qui n'a que l'apparence de l'utile (qui n'est utile qu'à court terme pour les passions égoïstes d'un seul individu). Mais Spinoza refuse que la justice n'ait sa place que dans une utopie. Dès lors, de deux maux le moindre : la justice doit se réaliser dans les lois. Les hommes ne sont pas justes par leur seule vertu, leur seule moralité ; il faut donc les y aider, ou même les y forcer, afin que la société subsiste. « De là vient que nulle société ne peut subsister sans un pouvoir de commandement et une force, et par suite sans des lois qui modèrent et contraignent l'appétit du plaisir et les passions sans frein » (*ibid.*, p. 684-685). Mais la nature humaine ne supporte pas d'être contrainte, et les hommes n'acceptent pas d'être asservis à l'un de leurs semblables (cela ne serait d'ailleurs que déplacer le problème : on n'est pas plus libre en étant soumis aux passions d'autrui qu'aux siennes propres). Ainsi, les lois devront être décidées par tous, et applicables à tous.

Tout ce qui est légal est-il juste ?

Légalité et isonomie

Afin que les lois soient ces textes par lesquels la justice se réalise, elles doivent être des règles de droit. Or la justice s'identifie-t-elle parfaitement à la légalité ? On a pu dénoncer les abus de droits, ou le caractère illusoire de certains droits : celui, de vie ou de mort, du maître sur son esclave ou du mari sur sa femme. Tout ce qui est permis par la loi est légal, et les actions illégales sont celles qui sont contraires au droit existant et établi. Il est facile d'identifier, dans un premier temps, illégal et injuste. Par exemple, dans le droit français, tout individu est présumé innocent : la preuve de sa culpabilité doit être faite par les accusateurs, mais lui n'a pas à prouver son innocence. Si un individu est accusé et inculpé sans preuve, c'est illégal et injuste (le principe du jugement rendu selon l'intime conviction du juge étant mis à part). Ce rapprochement entre illégal et injuste soulève d'ores et déjà deux questions : d'une part, celle du rôle de la jurisprudence. La loi traite de cas généraux, c'est ce qui permet de l'appliquer à tous ; mais c'est également ce qui entraîne l'existence de « cas difficiles », selon l'expression de Ronald Dworkin, pour lesquels il est délicat de décider où et comment se situe l'illégalité. La seconde question, liée à la première, est celle de l'universalité de la loi. Tous les individus sont soumis à la loi, qui s'applique de la même façon pour tous. C'est l'égalité face à la loi qui garantit la justice. Mais cette égalité est ambiguë. L'isonomie signifie-t-elle l'égalité *par* la loi ou *devant* la loi ? Dans le second cas, les sujets juridiques sont tous égaux (mais comment définir un sujet juridique ? L'esclave à Athènes en 400 avant Jésus-Christ, le juif en France en 1942 ou la femme en Afghanistan en 1999 sont tout simplement exclus de la définition) et, de ce fait, la loi doit s'appliquer à tous sans distinction de sexe, de religion, de statut social, etc. La question de l'égalité se déplace. Le premier cas, celui de l'égalité par la loi, est illustré par la conception sophistique de la démocratie. Pour les sophistes athéniens, l'isonomie signifie « l'égalité de droits politiques pour tous les citoyens, une égalité créée par des développements constitutionnels – par la loi. On entendait par là non seulement le droit de voter, de remplir des charges, etc., mais avant tout le droit de participer à la prise de décision au Conseil et à l'Assemblée » (Moses I. Finley, *L'Invention de la politique*, trad. J. Carlier, Champs-Flammarion, 1985, p. 198). C'est la position défendue par Protagoras, dans le dialogue éponyme de Platon, pour qui la justice et la pudeur sont partagées entre tous les citoyens, qui sont, dès lors, autorisés à prendre part aux débats publics : « Lorsqu'[...] il s'agit de chercher conseil en matière d'excellence politique, chose qui exige toujours sagesse et justice, il est tout à fait normal qu'ils acceptent que tout homme prenne la parole, puisqu'il convient à chacun de prendre part à cette excellence – sinon il n'y aurait pas de Cité » (*Protagoras*, trad. F. Ildefonse, GF-Flammarion, 1997, p. 87). Protagoras ne soutient pas que tous les hommes ont la même quantité de vertu politique, mais que chacun a une liberté de parole : chacun a le droit de prendre part à la décision finale en votant. La seule vraie égalité entre les citoyens est donc la parole. Au-delà de cette limite, l'inégalité et la hiérarchie reprennent leurs droits.

L'isonomie pose donc le problème de l'application d'une certaine égalité à tous : qui sont les égaux ? Prenons, par exemple, toujours dans le droit français, le cas de l'immunité parlementaire, telle qu'elle est organisée en France aujourd'hui par l'article 26 de la Constitution de 1958 et par l'article 21 du Code pénal : elle comprend l'irresponsabilité (aucun membre du Parlement ne peut être poursuivi, arrêté, détenu ou jugé à l'occasion des opinions ou des votes émis par lui lors de l'exercice de ses fonctions) et l'inviolabilité (pendant la durée des sessions, toute poursuite ou arrestation doit être, sauf flagrant délit, autorisée par l'Assemblée ou, hors session, par le bureau de l'Assemblée). Un élu n'est donc pas traité comme un citoyen ordinaire. Les citoyens ont tous, de manière égale, voté et participé à l'élaboration des lois. Il faut cependant nuancer cet aspect : nous touchons ici à la délicate question de la démocratie représentative. Selon Bernard Manin, « l'élection ne peut, par sa nature même, aboutir à la sélection de représentants semblables à leurs électeurs » (*Principes du gouvernement représentatif*, Champs-Flammarion, 1995, p. 191). Même si sa dimension égalitaire est indéniable, l'élection « comporte indubitablement des aspects inégalitaires et aristocratiques » (*ibid.*) : c'est un choix, donc entrent en ligne de compte les préférences personnelles, les qualités extérieures des candidats (il faut savoir être remarquable, il faut pouvoir se faire remarquer), et la dynamique même de la compétition. Rien ne garantit donc que la véritable *excellence* politique soit choisie, ni que l'élu saura satisfaire ses électeurs. Les lois sont, par ailleurs, applicables à tous (ainsi, n'importe qui, devenant député ou sénateur, bénéficie légalement de l'immunité), mais c'est dans le texte même de la loi qu'un traitement de faveur est appliqué sur la simple base d'une fonction politique. Tout ce qui est légal n'est pas nécessairement légitime, c'est-à-dire conforme au bon droit, ou juste, c'est-à-dire conforme à un idéal du droit.

En ce sens, on peut dire d'une loi qu'elle est injuste selon deux critères : soit que l'on considère sa conception, soit que l'on se penche sur son application. Une loi injuste dans sa conception (les lois de Vichy d'octobre 1940 sur le statut discriminatoire des juifs, par exemple) implique que le pouvoir législatif qui promulgue les lois est injuste, par ignorance, par bêtise ou de manière délibérée. Le droit existant favorise ouvertement un groupe social par rapport à un autre, et la justice n'est plus alors qu'un alibi idéologique. Selon le second critère, une loi juste dont l'application est injuste met en cause soit le pouvoir judiciaire, s'agissant du déroulement du procès et de la proclamation de la sentence, soit le pouvoir exécutif, dans le déroulement de l'enquête et la mise en place de la peine déterminée par la sentence. Et la question qui se pose alors est celle de l'accès concret de tous à la justice institutionnelle : les différences (essentiellement sociales) se traduisent en inégalités, puis en injustices. Ces différents types d'injustices peuvent relever de la corruption d'un individu, d'une institution ou d'un système, ce qui n'appelle pas le même genre de réponse de la part des citoyens : la palette d'actions possibles varie de l'obéissance à une loi injuste à la révolution. Si seuls un individu ou une institution sont injustes, les critères de justice publiquement acceptés et mis en place ne sont pas niés ; mais si l'injustice est conforme à la conception de la justice de la société ou de la classe dominante, conception elle-même injuste, alors le citoyen ne peut en appeler à aucune autorité pour se faire rendre justice. Il doit donc passer dans l'illégalité : résistance, révolte ou révolution. C'est au nom de cette distinction que Rawls estime que l'injustice d'une loi n'est pas une raison suffisante pour ne pas lui obéir, et qu'il faut juger le système : si le système ne dépasse pas un certain degré d'injustice, il faut considérer chacune de ses lois comme obligatoire. Mais alors, chaque citoyen doit décider si un système est juste ou injuste avant d'obéir à une loi : c'est donner une énorme responsabilité morale et politique à chaque individu. D'autre part, sur quel critère fonder sa décision ? Pour Rawls, « on peut prendre comme règle générale qu'une conception de la justice est raisonnable proportionnellement à la force des arguments qui pourraient être présentés en sa faveur dans la position originelle » (*Théorie de la justice*, p. 393). Son critère est procédural : nous avons à nouveau recours à la position originelle, théorie du contrat où la bonne foi des contractants est assurée par le « voile d'ignorance » (cf. texte n° 9). Chacun, s'ignorant lui-même, ne sait pas ce qu'il abandonne de privilèges à tous, et ainsi l'impartialité du choix est assurée. Si la conception de la société peut être alors au moins discutée, la société est suffisamment juste et l'on doit obéir à toutes ses lois. Mais la théorie de Rawls n'est pas strictement procédurale, et fait appel à un « sens de la justice » immanent, partagé par l'ensemble des contractants et des citoyens ; au fond, la construction des sociétés représente la rationalisation de leurs convictions. Mais si les hommes n'étaient pas moraux ?

À la recherche d'un critère de légitimité

Il nous faut tâcher de trouver un autre critère, qui refuse toute pétition de principe, et que tous les hommes pourraient invoquer pour refuser l'application d'une loi ou juger qu'elle est injuste. Au nom de quoi peut-on dénoncer une pratique légale, ou même une loi ? L'idée de droit naturel reflète cette exigence : la loi naturelle, régulatrice, expression d'un droit naturel universel, s'oppose à la loi positive, considérée comme le texte qui régit artificiellement un droit positif changeant et incertain. Selon Leo Strauss, « le besoin du droit naturel est aussi manifeste aujourd'hui qu'il l'a été durant des siècles et même des millénaires. Rejeter le droit naturel revient à dire que tout droit est positif, autrement dit que le droit est déterminé exclusivement par les législateurs et les tribunaux des différents pays. Or il est évident qu'il est parfaitement sensé et parfois même nécessaire de parler de lois ou de décisions injustes. En passant de tels jugements, nous impliquons qu'il y a un étalon du juste ou de l'injuste qui est indépendant du droit positif et lui est supérieur : un étalon grâce auquel nous sommes capables de juger le droit positif » (*Droit naturel et histoire*, trad. M. Nathan et E. de Dampierre, Champs-Flammarion, 1986, p. 14). Sans le droit naturel, le droit positif serait soumis à l'arbitraire. Or, cet étalon que constitue le droit naturel ne doit pas être recherché dans un « idéal adopté par notre société ou notre "civilisation" tel qu'il a pris corps dans ses façons de vivre ou ses institutions » (*ibid.*, p. 15) : si l'on se contentait de ce type de norme, une société cannibale, qui possède elle aussi très certainement un tel idéal, serait fondée en justice, et rien, sauf la convention issue de notre histoire, ne nous empêcherait de devenir cannibales. Si l'on veut posséder une véritable norme de justice (et justifier le droit positif), ce n'est pas dans les idéaux que nous devons la rechercher. « Mais le simple fait que nous puissions nous demander ce que vaut l'idéal de notre société montre qu'il y a dans l'homme quelque chose qui n'est point totalement asservi à sa société et par conséquent que nous sommes capables, et par là obligés, de rechercher un étalon qui nous permette de juger de l'idéal de notre société comme de toute autre » (*ibid.*, p. 16). C'est donc dans cette capacité de questionnement que réside l'étalon de justice. Cependant, cette volonté de chercher une norme universelle est historique : nous recherchons un étalon valable universellement, mais nous sommes historiquement déterminés, et nos modes de pensée le sont aussi. Strauss parle de millénaires de droit naturel. Toutefois, sous un même mot, ce sont des réalités extrêmement différentes qui s'affrontent. Le droit naturel des Anciens (d'Aristote à Cicéron) est fondé sur l'idée d'une nature ordonnée et harmonieuse, au sein de laquelle l'homme est le seul élément capable de désordre (et la loi naturelle a pour but de ramener l'ordre) ; la théorie classique du droit naturel (illustrée par Grotius et Pufendorf) fonde le droit naturel sur un droit de l'individu isolé dans l'état de nature ; enfin, le droit naturel tel qu'on le pense au XXe siècle est un droit des citoyens comme membres de sociétés, de nations, de systèmes. Ainsi, il ne faut pas sous-estimer l'idée que la théorie du droit naturel, même lorsqu'on la conçoit comme la capacité de juger un idéal historique, est elle-même historique. Et, dans ce cas, comment juger au nom d'une justice universelle ?

Peut-être, à la complexité de l'analyse, nécessairement historique, du concept de droit naturel, peut-on préférer une idée rationnelle du droit, qui dépasse toute expérience possible, mais qui l'éclaire à la manière d'une exigence hors d'atteinte ; idée rationnelle, c'est-à-dire commandée par le principe d'universalité – la règle de droit doit valoir pour tous. La justice serait alors le lien entre le droit et la morale. La législation pratique de la raison, comme telle, présente l'action à accomplir comme nécessaire, du double point de vue moral et juridique. « La législation qui fait d'une notion un devoir, et en même temps de ce devoir un mobile est une législation éthique. En revanche, la législation qui n'intègre pas le mobile de la loi, et qui par conséquent admet un autre mobile que l'Idée de devoir, est juridique » (Kant, « Doctrine du droit », in *Métaphysique des mœurs*, p. 93). La vraie question du droit, pour Kant, n'est pas : « que dit le droit ? » qui porte sur la légalité, mais : « de quel droit ? » qui relève de la justice. Or, pour connaître la justice ou l'injustice d'une loi, il faut abandonner les jugements empiriques et en chercher la source dans la raison. On aboutit alors au principe universel du droit : « Est *juste* toute action qui permet ou dont la maxime permet à la liberté de l'arbitre de tout un chacun de coexister avec la liberté de tout autre suivant une loi universelle » (*ibid.*, p. 105). Ainsi le droit est-il lié à la moralité sous le simple regard de la liberté ; mais cette liberté est ici définie négativement dans le rapport de chacun à autrui (et non comme la *ratio essendi* de la loi morale) ; certes, le droit concerne des libertés, s'interroge sur la forme des volontés et non sur leur contenu, mais les devoirs qu'il entraîne ne sont qu'extérieurs. La moralité implique une intériorisation de l'idée de devoir, alors que le droit n'exige qu'une action conforme à la loi. La justice est la norme du droit en tant qu'est juste ce qui est conforme au devoir, et parce qu'elle a partie liée avec la considération de l'autre comme une liberté. La justice réconcilie donc la morale et le droit, car elle se distingue des deux.

La justice, entre discours et violence

Ce qui différencie justice et morale, c'est aussi cette faculté qu'a la justice d'autoriser le châtiment corporel, en vue de restaurer le droit et de donner satisfaction aux victimes. La conformité à la légalité prend appui sur la crainte de la punition. Le passage de la légalité à la moralité consiste donc pour cette autre raison en l'intériorisation de la norme. Et, si dans son acception la plus générale, la justice est une notion morale qui implique le respect du droit, la conformité au droit, elle est aussi une institution judiciaire dont l'une des fonctions principales est de juger et punir celui qui a agi illégalement (ou injustement). Le droit qui régit la vie en société au moyen de règles obligatoires n'est pas concevable sans sanctions. Ainsi le système juridique prévoit-il une échelle de sanctions par le moyen de lois (*nulla poena sine lege*, principe fondamental du droit pénal) : c'est la justice pénale. Or, pour Kant, la sanction protège la liberté, dans la mesure où le crime et le délit sont un obstacle à la liberté des autres. « Tout ce qui est injuste est un obstacle à la liberté suivant des lois universelles ; mais la contrainte est un obstacle ou une résistance exercée sur la liberté. Il s'ensuit que si un certain usage de la liberté même est un obstacle à la liberté suivant des règles universelles (c'est-à-dire est injuste), alors la contrainte, qui lui est opposée, en tant *qu'obstacle à ce qui fait obstacle à la liberté*, s'accorde avec cette dernière suivant des lois universelles, c'est-à-dire qu'elle est juste ; par conséquent une faculté de contraindre ce qui lui est nuisible est, suivant le principe de contradiction, liée en même temps au droit » (« Doctrine du droit », *ibid.*, p. 110). C'est au nom d'une liberté à rétablir – les hommes, êtres raisonnables, étant définis d'abord par leur liberté – que la punition est juste. La justice pénale résume l'essence même de la justice : si ma liberté a été altérée, il est de mon droit, il est juste, d'altérer cette altération : le criminel empiète sur *ma* liberté ; il me faut donc, pour rétablir la justice, réduire *sa* liberté. La contrainte que j'exercerai alors sur l'autre ne sera pas de l'ordre de l'injustice, car elle s'accordera avec les lois universelles posées dans le droit.

Paul Ricœur, analysant le rôle de la justice, s'interroge sur les conditions selon lesquelles l'acte de juger, sous sa forme judiciaire, est compétent. Quatre conditions sont nécessaires : « 1. l'existence de lois écrites ; 2. la présence d'un cadre institutionnel : tribunaux, cours de justice, etc. ; 3. l'intervention de personnes qualifiées, compétentes, indépendantes, que l'on dit « chargées de juger » ; 4. enfin un cours d'action constitué par le procès, évoqué un peu plus haut, dont le prononcé du jugement constitue le point terminal » (« L'acte de juger », in *Le Juste*, p. 187). Le jugement relève de l'acte de juger conçu comme faculté de prendre position ; certes, il y a toujours des possibilités d'appel, de recours, etc., mais on aboutit nécessairement à la décision d'un dernier arrêt que sanctionne la force publique. Cependant, Ricœur estime que l'on n'épuise pas l'acte de juger si on le considère sous ce simple aspect judiciaire : l'acte de trancher, qui met un terme à l'incertitude, et représente donc la conclusion d'une délibération, d'une estimation, est en même temps l'aboutissement d'une première forme de violence, le litige, et le point de départ d'une seconde forme de violence, la punition : « Derrière le procès, il y a le conflit, le différend, la querelle, le litige ; et à l'arrière-plan du conflit il y a la violence. La place de la justice se trouve ainsi marquée en creux, comme faisant partie de l'ensemble des alternatives qu'une société oppose à la violence et qui toutes à la fois définissent un État de droit » (*ibid.*, p. 189). Les opérations de justice manifestent « le choix du discours contre la violence » (*ibid.*). Et ce choix s'opère non seulement en amont du procès, quand, contre une agression, physique ou non, se mettent en place des techniques de discours (la loi comme discours écrit, l'interprétation de la loi, les plaidoiries des avocats, les débats, enfin la parole définitive de la sentence), mais aussi en aval : la procédure de justice s'oppose à cette simulation de justice que constitue la vengeance. Dans la justice, la violence institutionnalisée de la peine a basculé dans la parole, rétablissant une juste distance entre le forfait et la punition. Il n'en reste pas moins que la punition est une certaine violence ; une violence qui s'est transformée en juste châtiment fondé sur le droit, d'où l'idée d'expiation n'est toutefois pas absente.

La justice ne peut faire l'économie de la force, et la force a besoin de reposer sur la justice pour être légitimée. La justice, dans sa dimension de violence institutionnelle, est l'auxiliaire nécessaire de l'État, « monopole de la violence légitime » (Weber, *Le Savant et le Politique*, p. 100). En témoignent toutes les représentations ou allégories de la Justice. Dans la fresque d'Ambrogio Lorenzetti, au Palais public de Sienne, qui représente l'allégorie du bon gouvernement, on trouve deux fois la Justice. La première figure de la Justice est placée juste en-dessous de la *Sapientia*, qu'elle regarde, et elle tient en équilibre deux plateaux, l'un pour la justice distributive, l'autre pour la justice corrective : les personnages qui vont gouverner Sienne entendent administrer correctement les deniers publics, mais aussi punir de manière inflexible. Le plateau de la justice corrective présente un ange qui rétablit l'équilibre en récompensant une personne d'une couronne symbolique et en tranchant la tête d'une autre. Cette figure de la Justice représente le principe moral du bon gouvernement, émanation directe de la science divine. Elle protège la tribune sur laquelle trône le Bien commun, entouré des vertus cardinales, de la Magnanimité et de la Paix. Apparaît donc sur la fresque une seconde figure de la *Justitia* : elle étreint une tête coupée et une épée ; à ses pieds se trouvent des soldats à cheval, et l'un d'entre eux la regarde. En dessous des soldats, des prisonniers, deux hommes agenouillés qui offrent leurs châteaux et un groupe de paysans ligotés, symbole de quelque révolte maîtrisée. La Justice est une vertu armée, qui assure une paix militaire par l'anéantissement des vaincus et le pardon accordé à ceux qui se soumettent. Le pouvoir a ici pour seul but d'assurer la paix et la sécurité ; le bon gouvernement, le gouvernement qui a pour principe la justice, s'assure l'exercice d'une violence légitime pour éviter l'anarchie. Selon Max Weber, du point de vue de la quantité ou de l'intensité de la violence gouvernementale, il n'y a aucune différence entre le gouvernement de la ville de Sienne, tel qu'il a été idéalisé en 1339 par Lorenzetti, et l'État contemporain ; depuis toujours, et toujours aujourd'hui, la violence appartient à l'exercice normal du pouvoir (sous différentes formes : l'armée est l'instrument de la violence qui assure le pouvoir à l'extérieur, la police ou les services de renseignement font de même à l'intérieur). La différence entre l'État du XXe siècle et la cité-État italienne du XIVe siècle, c'est que le premier « revendique avec succès pour son propre compte *le monopole de la violence physique légitime* » (*ibid.*), alors que la seconde admet que d'autres – groupes ou individus – aient le droit de faire appel à la violence pour se faire justice. L'État moderne est considéré comme la seule instance fondée à utiliser légitimement la violence ; il « passe donc pour l'unique source du "droit" à la violence » (*ibid.*, p. 101).

Y a-t-il des guerres justes ?

Ce droit à la violence, s'il appartient à l'État, s'étend *aux* États. La violence est légitime lorsqu'elle s'exerce contre un membre de l'État ; la justice institutionnelle prévient la vengeance, et rationalise la violence issue du conflit qui est, de toute façon, un des modes d'être des hommes. Mais comment légitimer le recours à la violence contre un autre État, lui aussi en situation de monopole de la contrainte légitime ? Comment légitimer le droit d'ingérence ? Revenons à l'idée selon laquelle la justice relève de l'exigence d'un droit supérieur au droit positif mis en œuvre dans chaque État. À l'heure des tentatives pour penser un droit international mis en pratique dans des tribunaux internationaux, nous devons établir une norme de justice supérieure aux limites d'un territoire ou d'une nation. La Déclaration universelle des Droits de l'homme, publiée au lendemain de la Seconde Guerre mondiale (10 décembre 1948), témoigne que le pouvoir de l'État ne doit pas dépasser certaines limites et doit se soumettre au principe du respect de la personne humaine. Et ce qui est valable pour *un* État l'est aussi pour tous. Ce principe peut nous permettre, en suivant sur ce point Michael Walzer, de disposer d'un critère pour distinguer les guerres justes des guerres injustes. Il ne s'agit pas, pour lui, de condamner toute guerre par principe, ou de considérer qu'une fois la guerre déclarée, « en amour comme à la guerre, tout est permis ». Mais, fondant sa réflexion sur des exemples historiques, il pose la question des droits de l'homme, en l'occurrence les droits de la femme, à partir de l'exemple du viol des femmes italiennes par les troupes mercenaires marocaines qui se battaient aux côtés des Forces françaises libres en 1943. Ces soldats considéraient qu'il était dans leur droit de violer et de piller en territoire ennemi, et l'Italie demeure un territoire ennemi jusqu'en octobre 1943. Walzer conclut : « Un acte de guerre légitime est un acte qui ne viole pas les droits des gens contre lesquels il est dirigé » (*Guerres justes et injustes*, p. 196). Nous sommes ici dans le *jus in bello*, la justice durant la guerre, qui nous permet de dire si une guerre est menée de manière juste ou injuste, et de formuler un jugement « sur le respect ou la violation des règles de l'engagement, selon le droit coutumier et positif » (*ibid.*, p. 57). Mais c'est le principe fondamental de toute guerre qui se joue ici : on se bat toujours pour des droits : « Personne ne peut être obligé de se battre ou de risquer sa vie, personne ne doit être menacé de guerre ou combattu, sauf si, par quelque action de son propre fait, il a abandonné ou perdu ses droits » (*ibid.*, p. 196). Et, dans son extension, ce principe s'applique au *jus ad bellum* (la justice dans la guerre), principe grâce auquel nous pouvons déclarer qu'une guerre *est* juste ou injuste, et formuler des jugements sur l'agression et la légitime défense. Walzer poursuit : « Les États existent pour défendre les droits de leurs membres ; le problème auquel est confrontée la théorie de la guerre est précisément que la défense collective de ces droits rend leur application individuelle problématique » (*ibid.*, p. 197), et ce, d'abord pour les soldats qui les défendent, puisqu'ils perdent ces droits en tant qu'individus, et acquièrent des droits spécifiques comme combattants et prisonniers potentiels. Ils ont le droit de tuer et d'être tués ; mais ils sont les seuls à posséder ce droit. Théoriquement, les droits des civils doivent être respectés exactement de la même manière qu'en temps de paix ; mais, bien évidemment, c'est impossible, car on peut arguer que les soldats sont des civils qu'on a forcé à se battre et que les civils soutiennent l'effort de guerre à l'arrière ; d'autre part, les destructions d'infrastructures privent les soldats d'eau potable, mais aussi les civils, etc. Cette distinction reste donc très théorique.

En revanche, la distinction entre *jus ad bellum* et *jus in bello* semble beaucoup plus efficace, même si l'on a tendance à privilégier le *jus ad bellum*. Plus la cause est juste, plus les combattants se trouvent autorisés à violer de règles en son nom ; la guerre des justes est terrible, parce que dans des situations extrêmes, tout est permis pour gagner. Selon Walzer, on peut parfois outrepasser les conventions de la guerre, mais uniquement face à une catastrophe imminente. « Le calcul utilitariste ne peut nous forcer à violer les règles de la guerre que lorsque nous nous trouvons face, non seulement à une défaite, mais à une défaite susceptible de plonger la communauté politique dans le désastre » (*ibid.*, p. 362). Aucune autre considération ne doit intervenir ; une catastrophe, qui touche l'ensemble de la communauté politique, fournit le critère ultime. Et l'ensemble des mesures touchant au droit des gens vise à limiter la violence en maintenant les soldats à l'intérieur de certaines normes. Une guerre ne peut être dite juste que selon les deux justices à la fois, celle de la cause pour laquelle on combat et celle des moyens des combats. Et tout se joue en termes de « droits » : une cause juste est celle où l'on rétablit des droits ; une conduite juste de la guerre est celle où l'on ne viole pas de droits. Et le droit international juge les guerres, les crimes qui y sont commis, les criminels qui les commettent. Mais Walzer, tout à son désir d'établir un consensus tolérant, ne nous donne au fond aucun critère pour juger injuste la torture, sinon que, depuis le 12 août 1949, la Convention de Genève l'interdit. Il est obligé de faire appel à la morale, à nos sentiments de justice. Toutefois, un régime politique profondément injuste peut être agressé et mener une guerre parfaitement juste : que doit faire la communauté internationale ? De plus, un régime peut être tout à fait juste du point de vue de la finalité et l'organisation de son pouvoir, et pourtant l'injustice peut régner dans la société qu'il régit. Nous nous sommes pour l'heure intéressés aux individus et aux États, mais la question de la justice concerne aussi le fonctionnement de la société, et complique encore notre exigence de critères universels.

La justice distributive

Peut-on parler de justice sociale ?

Reposons-nous la question de savoir ce qui est injuste : il existe des injustices qui relèvent du cadre social et politique d'une société donnée. Et il est difficile de déterminer si ces injustices dépendent d'un ensemble social plus vaste (qui échappe à la façon dont nous organisons nos sociétés), ou s'il s'agit de phénomènes imputables à nos propres organisations sociales. Le chômage, par exemple, est l'une de ces injustices sociales qui sont difficiles à ranger exclusivement dans la première ou la deuxième catégorie. Le droit au travail, à une activité rémunératrice, est un droit de l'homme, tel qu'il apparaît en France, par exemple, dans le préambule de la Constitution de 1946 : l'article 26 proclame que « tout homme a le devoir de travailler et le droit d'obtenir un emploi ». La question du rapport entre le pouvoir politique et la sphère économique (production et répartition des biens) s'énonce généralement en ces termes : jusqu'où le pouvoir politique, c'est-à-dire l'État, peut-il s'exercer sur l'économie ? Et si la question se pose ainsi pour nous, c'est parce que l'organisation de la production, qui est sortie du cadre domestique et privé, est devenue un fait social massif. Ce développement des processus économiques, indépendamment des structures juridiques et politiques de l'État, a orienté de manière totalement nouvelle la justice dite « sociale ». Il s'agit en effet désormais de distribuer les biens sociaux disponibles dans une collectivité qui a perdu un repère objectif et universel par rapport auquel on puisse dire ce qui revient à chacun. La justice distributive est née dans un contexte radicalement différent de celui que nous connaissons aujourd'hui. Aristote (cf. texte n° 19) la définit par la formule : « donner à chacun son dû ». Mais cela n'est applicable que dans une société qui se pose une finalité objective commune. C'est parce que Aristote peut donner une définition universelle du bien commun, du bonheur ou de la perfection de la vie humaine qu'il peut déterminer ce qui revient à chacun en fonction de sa contribution à cette hiérarchie de fins communes à tous. Or, dans les sociétés libérales contemporaines, les individus se fixent librement leurs propres objectifs, leurs finalités, leurs « intérêts ». Ces intérêts divergents les poussent aux conflits et à la concurrence, ou à la coopération dans la stricte mesure de ce qu'ils ont en commun. Dès lors, la justice distributive manque d'un critère objectif de distribution et paraît privée de sens. Selon J.-P. Dupuy, « la substitution du prédicat "sociale" à "distributive" est hautement significative. [...] Justice "sociale", comme si le social, érigé en sujet, pouvait arbitrer entre les "dus" des propriétaires » (« Les affaires sont les affaires », in *La Justice, l'obligation impossible*, p. 136). Contrairement au préjugé courant, la pensée socialiste n'a produit aucune théorie de la justice sociale (dans le contexte de la société communiste sans classes, idéal marxiste, l'idée même de justice est absente : dans une société d'abondance, les hommes ne sont pas en situation de concurrence). La pensée libérale, au contraire, en a produit à foison, mais a achoppé sur les apories inhérentes à toute pensée de la justice sociale. Selon J.-P. Dupuy, « il n'est pas possible de fonder le concept de justice sociale en évitant paradoxes et contradictions, dans le contexte de la société moderne, interprétée comme société de concurrence » (*ibid.*). En effet, deux difficultés semblent inhérentes à la notion même de justice sociale. Premièrement, pour redistribuer les biens sociaux équitablement, la justice sociale doit trouver un critère de mesure : il faut que deux individus soient égaux sous un certain rapport pour être rétribués de la même façon. Comment établir ce critère ? Et, deuxièmement, dans nos sociétés libérales individualistes, quelle sera l'instance redistributrice ?

Quel critère d'égalité ?

L'exigence fondamentale, pour définir une unité de mesure entre des êtres hétérogènes, est la reconnaissance d'une certaine égalité. Mais comment répartir les biens en vue d'obtenir une répartition égale, alors que les individus sont différents, et n'ont donc pas les mêmes besoins ? L'égalité prise comme principe ne coïncide pas nécessairement avec la justice, qui se concrétise par l'impartialité dans l'application d'une règle. On passe alors de l'égalité arithmétique, où tous les membres de la société doivent recevoir une même quantité de biens de base, à l'égalité géométrique : n'est-il pas plus juste, plutôt que de donner la même quantité à chacun, de proportionner les distributions en fonction de certains critères ? Mais quels sont ces critères ? On peut choisir de répartir les biens selon les besoins, et c'est ce que préconise Marx pour la seconde étape de la société communiste, selon le travail (temps de travail, pénibilité – c'est la solution de la première étape de la société communiste), ou selon le mérite. Le critère des besoins est bien vague, car les besoins vitaux se réduisent au fond à quelques protéines et une protection vestimentaire, et si nous élargissons le concept de besoin, nous aurons à distinguer ce qui est désirable de ce qui est légitime ; ce critère n'est valable que dans une société d'abondance, c'est d'ailleurs bien ainsi que Marx l'entendait. Le critère du travail est également délicat : il faut d'abord décider de ce qui est un travail (intellectuel ou matériel, producteur de biens ou de services, rémunéré ou non, etc.), puis du critère d'évaluation – le rendement, le temps de travail, la quantité de biens produits, l'utilité, etc. Et chaque réponse peut donner lieu à des répartitions très différentes dans des systèmes fort légitimes. Le mérite est le critère sur lequel la tradition républicaine française s'est construite (on parle d'élitisme républicain). On récompense ou on punit quelqu'un selon ce qu'il mérite, c'est-à-dire selon ce qu'il a gagné, mais aussi, du fait de l'ambiguïté du terme, parce qu'il s'est bien comporté : on a du mérite à être juste quand personne ne regarde ; et on a bien mérité la Coupe du Monde parce qu'on s'était bien entraîné. Distinguons trois sens principaux du mérite : il peut être « un ensemble de compétences actualisées, effectivement mises en œuvre » ; la « distance entre le point de départ et la compétence acquise » (c'est en ce sens qu'un individu est dit méritant) ; enfin il peut désigner « des compétences d'ordre moral », selon une double acception, identification à la dignité morale et proportionnalisation à la vertu des actions de l'individu (« Justice et égalité » in *Notions de philosophie*, I, Gallimard, 1995, p. 44-45). Le problème du mérite se complique du fait que la vie sociale est constituée d'échanges : si je reçois quelque chose, je dois quelque chose à la société. Toute rétribution dont je suis bénéficiaire semble inséparable de la contribution que j'apporte à la société. C'est, entre autres, la source de la double perte qu'entraîne le chômage : perte, manifeste, de statut, et perte, sournoise, de sens. Le chômeur est confronté à la difficulté de *fait* de son état, et en outre, il doit répondre à la question du *sens* de cette situation : il rompt l'échange social en n'y contribuant pas. Et la société n'est pas un partenaire défini : la contribution de l'individu se fait sous forme de services rendus dont les destinataires peuvent varier en fonction des sphères d'activité ; c'est seulement la rétribution que l'individu reçoit qui constitue une quantité de richesses avec laquelle il se soumet à des relations d'échanges plus particulières en tant que consommateur. La justice distributive doit donc trouver le juste rapport entre la contribution et la redistribution. La notion de mérite entre alors en jeu dans toute sa complexité : mérite davantage de la société celui qui mérite mieux de la société (au sens où l'on dit d'un soldat qu'il a bien mérité de la France). Il est juste que soit davantage rétribué celui qui a davantage contribué. Or les talents sont inégalement répartis (et ces inégalités naturelles, qui ne sont d'abord que des différences, se transforment en injustices). Quelqu'un qui travaille plus, mieux, qui est plus efficace et donc plus utile à la société, doit en recevoir davantage que celui qui lui donne moins. La démocratie se joue dans l'écart entre l'aspiration à l'égalité et l'aspiration à l'efficacité ou la rationalité.

Les systèmes d'éducation en témoignent : le système français a institué l'école gratuite, laïque et obligatoire, à la portée de tous, sanctionnée par une pléthore d'examens et de concours, grâce auxquels des autorités compétentes jugent du mérite de l'individu ; par le concours, l'individu prouve une fois pour toutes qu'il peut être utile à la société. Mais c'est aussi le cas du système américain : les diplômes sont chers et réservés à une élite socio-économique, et en parallèle de l'Université se développe le principe du « à chacun sa chance », tel qu'il est symbolisé dans l'*American Dream*. Parti de rien, si l'on est méritant et si l'on fait preuve d'un talent particulier, on doit pouvoir le monnayer. En témoigne aussi l'institution de l'élection, principe de la démocratie représentative. Bernard Manin remarque qu'elle s'est établie contre ce qui aurait pu être, ce qui a été, un autre principe de choix des gouvernants : le tirage au sort. Et si c'est l'élection qui a été préférée, c'est que dans l'esprit de ceux qui en ont décidé (l'Assemblée constituante de 1789 pour la France, les constituants de Philadelphie en 1787 pour les États-Unis), elle permettait de maintenir une réelle différence entre les élus et les électeurs. On avait alors un double système censitaire : il fallait qu'un certain seuil économique fût atteint pour être électeur, et un autre seuil plus élevé pour être un élu potentiel. La démocratie représentative s'est établie sur des bases clairement inégalitaires. Cette dimension a disparu depuis, avec l'élargissement du droit de suffrage jusqu'au suffrage universel et « l'abolition des conditions légales d'éligibilité » (*Principes du gouvernement représentatif*, Champs-Flammarion, 1995, p. 137). Mais l'élection reste très ambiguë et mêle des aspects démocratiques et des aspects oligarchiques, tant dans son organisation institutionnelle que dans l'esprit des citoyens. « L'élection est même une procédure aristocratique ou oligarchique en ce qu'elle réserve les charges à des individus éminents que leurs concitoyens jugent supérieurs aux autres. La procédure élective fait obstacle au désir démocratique que les gouvernants soient des individus comme les autres, proches des gouvernés par leurs caractères, leur mode de vie et leurs préoccupations » (*ibid.*, p. 308). Selon l'analyse de Bernard Manin, l'élection ne fonctionne que si les électeurs sont convaincus que les élus sont des êtres exceptionnels ; ils les récompensent en leur donnant une fonction politique rémunérée par les impôts. Walzer (texte n° 18) remarque que ce procédé est effectivement juste (on récompense un talent, c'est-à-dire qu'on utilise au mieux des compétences qui servent l'intérêt général de la société), tant que la distribution respecte des sphères de justice : l'égalité (conçue comme égalité géométrique) est valable à l'intérieur d'une sphère, mais cette compétence politique des élus ne doit pas conduire à un pouvoir économique, par exemple. C'est ce qu'il nomme l'égalité complexe.

Justice distributive et propriété

Si l'on applique le critère du mérite à toutes les sphères de la société sans établir de cloison d'étanchéité entre elles, ce qui est la position ultralibérale, c'est au nom de la rationalité et de la liberté. Car l'instance qui pourrait décider que la distribution, dans le domaine des conditions de vie élémentaires, répond au critère du besoin, dans celui de la production, au critère du travail et dans le domaine des honneurs, à celui du mérite (par exemple), serait l'État. Or les libéraux conçoivent l'État comme ce qui n'a que des devoirs de protection vis-à-vis des individus ; étendre ses fonctions à la juste redistribution des biens sociaux reviendrait à une conception de l'État-Léviathan : « Nos principales conclusions sont que l'État minimal, étroitement limité au rôle de protecteur contre la force, le vol et la fraude ou de garant des contrats, se justifie ; que tout État aux fonctions plus étendues violera le droit de l'homme à ne pas être contraint à certaines choses, et ne se justifie pas ; et que l'État minimal est aussi séduisant qu'il est juste », écrit Robert Nozick (*Anarchie, État et Utopie*, préface, p. IX). La justice se situe entre liberté et égalité, et Nozick refuse à l'État le droit d'empiéter sur la première au nom de la seconde, car la liberté de chacun (liberté conçue comme « laisser-faire ») est la condition nécessaire et suffisante de l'efficacité de la société. Toute théorie de l'État a pour point de départ, pour critère, et pour but exclusif, les droits inviolables qui découlent de la liberté individuelle, l'individu étant propriétaire de ses droits. C'est à deux titres que la propriété privée soulève la question de la justice : dans son principe même, elle ouvre la voie à l'usurpation (ce que dit la formule provocatrice de Proudhon « la propriété, c'est le vol », qui vise les abus et les déséquilibres intrinsèques à la propriété, surtout à partir du moment où entre en jeu l'héritage, donc où mon avoir n'est en rien lié à mon mérite) ; et s'il est vrai que nous devons reconnaître et légitimer le droit à la propriété dans la mesure où chacun a naturellement droit à ce qui est nécessaire, reste le problème de la répartition, porte ouverte sur la possibilité de l'exploitation. La théorie de la justice de Nozick est inséparable d'une réflexion sur la propriété. « La question de la justice concernant la juste répartition des biens – la justice distributive – porte sur trois objets. Le premier est l'acquisition initiale des biens, c'est-à-dire l'appropriation des biens libres [...]. Le deuxième objet est la transmission des biens entre les personnes [...]. Si le monde était entièrement juste, nous pourrions expliquer à fond la justice des biens par la définition inductive suivante :

1. Celui qui acquiert un bien selon le principe de juste acquisition a un juste droit à ce bien.

2. Celui qui acquiert selon le principe de juste transmission un bien que lui remet celui qui y avait droit acquiert un juste droit à ce bien.

3. Nul n'a droit à un bien autrement que par l'application (répétée au besoin) des propositions 1 et 2 » (*ibid.*, p. 150-151).

Si le point de départ – l'acquisition du bien – est juste et si les échanges sont volontaires, le résultat est nécessairement juste. Le point faible de cette théorie est manifeste lorsque l'on interroge la justice de l'état de départ : selon les « libertariens », à la suite de Locke, la nature est un bien sans maître que l'homme peut légitimement s'approprier et travailler pour le faire sien. Le droit à la propriété est un droit fondamentalement reconnu comme naturel dans la perspective lockienne reprise par la Déclaration des Droits de l'homme de 1789, mais pas dans une perspective rousseauiste. Pour Rousseau (*Discours sur l'origine et les fondements de l'inégalité parmi les hommes*), le droit à la propriété ne se distingue du droit du plus fort que par le droit du premier occupant : le droit à la propriété est légitime dans un cadre juridique, après l'amorce de la société civile, mais il n'est certainement pas naturel. La Déclaration universelle des Droits de l'homme des Nations unies a consacré, en 1948, l'universalité de ce droit : « Toute personne, aussi bien seule qu'en collectivité, a droit à la propriété » et « nul ne peut être arbitrairement privé de sa propriété ». Mais l'on pourrait objecter que la nature appartient en commun à l'homme ; chacun a un simple droit de participation à la propriété et à ses fruits, mais ne la possède jamais à titre privé ni sans limites. On peut aussi mettre l'accent sur l'origine violente des « appropriations primitives » (à la suite de Rousseau ou de Marx). Le problème ne peut être réglé que par des distinctions qui sont peut-être inévitablement fragiles : tout d'abord, il faut distinguer entre les différentes sortes de réalités qui peuvent être objets de propriété. La libre disposition des biens de consommation ne relève pas du même type de droits que la libre disposition de sa propre personne (suis-je propriétaire de mon corps, et ai-je le droit de le vendre, en une fois ou morceau par morceau ?), qui, à son tour, se distingue des droits impliqués dans la disposition des êtres vivants (esclavage). La propriété, qui est surtout un cas exemplaire, est significative du problème de la justice, en amont, car c'est à son sujet que se pose avec le plus d'acuité la question : « quoi à qui ? », et en aval, car elle met en lumière le fait que l'exigence de la justice se pose dans le rapport de l'individu à ce qui n'est pas lui. Elle concerne les hommes entre eux, mais aussi les hommes eux-mêmes et ce qui les entoure.

Et, pour en finir avec Nozick, qui estime que les hommes sont à ce point propriétaires de leurs talents et de leurs conditions que les inégalités de fait entre eux ne sont pas arbitraires, rappelons que tous les hommes non seulement appartiennent à la même espèce biologique, mais surtout participent à la même idée morale, idée selon laquelle chacun est digne de respect en tant qu'il est une fin en soi. L'égalité minimale et fondamentale entre les hommes est leur dignité. C'est cette dignité que la justice peut sauver, et c'est pour elle que, ultimement, il faut croire en la justice, être intelligible dont le concept nous échappe, mais qui fait l'objet d'un choix de vie. « Qu'est-ce que sauver l'homme ? Mais je vous le crie de tout moi-même, c'est ne pas le mutiler et c'est donner ses chances à la justice qu'il est le seul à concevoir » (Camus, *Lettres à un ami allemand*, p. 241).

I

LES FONDEMENTS DE LA JUSTICE

I

PLATON

FAVORISER LES PLUS FAVORISÉS, VOILÀ EN QUOI CONSISTE LA JUSTICE

Platon, *République*, I, trad. R. Baccou, GF-Flammarion, 1966, p. 87 et 92-93.

Pour Thrasymaque, comme pour Calliclès, la véritable justice est celle de la nature, où s'observe le droit du plus fort : « C'est par nature que ce qui est le plus laid est ce qui justement est aussi le plus mauvais : le fait de subir l'injustice ; tandis que c'est en vertu de la loi qu'il est plus mauvais de la commettre. [...] D'elle-même la nature, au rebours, révèle, je pense, que ce qui est juste, c'est que celui qui vaut plus ait le dessus sur celui qui vaut moins et celui qui a une capacité supérieure, sur celui qui est davantage dépourvu de capacité » (*Gorgias*, 483a-b et 483d).

Mais Thrasymaque va encore plus loin dans l'amoralité et dans la réduction du droit au fait : la justice des hommes n'est plus seulement la stratégie des faibles pour enserrer les forts dans les pièges d'interdits prétendument moraux, pour les empêcher de vivre conformément à la nature (c'est-à-dire à leurs désirs) ; elle est « ce qui profite au plus fort », et même les faibles, coalisés en gouvernements, peuvent devenir les forts et imposer leur conception de la justice.

Thrasymaque établit l'identité de l'utile et du juste : est utile et juste ce qui correspond aux besoins du gouvernement, c'est-à-dire du pouvoir. Il n'est plus question de s'interroger sur la nature du juste ou la légitimité du pouvoir : est juste ce qui est puissant, et est puissant ce qui gouverne. Il nie ainsi, par cet ultraconventionnalisme, toute possibilité de réflexion morale.

Dans un premier temps, Thrasymaque refuse de reconnaître une hiérarchie entre les différents types de régimes : démocratie, tyrannie et aristocratie sont mises sur le même plan, alors que, pour Platon, les différents régimes s'articulent fortement entre eux, selon un ordre chronologique qui est toujours en même temps logique et éthologique. Dans le livre VIII de la *République*, on trouve une description des quatre régimes corrompus ou défectueux : la timocratie (gouvernement selon l'honneur), l'oligarchie, la démocratie et la tyrannie, qui s'engendrent tous mutuellement. Chaque société parcourt en fait le cycle de ces régimes pervertis, auxquels correspondent en négatif l'aristocratie, la république et la royauté, régimes droits et « justes ». Or, pour Thrasymaque, un régime n'est rien d'autre qu'une convention, qui repose sur l'intérêt des gouvernants et n'a rien à voir avec les gouvernés : en ce sens, tout régime trouve sa justification dans son existence même. Le principe gouvernant est ce qui détient le pouvoir. À cette première réduction du droit au fait, du principe à son application (le tout se jouant ultimement dans des rapports de pouvoir qui ne sont que des rapports de force et de ruse), s'ajoute cette deuxième chaîne de synonymes : les lois sont le profit des gouvernants, sont *la* loi, et sont la justice des gouvernés. Mais le glissement de sens est clairement revendiqué comme tel par Thrasymaque, puisque c'est le discours même des gouvernants qui ment, de telle sorte que, dans les faits, une transgression passe pour une infraction et une injustice. Dans un deuxième temps, il admet que la tyrannie est le comble de l'injustice et donc, ajoute-t-il, le comble du bonheur. La hiérarchie établie est biaisée et aboutit à un renversement des valeurs. Thrasymaque énonce tout d'abord la conclusion à laquelle il veut aboutir : « L'homme juste est partout inférieur à l'injuste. » Formule explicitée en conclusion de sa tirade : « L'injustice poussée à un degré suffisant est plus forte, plus libre, plus digne d'un maître que la justice. » Ce sont les valeurs de la virilité et de la force (on retrouve le même type de vocabulaire que dans le *Gorgias*) qu'exalte le « divin Thrasymaque », valeurs paradoxalement fondées sur la « peur », le secret (il s'agit de savoir agir dans l'ombre) et l'excès (le tyran est absolu, il s'empare de tout en une fois : c'est l'excès qui justifie l'injustice).

Dans la comparaison que Thrasymaque instaure entre la situation de deux particuliers contractant à un niveau individuel et celle d'un individu s'engageant vis-à-vis de la Cité, le rapport est déjà perverti : il pose que la justice privée du droit des affaires, qui régule les relations économiques, et la justice publique politique, qui préside à la vie dans la cité, relèvent de la même vertu. Puis, s'il admet que la tyrannie est le comble de l'injustice, c'est pour mieux insister sur le paradoxe du tyran, considéré comme « heureux » et « bienheureux » par la multitude. Platon consacre le reste du dialogue à disqualifier la vie du tyran, seul et en proie aux exigences contradictoires et infinies de ses désirs illégitimes.

La conclusion du discours de Thrasymaque révèle qu'il ne peut établir de distinction entre la justice et son contraire, l'injustice, ce qui invalide logiquement tout son raisonnement : l'injustice est ce qui est profitable au plus fort et la justice est ce qui est profitable à soi-même. Si donc je suis le gouvernant, je suis à la fois juste et injuste, c'est-à-dire injuste. L'inversion des valeurs est consommée ; et toute valeur est au fond annulée dans la neutralisation d'un quelconque critère moral ou politique.

Thrasymaque. – Écoute donc. J'affirme que le juste n'est autre chose que l'avantageux au plus fort. Eh bien ! qu'attends-tu pour me louer ? Tu t'y refuseras !

Socrate. – Permets que je comprenne d'abord ce que tu dis ; car, pour le moment, je ne saisis pas encore. Tu prétends que l'avantageux au plus fort est le juste. Mais cela, Thrasymaque, comment l'entends-tu ? Tu ne l'entends pas, en effet, de la façon suivante : Si Polydamas, le lutteur au pancrace, est plus fort que nous, et que la viande de bœuf soit avantageuse à l'entretien de ses forces, tu ne dis pas que, pour nous aussi, plus faibles que lui, cette nourriture soit avantageuse, et, ensemble, juste ?

Thrasymaque. – Tu es un impudent, Socrate, tu prends mes propos par où tu peux leur faire le plus de mal !

Socrate. – Nullement, homme excellent, mais exprime-toi plus clairement.

Thrasymaque. – Eh bien ! ne sais-tu pas que, parmi les cités, les unes sont tyranniques, les autres démocratiques, les autres aristocratiques ?

Socrate. – Comment ne le saurais-je pas ?

Thrasymaque. – Or l'élément le plus fort, dans chaque cité, est le gouvernement ?

Socrate. – Sans doute.

Thrasymaque. – Et chaque gouvernement établit les lois pour son propre avantage : la démocratie des lois démocratiques, la tyrannie des lois tyranniques et les autres de même ; ces lois établies, ils déclarent juste, pour les gouvernés, leur propre avantage, et punissent celui qui le transgresse comme violateur de la loi et coupable d'injustice. Voici donc, homme excellent, ce que j'affirme : dans toutes les cités, le juste est une même chose : l'avantageux au gouvernement constitué ; or celui-ci est le plus fort, d'où il suit, pour tout homme qui raisonne bien, que partout le juste est une même chose : l'avantageux au plus fort.

[...]

Thrasymaque. [...] – Voici, ô très simple Socrate, comment il faut l'envisager : l'homme juste est partout inférieur à l'injuste. D'abord dans le commerce, quand ils s'associent l'un à l'autre, tu ne trouveras jamais, à la dissolution de la société, que le juste ait gagné, mais qu'il a perdu ; ensuite, dans les affaires publiques, quand il faut payer des contributions, le juste verse plus que ses égaux, l'injuste moins ; quand, au contraire, il s'agit de recevoir, l'un ne touche rien, l'autre beaucoup. Et lorsque l'un et l'autre occupent quelque charge, il advient au juste, si même il n'a pas d'autre dommage, de laisser par négligence péricliter ses affaires domestiques, et de ne tirer de la chose publique aucun profit, à cause de sa justice. En outre, il encourt la haine de ses parents et de ses connaissances, en refusant de les servir au détriment de la justice ; pour l'injuste, c'est tout le contraire. Car j'entends par là celui dont je parlais tout à l'heure, celui qui est capable de l'emporter hautement sur les autres ; examine-le donc si tu veux discerner combien, dans le particulier, l'injustice est plus avantageuse que la justice. Mais tu le comprendras de la manière la plus facile si tu vas jusqu'à la plus parfaite injustice, celle qui porte au comble du bonheur l'homme qui la commet, et ceux qui la subissent et ne veulent point la commettre, au comble du malheur. Cette injustice est la tyrannie qui, par fraude et par violence, s'empare du bien d'autrui : sacré, profane, particulier, public, et non pas en détail, mais tout d'une fois. Pour chacun de ces délits, l'homme qui se laisse prendre est puni et couvert des pires flétrissures – on traite, en effet, ces gens qui opèrent en détail, de sacrilèges, trafiquants d'esclaves, perceurs de murailles, spoliateurs, voleurs, suivant l'injustice commise. Mais lorsqu'un homme, en plus de la fortune des citoyens, s'empare de leur personne et les asservit, au lieu de recevoir ces noms honteux il est appelé heureux et fortuné, non seulement par les citoyens, mais encore par tous ceux qui apprennent qu'il a commis l'injustice dans toute son étendue ; car ils ne craignent pas de commettre l'injustice ceux qui la blâment : ils craignent de la souffrir. Ainsi, Socrate, l'injustice poussée à un degré suffisant est plus forte, plus libre, plus digne d'un maître que la justice, et, comme je le disais au début, le juste consiste dans l'avantage du plus fort, et l'injuste est à soi-même avantage et profit.

II

PLATON

L'ANNEAU DE GYGÈS

Platon, *République*, II, trad. R. Baccou, GF-Flammarion, 1966, p. 108-110.

Le personnage de Glaucon joue un rôle majeur dans la formulation des arguments sur la justice dans l'ensemble de la *République* : c'est lui qui, avant l'ouverture du dialogue, a accompagné Socrate au Pirée pour assister à la célébration en l'honneur de la déesse Bendis, et c'est à lui que Socrate adresse les conclusions du livre X. Le mythe de Gygès le Lydien constitue la tirade centrale du discours de Glaucon sur la justice, et le nom de Gygès resurgit au livre X, quand Socrate, ayant parcouru les étapes de la recherche sur la justice, dévoile en quoi elle consiste : « Et n'avons-nous pas découvert qu'elle est le bien suprême de l'âme considérée en elle-même, et que celle-ci doit accomplir ce qui est juste, qu'elle possède ou non l'anneau de Gygès » (*République*, p. 377). Glaucon, au livre II, exige de Socrate la preuve que la vie de l'homme juste est préférable à celle de l'homme injuste, condition nécessaire pour pouvoir affirmer que la justice est digne d'être choisie entièrement pour elle-même, et non en vertu des conséquences que le comportement juste peut entraîner. Selon lui, la justice, au moins pour le grand nombre, appartient à un type de bien qui coûte de la peine mais qu'il faut rechercher parce qu'il nous est bénéfique. Pour Socrate, la justice est un bien qu'il faut chérir autant en lui-même que pour ce qui en résulte (357c). Glaucon ne se contente pas de cette réponse et voudrait que Socrate prouve que la justice appartient à un troisième type de bien, que nous recherchons en vue de lui-même, sans en désirer les conséquences.

C'est pour pousser Socrate sur la voie de la démonstration qu'il espère de lui que Glaucon se fait l'avocat du diable : « Je dirai premièrement ce qu'on entend communément par justice et quelle est son origine ; deuxièmement que ceux qui la pratiquent ne le font pas volontairement, parce qu'ils la considèrent comme une chose nécessaire et non pas comme un bien ; troisièmement qu'ils ont raison d'agir ainsi, car la vie de l'injuste est bien meilleure que celle du juste, comme ils le prétendent » (p. 108). La justice n'est pas un état naturel, mais un résultat de la loi. Le juste est le légal ou le conventionnel. Par nature, les hommes sont égoïstes et se soucient de leur bien propre ; la meilleure situation pour eux est de commettre des injustices sans en payer le prix ; la pire est de subir des injustices sans pouvoir se venger. Ils font donc violence à leur nature en se soumettant à la justice qui est un moyen terme grâce auquel la vie en société est possible. Mais ils ne se soumettent que par crainte des punitions, des châtiments. La justice est donc le produit d'un calcul d'intérêts ; ce qui compte, c'est l'apparence de la justice. La vertu, effet du regard des autres, n'est au fond qu'une hypocrisie sociale.

L'histoire de Gygès illustre le propos de Glaucon. En utilisant la dimension mythique, il enracine justice et injustice dans un passé conventionnel. Il est important de remarquer que Gygès trouve l'anneau après qu'un tremblement de terre a ouvert le sol : désordre et dissolution sont les moyens par lesquels surgit l'injustice, tout comme ordre et contrat sont les conditions et les conséquences de la justice. L'origine de l'injustice se trouve dans la nature, prête à émerger et à bouleverser l'ordre artificiel de la justice par lequel l'homme tente de devenir le maître de la nature. Par ailleurs, en dérobant l'anneau sur un cadavre nu (nu comme la vérité est nue), Gygès commet un premier acte d'impiété et d'injustice : il viole une tombe, et qui plus est une tombe probablement héroïque, car le cadavre est « d'une taille plus grande, semblait-il, que celle d'un homme » (p. 109). C'est au terme d'un cycle d'actions in-

justes, qui échappent aux yeux de la loi et qu'il accomplit volontairement, par curiosité, qu'il s'empare du pouvoir politique. Que ce pouvoir soit à terme juste ou injuste, que Gygès devienne roi ou tyran, le pouvoir politique repose toujours sur une injustice primordiale. Un homme juste serait resté berger ; Gygès, dès l'instant où il a pris la bague et s'est placé au-dessus des lois, est devenu tyran, car la bague lui fournit les deux choses qu'un tyran désire, pouvoir et plaisir.
On peut considérer le reste de la *République* comme la réponse de Socrate au discours de Glaucon. Et celle-ci consiste essentiellement à prouver que l'homme injuste, le tyran, mène une vie malheureuse, tandis que l'homme juste, en l'espèce le philosophe-roi, mène une vie heureuse. Le tyran satisfait ses désirs hors la loi, il prend soin de son corps, mais néglige son âme. Le philosophe obéit aux lois même si elles s'opposent à sa quête de la vérité, car il sait qu'il est lié à la Cité, qu'il ne peut séparer son âme de son corps. Il pratique sa justice, la philosophie, dans la Cité, parmi les hommes. Le bonheur réside dans la philosophie, non dans la grandeur politique.

Les hommes prétendent que, par nature, il est bon de commettre l'injustice et mauvais de la souffrir, mais qu'il y a plus de mal à la souffrir que de bien à la commettre. Aussi, lorsque mutuellement ils la commettent et la subissent, et qu'ils goûtent des deux états, ceux qui ne peuvent point éviter l'un ni choisir l'autre estiment utile de s'entendre pour ne plus commettre ni subir l'injustice. De là prirent naissance les lois et les conventions, et l'on appela ce que prescrivait la loi légitime et juste. Voilà l'origine et l'essence de la justice : elle tient le milieu entre le plus grand bien – commettre impunément l'injustice – et le plus grand mal – la subir quand on est incapable de se venger. Entre ces deux extrêmes, la justice est aimée non comme un bien en soi, mais parce que l'impuissance de commettre l'injustice lui donne du prix. En effet, celui qui peut pratiquer cette dernière ne s'entendra jamais avec personne pour s'abstenir de la commettre ou de la subir, car il serait fou. Telle est donc, Socrate, la nature de la justice, et telle son origine, selon l'opinion commune.

Maintenant, que ceux qui la pratiquent agissent par impuissance de commettre l'injustice, c'est ce que nous sentirons particulièrement bien si nous faisons la supposition suivante. Donnons licence au juste et à l'injuste de faire ce qu'ils veulent ; suivons-les, et regardons où, l'un et l'autre, les mène le désir. Nous prendrons le juste en flagrant délit de poursuivre le même but que l'injuste, poussé par le besoin de l'emporter sur les autres : c'est ce que recherche toute nature comme un bien, mais que, par loi et par force, on ramène au respect de l'égalité. La licence dont je parle serait surtout significative s'ils recevaient le pouvoir qu'eut jadis, dit-on, l'ancêtre de Gygès le Lydien. Cet homme était berger au service du roi qui gouvernait alors la Lydie. Un jour, au cours d'un violent orage, accompagné d'un séisme, le sol se fendit et il se forma une ouverture béante près de l'endroit où il faisait paître son troupeau. Plein d'étonnement, il y descendit, et, entre autres merveilles que la fable énumère, il vit un cheval d'airain creux, percé de petites portes ; s'étant penché vers l'intérieur, il y aperçut un cadavre de taille plus grande, semblait-il, que celle d'un homme, et qui avait à la main un anneau d'or, dont il s'empara ; puis il partit sans prendre autre chose. Or, à l'assemblée habituelle des bergers qui se tenait chaque mois pour informer le roi de l'état de ses troupeaux, il se rendit portant au doigt cet anneau. Ayant pris place au milieu des autres, il tourna par hasard le chaton de la bague vers l'intérieur de sa main ; aussitôt il devint invisible à ses voisins qui parlèrent de lui comme s'il était parti. Étonné, il mania de nouveau la bague en tâtonnant, tourna le chaton en dehors et, ce faisant, redevint visible. S'étant rendu compte de cela, il répéta l'expérience pour voir si l'anneau avait bien ce pouvoir ; le même prodige se reproduisit : en tournant le chaton en dedans il devenait invisible, en dehors visible. Dès qu'il fut sûr de son fait, il fit en sorte d'être au nombre des messagers qui se rendaient auprès du roi. Arrivé au palais, il séduisit la reine, complota avec elle la mort du roi, le tua, et obtint ainsi le pouvoir. Si donc il existait deux anneaux de cette sorte, et que le juste reçut l'un, l'injuste l'autre, aucun, pense-t-on, ne serait de nature assez adamantine pour persévérer dans la justice et pour avoir le courage de ne pas toucher au bien d'autrui, alors qu'il pourrait prendre sans crainte ce qu'il voudrait sur l'agora, s'introduire dans les maisons pour s'unir à qui lui plairait, tuer les uns, briser les fers des autres et faire tout à son gré, devenu l'égal d'un dieu parmi les hommes. En agissant ainsi, rien ne le distinguerait du méchant : ils tendraient tous les deux vers le même but. Et l'on citerait cela comme une grande preuve que personne n'est juste volontairement, mais par contrainte, la justice n'étant pas un bien individuel, puisque celui qui se croit capable de commettre l'injustice la commet. Tout homme, en effet, pense que l'injustice est individuellement plus profitable que la justice, et le pense avec raison d'après le partisan de cette doctrine. Car si quelqu'un recevait cette licence dont j'ai parlé, et ne consentait jamais à commettre l'injustice, ni à toucher au bien d'autrui, il paraîtrait le plus malheureux des hommes, et le plus insensé, à ceux qui auraient connaissance de sa conduite ; se trouvant mutuellement en présence ils le loueraient, mais pour se tromper les uns les autres, et à cause de leur crainte d'être eux-mêmes victimes de l'injustice. Voilà ce que j'avais à dire sur ce point.

III

SAINT AUGUSTIN

LA JUSTICE TERRESTRE PREND SA SOURCE DANS LA LOI ÉTERNELLE

Saint Augustin, *La Cité de Dieu*, XIX, 21,
trad. L. Moreau, revue par J.-C. Eslin,
Seuil, 1994, p. 132-134.

Le 24 août 410, Rome est mise à sac et pillée par les Wisigoths. Or, depuis un siècle, l'Empire romain d'Occident est chrétien. Rome n'est plus invincible, ce qui annonce, à terme, la chute de l'Empire lui-même. Tant qu'il était païen, jamais une telle possibilité n'avait été envisagée. Le christianisme serait-il responsable, avec sa morale de pardon et de renoncement, de cet échec militaire et politique magistral ? C'est l'opinion d'une grande partie des Romains, et c'est à cette question qu'Augustin répond dans *La Cité de Dieu*. Il ne faut pas pour autant penser que la distinction entre la cité de l'homme, cité terrestre et mortelle, et l'éternelle Cité de Dieu, recouvre trait pour trait la distinction entre Rome et l'Église. Augustin est romain, et un livre entier (le livre IV), est consacré à exalter la grandeur de Rome. Varron et Cicéron, plus encore que Platon, fournissent la base philosophique sur laquelle – ou contre laquelle – Augustin construit sa pensée. Rome n'est qu'une réalisation, peut-être la plus grande, la plus puissante, la plus achevée, de la cité terrestre. Cité terrestre et Cité de Dieu sont des cités idéales, des principes de vie (la vie infirme et assujettie à la misère et à la vanité en ce monde, ou la vie des sages, des saints ou des anges, mais toujours d'abord une vie caractérisée comme *socialis*, sociale). Leur rapport est asymétrique, la Cité de Dieu étant destinée à l'emporter au fil de l'histoire, tout en n'étant jamais complètement réalisée dans le monde, puisqu'elle est essentiellement pérégrine. La cité terrestre est fondée sur l'amour de soi et la possession, la cité céleste sur l'amour de Dieu et l'espérance. Pour autant, elles sont inséparables, toujours « enlacées et confondues dans le siècle jusqu'à ce que le dernier jugement les sépare » (*La Cité de Dieu*, I, 35, p. 75). C'est à travers l'étude de leur inextricabilité que, dans le livre XIX, Augustin analyse l'idée de Cité, de *Res publica*, et les limites de la politique terrestre.

Il établit tout d'abord le souverain bien, la paix, que les hommes doivent poursuivre au niveau individuel – paix de l'âme –, et au niveau collectif – paix dans la cité. Et la paix que connaissent les mortels dans leur cité n'est qu'une image bien imparfaite et défectueuse de la paix éternelle et parfaite de la Cité de Dieu. Or la paix ne peut être atteinte qu'au sein d'une cité juste : la vertu qui caractérise le citoyen en tant que tel et qui ordonne tous les citoyens au bien commun de la cité est la justice.

Augustin engage une discussion avec Cicéron pour définir la république et le peuple. Il cite *De la République*, I, 25 : « La chose publique, donc, dit Scipion, est la chose du peuple ; et par peuple il faut entendre, non tout assemblage d'hommes groupés en troupeau d'une manière quelconque, mais un groupe nombreux d'hommes associés les uns aux autres par leur adhésion à une même loi et par une certaine communauté d'intérêts. » Notons que l'expression « adhésion à une même loi » traduit le latin *juris consensus*, que le traducteur d'Augustin rend par « la sanction d'un droit consenti » : la loi n'est que le produit du droit, l'idée du droit traduite en paroles, le droit appliqué ; or ce qui est crucial ici, c'est que le *jus* est premier. Et c'est à partir de ce terme « droit » qu'Augustin va discuter de la justice, et de son rôle fondateur et régulateur, dans la République, dans la vraie cité, la Cité de Dieu : les deux termes « droit » et « justice » sont en effet inséparables, car « où il n'y a pas une véritable justice, le droit ne peut pas être ». Par rapport à Cicéron, Augustin introduit donc dans la définition du peuple et de la république une dimension transcendante. La justice, en effet, telle qu'il l'entend, c'est-à-dire la justice chrétienne, n'est évidemment pas présente chez Cicéron. Pour ce dernier, l'association politique des hommes repose sur une sociabilité naturelle et la justice innée se fonde sur la loi naturelle vraie de « la droite raison, conforme à la nature, répandue dans tous les êtres » ; méconnaître cette loi, c'est « s'ignorer soi-même » et « méconnaître la nature humaine » (*De la République*, III, 22, p. 86).

Augustin répond à cette loi naturelle par la loi éternelle, à la justice innée par la distinction entre la fausse justice des hommes et la véritable justice présente dans la Cité de Dieu. Selon une démarche d'inspiration platonicienne, Augustin fonde la justice sur une hiérarchie, qui est toujours en même temps une hiérarchie morale enracinée dans un ordre naturel établi par la raison. La justice chrétienne, qui est aussi la justice selon son sens le plus élevé, commande d'ordonner toutes choses selon la raison, c'est-à-dire de subordonner l'inférieur au supérieur, tant à l'intérieur de l'homme qu'à l'extérieur de lui : le corps est gouverné par l'âme, les passions ou appétits par la raison et la raison par Dieu ; dans la société, les sujets vertueux sont gouvernés par des sages, et les sages par la loi divine. Cette harmonie se trouve dans la Cité céleste, mais est rompue dans la cité terrestre à cause du péché originel. La justice terrestre est donc essentiellement défectueuse. La loi éternelle, divine, totalement invariable, est la source universelle de la justice et est identifiée à la volonté ou à la sagesse de Dieu. La loi temporelle ou humaine varie par définition, car elle adapte la loi éternelle aux besoins changeants des sociétés particulières. Elle est nécessairement juste, car une loi injuste n'est pas une loi, et elle est établie en vue du bien commun ; en ce sens, elle est utile et même nécessaire. Mais elle est changeante et imparfaite, surtout si elle est établie pour la domination de certains hommes sur les autres ou pour la possession de richesses ; enfin, elle ne cherche pas à atteindre l'intérieur de l'homme mais se contente de punir ou de récompenser les actions des hommes dans la société. Elle n'est donc pas une garante de la vertu. Or la justice est avant tout une vertu « qui rend à chacun ce qui lui appartient ». L'homme appartient à Dieu ; si, dans la société terrestre, il oublie son créateur par amour de soi, et se fait le sujet exclusif d'autres hommes, alors il se nie lui-même et, pervertissant la justice, il n'est plus ni homme ni citoyen.

Sans justice, il n'y a point de république ; sans Dieu, il n'y a point de justice.

C'est donc ici le lieu de m'acquitter, avec toute la brièveté et toute la clarté possible, de mon ancienne promesse, en démontrant qu'aux termes des définitions que Scipion emploie dans le traité *De la République* de Cicéron, il n'y eut jamais une république romaine. Il définit la république en un mot : la chose du peuple. Si cette définition est vraie, il n'y eut jamais une république romaine ; car l'ordre politique de Rome ne fut jamais la chose du peuple, définition exacte de la république, suivant Scipion. Car il a défini le peuple, une association nombreuse qui repose sur la sanction d'un droit consenti et sur la communauté d'intérêts. Ce qu'il entend par droit consenti, il l'explique dans la discussion, quand il montre que la république ne peut être gouvernée sans la justice ; donc où il n'y a pas une véritable justice, le droit ne peut être. Car ce qui se fait avec droit, se fait avec justice ; et ce qui se fait sans justice ne peut se faire avec droit. Il ne faut pas en effet appeler droits, ni considérer comme droits les iniques institutions des hommes. Ne disent-ils pas eux-mêmes que le droit, c'est ce qui dérive de la source de la justice ? Et ne rejettent-ils pas comme une erreur cette opinion qui place le droit dans l'intérêt du plus fort ? Ainsi donc, où il n'y a pas véritable justice, il ne peut y avoir association d'hommes sous un droit consenti ; et partant il n'y a point peuple, suivant la définition de Scipion ou de Cicéron ; et s'il n'y a point peuple, il n'y a pas non plus « chose » du peuple, mais d'une multitude quelconque qui ne mérite pas le nom du peuple. Par conséquent, si la république est la chose du peuple, et s'il n'y a point peuple quand il n'y a pas association sous un droit consenti (or il n'y a pas droit où il n'y a pas justice), il suit indubitablement qu'où il n'y a pas justice, il n'y a pas république. Or la justice est cette vertu qui rend à chacun ce qui lui appartient. Quelle est donc cette justice de l'homme, qui dérobe l'homme même au vrai Dieu pour l'asservir aux esprits impurs ? Est-ce là rendre à chacun ce qui lui appartient ? L'homme qui ravit un fonds à celui qui l'a acheté pour le livrer à un autre qui n'y a aucun droit, est injuste ; et l'homme qui se soustrait lui-même à la puissance de Dieu, son créateur, pour se faire l'esclave des esprits de malice, est-il juste ?

Or, dans ces mêmes livres *De la République*, une discussion s'établit, vive et forte, pour la justice contre l'injustice. Et comme on avait pris auparavant le parti de l'injustice contre la justice en alléguant qu'une république ne peut subsister et s'étendre que par l'injustice, on présentait comme un argument très puissant ce principe : qu'il est injuste que l'homme soit asservi à la domination de l'homme, injustice qu'une cité dominatrice, dont l'empire est étendu, embrasse nécessairement, si elle veut commander à ses provinces. Mais on répond, au nom de la justice, que cela est juste, parce que la servitude est utile aux hommes asservis, qu'elle est à leur avantage quand le droit écarte l'abus, c'est-à-dire quand la licence de nuire est retirée au plus méchant ; qu'enfin cette dépendance leur sera d'autant plus salutaire, que l'indépendance leur était plus funeste. À l'appui de cet argument, un bel exemple emprunté pour ainsi dire à la nature était invoqué, et l'on disait : « Pourquoi donc Dieu commande-t-il à l'homme, l'âme au corps, la raison à la passion et aux autres parties vicieuses de l'âme ? » Exemple qui nous montre assez clairement que la servitude est utile à quelques-uns mais que de servir Dieu est utile à tous. Or, l'âme soumise à Dieu a droit de commander au corps, et, dans l'âme, la raison soumise à Dieu a droit de commander à la passion et aux autres vices. Aussi, quand l'homme ne sert pas Dieu, quelle justice peut être dans l'homme ? Puisque, n'étant pas soumise à Dieu, l'âme ne peut exercer justement aucune autorité sur le corps, la raison humaine sur les vices. Et si dans l'homme individuel, il n'est alors aucune justice, quelle justice peut être dans une association d'hommes qui se compose d'individus semblables ? Il n'y a donc pas là ce droit reconnu qui fait d'une multitude d'hommes un peuple, et de leur chose une république. Que dirai-je de cet intérêt commun sur lequel la définition précédente fonde toute association du peuple ? Car enfin, quel peut être l'intérêt véritable de ceux qui vivent dans l'impiété, comme vit quiconque trahit le service de Dieu pour celui des démons, monstres d'impiété d'autant plus pervers qu'ils veulent, esprits impurs, qu'on leur sacrifie comme à des dieux ? Or ce que j'ai dit du droit reconnu suffit pour montrer qu'aux termes de la définition, il n'y a ni peuples, ni république où il n'y a pas de justice.

IV

PASCAL

FORCE, IMAGINATION ET COUTUME

Pascal, *Pensées*, texte établi par L. Brunschvicg, GF-Flammarion, 1976, p. 135-137.

On ne peut séparer la pensée politique de Pascal du contexte historico-politique dans lequel elle s'établit : si la guerre civile est le pire des maux pour Pascal, c'est en partie parce que la Fronde fait rage entre 1648 et 1652 ; s'il défend âprement la morale chrétienne, c'est aussi parce que Louis XIV, soutenant les Jésuites, lutte contre Port-Royal, qu'il perçoit comme un lieu de critiques, d'hostilité, d'indépendance revendiquée contre son pouvoir personnel absolu.

D'autre part, deux lectures ont extrêmement influencé Pascal : les *Essais* de Montaigne, en particulier l'« Apologie de Raymond Sebond », et *La Cité de Dieu* de saint Augustin. Du premier, il retient que les lois et les coutumes sont relatives et indépendantes de toute rationalité : Montaigne s'inscrit dans le courant néosceptique de son époque, alimenté par la remise en question de la tutelle aristotélicienne, la découverte du Nouveau Monde et les guerres de Religion. Du second, il reprend l'idée que la seule vraie cité est la cité chrétienne, la Cité de Dieu.

Ce faisceau de causes et d'influences le conduit à la récusation cynique de toute politique rationnelle. Ce geste essentiellement sceptique ne l'empêche pas pour autant de construire une théorie politique contre ou en dépit de tout rationalisme. On trouve dans la Pensée 331-533, par-delà son aspect provocateur, l'idée que le monde est un « hôpital de fous » ; l'homme, corrompu par le péché originel, est irrationnel et déraisonnable, et, de ce fait, la justice lui est inaccessible.

Il existe une justice en soi que l'homme ne peut pas découvrir et qui ne structure donc pas la ou les sociétés. Tout ce que l'on peut établir, c'est une maxime, « la plus générale de toutes celles qui sont parmi les hommes », c'est-à-dire une maxime de second ordre, portant sur des normes déjà existantes, et non universelle et nécessaire. Le conventionnalisme de Pascal consiste en une critique sceptique de la loi naturelle. Même s'il existait des lois naturelles universelles dans la réalité humaine, cela ne serait que l'effet du hasard, car le hasard seul, en tant qu'il s'oppose ici à la raison, sème les lois. Il n'y a donc aucun moyen de fonder la loi en justice : une loi juste est une illusion, et tout pouvoir est avant tout une usurpation.

La justice ne peut donc être validée que par la convention ou la coutume. Le plus sûr pour les hommes condamnés à vivre dans cette maison de fous, c'est de s'en tenir à ce qui existe déjà. C'est par cette attitude conservatrice, qui refuse radicalement l'anarchisme, que les hommes peuvent éviter la guerre civile, et maintenir la paix, « qui est le souverain bien » (Pensée 299-81). La position de Pascal est ici explicitement extrémiste : il récuse la thèse positiviste hobbésienne selon laquelle la justice est validée par l'autorité du législateur, mais aussi la thèse défendue par Thrasymaque dans la *République*, selon laquelle c'est la seule commodité du souverain qui permet de parler de justice. Et il ne prétend pas diminuer la violence de cette affirmation en réintégrant une certaine rationalité dans la coutume : sa seule force, c'est qu'elle est reçue. La longévité d'une loi n'est en rien la preuve qu'elle est plus juste ou se rapproche davantage de la raison qu'une autre ; elle ne gagne pas non plus la moindre sagesse à l'usage, en prouvant qu'elle est plus efficace qu'une autre à régler les passions humaines ; nous sommes dans le pur domaine du fait, sans possibilité aucune de se ramener au droit.

La mise en acte dans la société d'une justice humaine toujours imparfaite et néanmoins nécessaire pour garantir la paix civile a donc besoin de se fonder sur les passions humaines les plus extrêmes afin d'acquérir une certaine efficace : l'imagination et la force sont les deux garantes de la justice sociale. L'imagination est « cette partie dominante dans l'homme, cette maîtresse d'erreur et de fausseté, [...] cette superbe puissance ennemie de la raison, qui se plaît à la contrôler et à la dominer » (Pensée 82-44). L'imagination est, pour Pascal, toujours liée au corps, et le corps est le lieu du péché. Les effets de l'imagination sont tout puissants ; c'est ce qu'ont compris les acteurs politiques, tenants des appareils exécutif et judiciaire, qui ont parfaitement développé la technique politique de mise en œuvre de l'image corporelle. Ils utilisent tous les moyens à leur disposition pour frapper l'imagination du peuple, s'imposer et en imposer, l'apparence de leur pouvoir remplaçant avantageusement leur légitimité. « Nos magistrats ont bien connu ce système. Leurs robes rouges, leurs hermines, dont ils s'emmaillotent en chats fourrés, les palais où ils jugent, les fleurs de lis, tout cet appareil auguste était fort nécessaire [...]. N'ayant que des sciences imaginaires, il faut qu'ils prennent ces vains instruments qui frappent l'imagination à laquelle ils ont affaire ; et par là, en effet, ils s'attirent le respect » (Pensée 82-44).

Les gens de guerre sont, selon Pascal, les seuls qui ne jouent pas sur l'apparat pour s'imposer, car ils utilisent la force ; les rois, eux, s'appuient sur les deux : « ils n'ont pas l'habit seulement, ils ont la force » (Pensée 82-44). La force est en effet l'autre garant nécessaire et indispensable de la justice : si justice et force sont hétérogènes, il faut pourtant les accorder, car « la justice sans la force est impuissante ; la force sans la justice est tyrannique » (Pensée 298-103). C'est sur la base de ce constat que Pascal établit son raisonnement, qui conduit à une alternative : il faut « que ce qui est juste soit fort ou que ce qui est fort soit juste ». La première solution fait référence à ce que l'on nommerait aujourd'hui « l'appareil répressif d'État », c'est-à-dire la mise en place d'un système de répression au service du juste (armée, police, gendarmerie, tribunaux, etc.). Mais cette solution est invalidée, car la force a une énorme supériorité sur la justice, elle est claire et indiscutable, et ne peut donc mener à la guerre civile. (Il faut se souvenir ici que les guerres de Religion sont souvent directement issues de controverses.) La seule conclusion possible est donc : « ne pouvant fortifier la justice, on a justifié la force, afin que le juste et le fort fussent ensemble, et que la paix fût, qui est le souverain bien » (Pensée 299-81). La seule justice possible dans la société humaine, justice établie par pure convention, selon une technique qui met en jeu la puissance de l'image et l'imagination, est donc, de fait, la justice du plus fort. Cette justice d'établissement est justifiée par l'impossibilité où sont les hommes d'atteindre la vraie justice, celle de Dieu ; le monde humain est, cyniquement ou tragiquement, le lieu de la force absurde. La force est « la reine du monde » (Pensée 303-554).

Pensée 293-51.

« Pourquoi me tuez-vous ? – Eh quoi ! ne demeurez-vous pas de l'autre côté de l'eau ? Mon ami, si vous demeuriez de ce côté, je serais un assassin et cela serait injuste de vous tuer de la sorte ; mais puisque vous demeurez de l'autre côté, je suis un brave, et cela est juste. »

Pensée 294-60.

… Sur quoi la fondera-t-il, l'économie du monde qu'il veut gouverner ? Sera-ce sur le caprice de chaque particulier ? Quelle confusion ! Sera-ce sur la justice ? Il l'ignore.

Certainement, s'il la connaissait, il n'aurait pas établi cette maxime, la plus générale de toutes celles qui sont parmi les hommes, que chacun suive les mœurs de son pays ; l'éclat de la véritable équité aurait assujetti tous les peuples, et les législateurs n'auraient pas pris pour modèle, au lieu de cette justice constante, les fantaisies et les caprices des Perses et Allemands. On la verrait plantée par tous les États du monde et dans tous les temps, au lieu qu'on ne voit rien de juste ou d'injuste qui ne change de qualité en changeant de climat. Trois degrés d'élévation du pôle renversent toute la jurisprudence, un méridien décide de la vérité ; en peu d'années de possession, les lois fondamentales changent ; le droit a ses époques, l'entrée de Saturne au Lion nous marque l'origine d'un tel crime. Plaisante justice qu'une rivière borne ! Vérité au-deçà des Pyrénées, erreur au-delà.

Ils confessent que la justice n'est pas dans ces coutumes, qu'elle réside dans les lois naturelles, connues en tout pays. Certainement ils le soutiendraient opiniâtrement, si la témérité du hasard qui a semé les lois humaines en avait rencontré au moins une qui fût universelle ; mais la plaisanterie est telle, que le caprice des hommes s'est si bien diversifié, qu'il n'y en a point. Le larcin, l'inceste, le meurtre des enfants et des pères, tout a eu sa place entre les actions vertueuses. Se peut-il rien de plus plaisant, qu'un homme ait droit de me tuer parce qu'il demeure au-delà de l'eau, et que son prince a querelle contre le mien, quoique je n'en aie aucune avec lui ? Il y a sans doute des lois naturelles ; mais cette belle raison corrompue a tout corrompu : *Nihil amplius nostrum est ; quod nostrum dicimus, artis est. Ex senatus consultis et plebiscitis crimina exercentur. Ut olim vitiis, sic nunc legibus laboramus* [1].

De cette confusion arrive que l'un dit que l'essence de la justice est l'autorité du législateur, l'autre la commodité du souverain, l'autre la coutume présente ; et c'est le plus sûr ; rien, suivant la seule raison, n'est juste de soi ; tout branle avec le temps. La coutume fait toute l'équité, par cette seule raison qu'elle est reçue ; c'est le fondement mystique de son autorité. Qui la ramène à son principe, l'anéantit. Rien n'est si fautif que ces lois qui redressent les fautes ; qui leur obéit parce qu'elles sont justes, obéit à la justice qu'il imagine, mais non pas à l'essence de la loi : elle est toute ramassée en soi ; elle est loi, et rien davantage. Qui voudra en examiner le motif le trouvera si faible et si léger que, s'il n'est accoutumé à contempler les prodiges de l'imagination humaine, il admirera qu'un siècle lui ait acquis tant de pompe et de révérence. L'art de fronder, de bouleverser les États, est d'ébranler les coutumes établies, en sondant jusque dans leur source, pour marquer leur défaut d'autorité et de justice. « Il faut, dit-on, recourir aux lois fondamentales et primitives de l'État, qu'une coutume injuste a abolies. » C'est un jeu sûr pour tout perdre ; rien ne sera juste à cette balance. Cependant le peuple prête aisément l'oreille à ces discours. Ils secouent le joug dès qu'ils le reconnaissent ; et les grands en profitent à sa ruine, et à celle de ces curieux examinateurs des coutumes reçues. C'est pourquoi le plus sage des législateurs disait que, pour le bien des hommes, il faut souvent les piper ; et un

---

1. La première citation est empruntée par Montaigne (« Apologie de Raymond Sebond », *Essais*, II, 12) à un texte de Cicéron (*De finibus*, V, 21) : « Rien ne reste qui soit vraiment nôtre ; ce que j'appelle nôtre est production de l'art » ; la deuxième est tirée de Sénèque (*Lettre* 95) et se trouve dans Montaigne, *Essais*, III, 1 : « Il est des crimes commis à l'instigation des sénatus-consultes et des plébiscites » ; la troisième, inexactement reproduite, est tirée de Tacite (*Annales*, III, 23) et se trouve dans Montaigne, *Essais*, III, 13 : « De même que jadis les scandales, les lois aujourd'hui sont un fléau. »

autre, bien politique : *Cum veritatem qua liberetur ignoret, expedit quod fallatur* [1]. Il ne faut pas qu'il sente la vérité de l'usurpation ; elle a été introduite autrefois sans raison, elle est devenue raisonnable ; il faut la faire regarder comme authentique, éternelle, et en cacher le commencement si on ne veut qu'elle ne prenne bientôt fin.

V

DÉCLARATION DES DROITS DE L'HOMME

LES DROITS DE L'HOMME : EXIGENCE ÉTHIQUE OU NORME DU DROIT POSITIF ?

« Déclaration universelle des Droits de l'homme et du citoyen du 26 août 1789 », in *Les Déclarations des droits de l'homme*, éd. L. Jaume, GF-Flammarion, 1989, p. 11-16.

Les droits de l'homme sont « naturels, inaliénables et sacrés ». L'approche naturaliste des droits de l'homme, que l'on retrouve dans l'exigence d'universalité de la Déclaration universelle des Droits de l'homme du 10 décembre 1948, repose sur une conception qui fait de l'homme la seule source, la seule valeur de ses droits inviolables. La nature humaine est immuable et permanente : l'homme porte en lui des droits inhérents qui ne sauraient être méconnus sans que son essence en soit altérée. De la référence aux théories du droit naturel, on déduit l'idée d'évidence des droits : il suffit de considérer l'homme de tous les temps et de tous les pays, la personne humaine dans sa dignité, pour en découvrir les droits.

Cette exigence soulève immédiatement une première question : pourquoi *déclarer* ce qui semble relever d'une loi non écrite, éternelle, de l'humanité ? Si la déclaration est « solennelle », c'est qu'il s'agit de

1. Citation inexacte d'une citation elle-même inexacte que fait Montaigne (« Apologie de Raymond Sebond », *Essais*, II, 12), de saint Augustin (*La Cité de Dieu*, IV, 27) : « Au lieu de la vérité où il cherche son salut, il lui faut croire qu'il vaut mieux pour lui d'être trompé. »

faire connaître ce qui est historiquement ignoré ; il faut dire pour instruire. Cet horizon d'instruction ou d'éducation de l'homme fait transparaître les exigences des constituants : la déclaration doit être une démonstration claire, transparente, à la portée de tous ; l'action même de déclarer est importante en soi, au moins autant que le contenu de la déclaration ; enfin, la déclaration relève d'une volonté commune décidée. On peut aussi y voir l'acte de naissance d'une parole commune ; l'Assemblée constituante se déclare en promulguant les droits de l'homme et du citoyen ; le contrat comme acte de naissance du corps politique n'est plus silencieux, mais doit se dire. D'autre part, qu'affirme le contrat ? « La libre communication des pensées et des opinions » comme « un des droits les plus précieux de l'homme » (article 11). On assiste ici à la naissance de la parole publique comme expression libre du citoyen indépendant du pouvoir, comme expression du pouvoir nouveau du citoyen.

Si les droits se veulent naturels et éternels, ils sont néanmoins historiquement « situés », produits d'une époque et d'une civilisation. Ils relèvent des droits dits de la première génération, « liberté, propriété, sûreté et résistance à l'oppression ». Ils sont des droits essentiellement politiques, des « droits de », auxquels la Constitution du 27 octobre 1946 a rajouté des « droits à », droits créances : elle « réaffirme solennellement les droits et les libertés de l'homme et du citoyen consacrés par la Déclaration des droits de 1789 et les principes fondamentaux reconnus par les lois de la République » et « proclame en outre, comme particulièrement nécessaires à notre temps, les principes politiques, économiques et sociaux ci-après », parmi lesquels vont prendre place les droits de la femme, de l'enfant, le droit d'asile, le droit au travail, le droit de grève, le droit à la protection de la santé. En effet, les droits proclamés en 1789 sont conçus comme des limites à l'action de l'État, dont le seul devoir en ce qui les concerne est de ne pas faire obstacle à leur exercice (si, dans le préambule, les constituants annoncent vouloir rappeler des droits et des devoirs, seuls des droits sont énoncés). Toute association politique est envisagée comme d'abord protectrice des droits, comme association d'individus, et l'État se pense en fonction de l'individu. Mais la jouissance d'un droit doit s'accompagner de la possibilité de sa mise en œuvre. C'est la principale critique de la pensée marxiste (cf. Marx, *À propos de la question juive*), qui dénonce les droits de l'homme comme des droits formels et bourgeois. Du fait des inégalités sociales, seuls les propriétaires bourgeois peuvent bénéficier de ces droits hypocritement proclamés pour tous ; les droits de l'homme sont des droits de « l'homme égoïste, de l'homme séparé de l'homme et de la collectivité » (p. 103). C'est en particulier contre la liberté telle qu'elle est définie, négativement, comme le droit de faire ce qui ne nuit pas à autrui, et la propriété, « inviolable et sacrée », que les critiques marxistes sont les plus virulentes. La Constitution de 1946 prend acte de ces ambiguïtés et ajoute les droits sociaux comme extension du droit. Le titulaire n'est plus l'homme en tant qu'incarnation intemporelle de la nature humaine, mais l'individu tel que le font les multiples rapports sociaux dans lesquels il est concrètement engagé. Les droits sont compris comme des créances sur la société, et rendent nécessaire l'intervention des pouvoirs publics. Une action positive de l'État est alors acquise.

Se pose également la question de la valeur juridique de la Déclaration et de la place de la loi dans celle-ci. Notons d'abord qu'elle charge la loi comme expression de la volonté générale, c'est-à-dire comme l'expression de la souveraineté dont le principe réside dans la Nation (article 3), de déterminer l'étendue des droits fondamentaux. Les droits sont les droits naturels de tout homme, mais seul le législateur les détermine et les protège. Il y a immédiatement une contradiction entre la loi et le droit, en particulier le droit à la liberté : la liberté est l'obéissance à la loi que l'on s'est prescrite (nous sommes toujours dans un horizon de pensée rousseauiste) et la liberté est la borne de la loi selon l'article premier. La Révolution française – dont la Déclaration est l'émanation – est fondamentalement légicentriste ; certes, le principe de séparation des pouvoirs est affirmé dans le Préambule et dans l'article 16, mais, d'une part, il ne concerne que les pouvoirs exécutif et législatif : le pouvoir judiciaire est une simple autorité d'application de la loi que le législateur produit sans que le moindre contrôle soit exercé ; d'autre part, la prééminence du législatif parle d'elle-même : la loi est présente à tous les niveaux, dans presque tous les articles. Enfin, la Déclaration est apparue historiquement comme une garantie juridique très incertaine, au point d'être oubliée des lois constitutionnelles de la IIIe République, en 1875. Elle n'était alors qu'obligation morale, sans traduction juridique aucune. C'est seulement en 1971 que la Déclaration acquiert une véritable valeur constitutionnelle et un caractère de norme positive et sanctionnable à l'égard du législateur. Auparavant, les droits s'inscrivaient dans un cadre juridique implicite en prétendant avoir valeur universelle, et la loi toute-puissante se chargeait de définir les obligations des individus. Héritiers de la théorie du droit naturel, du vocabulaire rousseauiste, les droits de l'homme ne peuvent éviter les contradictions inhérentes à leur statut, legs d'une pensée qui se veut en même temps norme morale et juridique.

PRÉAMBULE. – Les représentants du peuple français, constitués en Assemblée nationale, considérant que l'ignorance, l'oubli ou le mépris des droits de l'homme sont les seules causes des malheurs publics et de la corruption des gouvernements, ont résolu d'exposer, dans une déclaration solennelle, les droits naturels, inaliénables et sacrés de l'homme, afin que cette Déclaration, constamment présente à tous les membres du corps social, leur rappelle sans cesse leurs droits et leurs devoirs ; afin que les actes du pouvoir législatif et ceux du pouvoir exécutif, pouvant être à chaque instant comparés avec le but de toute institution politique, en soient plus respectés ; afin que les réclamations des citoyens, fondées désormais sur des principes simples et incontestables, tournent toujours au maintien de la Constitution et au bonheur de tous.

En conséquence, l'Assemblée nationale reconnaît et déclare, en présence et sous les auspices de l'Être suprême, les droits suivants de l'homme et du citoyen.

Article premier. – Les hommes naissent et demeurent libres et égaux en droits. Les distinctions sociales ne peuvent être fondées que sur l'utilité commune.

Art. 2. – Le but de toute association politique est la conservation des droits naturels et imprescriptibles de l'homme. Ces droits sont la liberté, la propriété, la sûreté et la résistance à l'oppression.

Art. 3. – Le principe de toute souveraineté réside essentiellement dans la nation. Nul corps, nul individu ne peut exercer d'autorité qui n'en émane expressément.

Art. 4. – La liberté consiste à pouvoir faire tout ce qui ne nuit pas à autrui : ainsi, l'exercice des droits naturels de chaque homme n'a de bornes que celles qui assurent aux autres membres de la société la jouissance de ces mêmes droits. Ces bornes ne peuvent être déterminées que par la loi.

Art. 5. – La loi n'a le droit de défendre que ce qui est nuisible à la société. Tout ce qui n'est pas défendu par la loi ne peut être empêché, et nul ne peut être contraint à faire ce qu'elle n'ordonne pas.

Art. 6. – La loi est l'expression de la volonté générale. Tous les citoyens ont le droit de concourir personnellement, ou par leurs représentants à sa formation. Elle doit être la même pour tous, soit qu'elle protège, soit qu'elle punisse. Tous les citoyens, étant égaux à ses yeux, sont également admissibles à toutes dignités, places et emplois publics, selon leur capacité et sans autre distinction que celle de leurs vertus et de leurs talents.

Art. 7. – Nul homme ne peut être accusé, arrêté ni détenu que dans les cas déterminés par la loi et selon les formes qu'elle a prescrites. Ceux qui sollicitent, expédient, exécutent ou font exécuter des ordres arbitraires doivent être punis ; mais tout citoyen appelé ou saisi en vertu de la loi doit obéir à l'instant ; il se rend coupable par la résistance.

Art. 8. – La loi ne doit établir que des peines strictement et évidemment nécessaires, et nul ne peut être puni qu'en vertu d'une loi établie et promulguée antérieurement au délit, et légalement appliquée.

Art. 9. – Tout homme étant présumé innocent jusqu'à ce qu'il ait été déclaré coupable, s'il est jugé indispensable de l'arrêter, toute rigueur qui ne serait pas nécessaire pour s'assurer de sa personne doit être sévèrement réprimée par la loi.

Art. 10. – Nul ne doit être inquiété pour ses opinions, même religieuses, pourvu que leur manifestation ne trouble pas l'ordre public établi par la loi.

Art. 11. – La libre communication des pensées et des opinions est un des droits les plus précieux de l'homme ; tout citoyen peut donc parler, écrire, imprimer librement, sauf à répondre de l'abus de cette liberté dans les cas déterminés par la loi.

Art. 12. – La garantie des droits de l'homme et du citoyen nécessite une force publique ; cette force est donc instituée pour l'avantage de tous, et non pour l'utilité particulière de ceux à qui elle est confiée.

Art. 13. – Pour l'entretien de la force publique, et pour les dépenses d'administration, une contribution commune est indispensable ; elle doit être également répartie entre tous les citoyens, en raison de leurs facultés.

Art. 14. – Tous les citoyens ont le droit de constater, par eux-mêmes ou par leurs représentants, la nécessité de la contribution publique, de la consentir librement, d'en suivre l'emploi, et d'en déterminer la quotité, l'assiette, le recouvrement et la durée.

Art. 15. – La société a le droit de demander compte à tout agent public de son administration.

Art. 16. – Toute société dans laquelle la garantie des droits n'est pas assurée, ni la séparation des pouvoirs déterminée, n'a point de Constitution.

Art. 17. – La propriété étant un droit inviolable et sacré, nul ne peut en être privé, si ce n'est lorsque la nécessité publique, légalement constatée, l'exige évidemment, et sous la condition d'une juste et préalable indemnité.

VI

KANT

« C'EST INJUSTE » OU « CELA CONTREDIT LE DEVOIR »

Kant, *Théorie et pratique*, « Sur le lieu commun : « il se peut que ce soit juste en théorie, mais en pratique cela ne vaut rien », trad. F. Proust, GF-Flammarion, 1994, p. 58-60.

Pour saisir la notion de justice chez Kant, nous devons partir de la relation de synonymie qu'il établit dans le texte suivant : « *es ist unrecht* [c'est injuste] » ne signifie rien d'autre ni de plus que « *es widerstreitet der Pflicht* [cela contredit le devoir] ». Ce qui est rendu dans la traduction française par « on n'en a pas le droit » ne fait donc pas ressortir l'ambiguïté du terme allemand « *Recht* » signifiant « droit », mais aussi « justice ». La justice kantienne, en tant qu'elle est pensée « dans la morale en général », est indissociable de l'idée de devoir. Qu'est-ce que le devoir, si l'on en cherche une définition rationnelle ? « Le concept du devoir réclame donc objectivement de l'action l'accord avec la loi, et subjectivement de la maxime de l'action, le respect pour la loi comme le mode de détermination unique de la volonté par la loi » (*Critique de la raison pratique*, trad. F. Picavet, PUF, 1993, p. 85). Le devoir se définit donc par l'intention du sujet ; une bonne action accomplie par intérêt, par plaisir, ou selon toute autre intention que le respect de la loi, n'a aucune valeur morale. Le principe du vouloir, la maxime de l'action, est la règle en vertu de laquelle l'action est accomplie ; et c'est l'action seule qui compte, non le but poursuivi. Il ne s'agit pas seulement d'agir conformément au devoir par inclination, mais d'agir par devoir. Quelle est cette loi dont la représentation seule peut nous permettre d'agir moralement, c'est-à-dire peut déterminer notre « bonne volonté » ? La maxime de notre volonté doit en effet être érigée en loi, au sens strict, c'est-à-dire en loi universelle, telle qu'on peut penser qu'elle est valable pour tout être raisonnable. Kant distingue les maximes, règles d'action subjectives, et les lois, règles d'action objectives ; précisons par ailleurs que l'homme a une volonté, c'est-à-dire la faculté d'agir d'après la représentation de lois ou de principes, uniquement en tant qu'il est un être raisonnable. Mais l'homme n'est pas un être parfait ou divin, donc sa volonté n'est pas pure raison. Elle est toujours en même temps soumise à des conditions subjectives, à l'influence des penchants de la sensibilité, et n'obéit pas aux lois rationnelles si elle n'est pas contrainte par elles. Les lois sont vécues par la volonté humaine comme des devoirs ou des impératifs.

Kant distingue deux sortes d'impératifs, les impératifs hypothétiques et les impératifs catégoriques ; les premiers délibèrent sur les moyens de l'action, ou nous représentent certaines actions comme les moyens nécessaires pour parvenir à nos fins ; les seconds nous donnent l'action comme nécessaire en elle-même, inconditionnellement. Les premiers sont les impératifs de l'habileté ou de la prudence, qui nous donnent des règles ou des conseils ; les seconds sont les impératifs de la moralité, qui seule nous donne des lois. L'homme moral ne peut mener une action morale que s'il agit par devoir, selon les impératifs de la moralité, tous dérivés d'une seule et même formule, universelle et nécessaire, proposition pratique synthétique *a priori* : « agis comme si la maxime de ton action devait être érigée par ta volonté en loi universelle de la nature », ou selon la deuxième formulation, « agis de telle sorte que tu traites l'humanité, aussi bien dans ta personne que dans la personne de tout autre, toujours en même temps comme une fin et jamais simplement comme un moyen » (*Critique de la raison pratique*, p. 137 et 150-151). L'homme étant toujours une fin, il ne peut être simplement l'objet de la loi morale, mais il doit toujours en être l'auteur. C'est ce que Kant appelle l'autonomie de la volonté : si nous obéissons à la loi morale, c'est parce que notre volonté est légiférante ; nous nous donnons cette loi à nous-mêmes. Kant reprend ainsi sur le plan moral l'idée rousseauiste d'autonomie. Les hommes en société doivent se considérer comme des fins, liées entre elles, dans le règne des fins, par des lois dérivées de l'impératif catégorique. Seules ces lois peuvent réguler les rapports de ces êtres raisonnables. C'est sur ces fondements moraux que Kant peut ensuite fonder sa théorie politique, selon laquelle la condition des hommes dans la société civile en tant qu'êtres raisonnables, guidés par la loi de la moralité, et non par les maximes du bonheur, est fondée sur trois principes : « 1. La *liberté* de chaque membre de la société, en tant qu'*homme*. 2. L'*égalité* de tout homme avec tout autre, en tant que *sujet*. 3. L'*autonomie* de chaque membre d'une communauté, en tant que *citoyen* » (*Théorie et pratique*, p. 64-65). Le souverain bien de la société est alors le même que le souverain bien de chaque homme. Il ne dépend pas du bonheur, et le bonheur n'est pas à rechercher en soi, ni au niveau individuel, ni au niveau collectif (on ne doit pas le considérer du tout) ; le bonheur est subordonné au devoir ou à la vertu, il ne fait appel qu'à des maximes empiriques quand le devoir est *a priori*, universel et nécessaire. Agir selon l'impératif du devoir, c'est agir moralement, vertueusement, justement, que je me considère comme individu, comme citoyen, ou comme être raisonnable.

Non seulement le concept de devoir dans toute sa pureté est, incomparablement, plus simple, plus clair, plus naturel et plus compréhensible par quiconque en vue d'un usage pratique que tout motif tiré du bonheur ou confondu avec lui ou avec sa prise en considération (ce qui exige à chaque fois beaucoup d'art et de réflexion), mais, même, dans le jugement de la raison la plus commune des hommes, il est de loin plus *puissant*, plus impérieux, et il promet davantage de succès que toutes les raisons déterminantes empruntées au précédent principe égoïste, à condition qu'on le rapporte à la raison et à la volonté des hommes en le séparant de ces raisons, voire en l'y opposant. Soit, par exemple, le cas suivant : quelqu'un détient un bien qui lui a été confié (*depositum*), son propriétaire est mort et ses héritiers n'en savent rien et ne peuvent rien en savoir. Qu'on présente ce cas, même à un enfant de huit ou neuf ans ; qu'on ajoute que celui qui détient ce dépôt connaît (sans qu'il en soit responsable) un revers de fortune juste à ce moment, qu'il tombe dans une ruine totale et qu'il voit autour de lui sa famille, femme et enfants, désolée et accablée par le besoin et la misère, dont il pourrait se tirer en un instant en s'appropriant cette mise en gage ; supposons qu'il soit philanthrope et charitable, et que, à l'inverse, les héritiers soient riches, égoïstes, qu'ils vivent dans un luxe extrême et soient dépensiers au point qu'il vaudrait aussi bien jeter à l'eau ce surplus de fortune. Maintenant qu'on demande si, dans ces conditions, on peut considérer comme permis de détourner ce dépôt à son profit personnel. Celui qui est interrogé répondra sans doute aucun : non, et au lieu de donner des raisons, il dira simplement : *on n'en a pas le droit*, c'est-à-dire : cela contredit le devoir. Il n'y a rien de plus clair, mais ce n'est certainement pas parce que cette restitution favoriserait son *bonheur* personnel. Car, si c'était de l'intention du bonheur qu'il attendait de déterminer sa décision, il pourrait, par exemple, avoir la pensée suivante : « Si tu remets spontanément le bien étranger, qui se trouve chez toi, à ses vrais propriétaires, ils te récompenseront vraisemblablement pour ton honnêteté ; ou bien, si cela ne se produit pas, tu t'attireras une grande et large réputation qui pourra te rapporter beaucoup. » Mais tout ceci est très incertain.

Bien plus, maintes difficultés ne manquent pas alors d'apparaître : si tu voulais détourner ce qui t'a été confié pour te sortir d'un seul coup d'une situation difficile, tu t'attirerais, si tu en faisais un prompt usage, le soupçon sur la manière et le moyen par lesquels tu es parvenu si vite à améliorer ta situation ; mais si, au contraire, tu voulais t'y prendre avec lenteur, la misère croîtrait tellement pendant ce temps, qu'il n'y aurait plus aucun moyen d'y remédier. Ainsi la volonté qui adopte la maxime du bonheur hésite à se décider entre les mobiles qu'elle doit suivre, car elle vise le succès et celui-ci est fort incertain ; il faut avoir une tête bien faite si l'on veut faire le tri entre les raisons pour et les raisons contre et si on ne veut pas se tromper en en faisant le compte global. Au contraire, quand on se demande quel est en ce cas le devoir, on est absolument pas embarrassé par la réponse à donner, on sait tout de suite ce qu'on a à faire. On éprouve même, si le concept de devoir a pour soi quelque valeur, une répulsion à être mêlé ne serait-ce qu'à des supputations concernant les avantages qui pourraient résulter de sa transgression, à supposer qu'on en ait, encore, le choix.

VII

NIETZSCHE

LA JUSTICE DES FORTS, LUTTE CONTRE LE RESSENTIMENT ET L'ESPRIT DE VENGEANCE

Nietzsche, *Généalogie de la morale*,
Deuxième dissertation, 11, trad. É. Blondel,
O. Hansen-Løve, T. Leydenbach et P. Pénisson,
GF-Flammarion, 1996, p. 84-88.

« Les trois dissertations qui composent cette *Généalogie* sont peut-être, quant à l'expression, à l'intention et à l'art d'étonner, ce que l'on a jamais écrit de plus déconcertant. [...] La *deuxième* dissertation donne la psychologie de la "*conscience* morale" : celle-ci n'est pas, comme on le croit communément, "la voix de

Dieu en l'homme" – c'est l'instinct de cruauté qui se retourne contre lui-même, une fois qu'il ne peut plus se décharger à l'extérieur. La cruauté est ici pour la première fois mise en lumière comme l'un des soubassements les plus anciens et les plus essentiels de la culture » (*Ecce Homo*, « Généalogie de la morale », trad. I. Hildenbrand et J. Gratien, NRF-Gallimard, 1971, p. 321-322). La *Généalogie de la morale* est un écrit polémique, qui constitue la « première psychologie du prêtre », et inaugure une généalogie de type historique et sémiologique : le crible de l'interprétation permet de repérer le sens caché de tout événement, afin de diagnostiquer la maladie qui ronge la modernité. La généalogie consiste non pas à rechercher une origine ou un fondement, mais à élucider les conditions de production d'un sens. La question du symptôme se substitue à celle du fondement : ce qui émerge du discours moral est toujours le symptôme d'un rapport de forces. C'est au présent que le généalogiste s'intéresse, ce présent porteur du passé dans ses illusions et ses faiblesses mêmes.

Comment la notion de justice est-elle apparue ? « À ce premier degré, la justice est la bonne volonté entre puissance à peu près équivalentes, de s'arranger, de "s'entendre" à nouveau, grâce à une compensation – et, s'agissant des moins puissants, de les y contraindre entre eux » (*Généalogie de la morale*, II, 8, p. 82). Ce bon vouloir, cet accord entre les forts, est issu d'une généralisation du rapport fondamental créancier-débiteur, qui exprime l'activité de la culture en tant qu'elle est dressage, et qui sert de modèle à toute organisation sociale. La pensée humaine est d'abord pesée, mesure, calcul. Nietzsche rejette ici toutes les théories du contrat social, qu'il réinterprète en faisant de la douleur, de la souffrance, causées par le châtiment, le lien social par excellence. Le contrat social, tel qu'il est dénoncé par Nietzsche, présuppose une logique de la dette, dans laquelle le criminel est un débiteur qui manque à sa promesse envers la communauté créancière, et non seulement ne rembourse pas ce qu'il doit, mais s'attaque aux créanciers. La communauté le châtie pour avoir manqué au corps social tout entier : elle châtie par esprit de vengeance, avec l'idée que le dommage causé trouve son équivalent dans la douleur subie. L'agressivité, instinct vital, est pervertie en étant intériorisée et sublimée ; c'est le processus de développement de la conscience morale qui produit le droit et la justice comme rationalisations juridiques de la vengeance. Or la vengeance est paradigmatique de l'ensemble des forces réactives. Selon Deleuze, Nietzsche « nomme esprit de vengeance l'ensemble du nihilisme et de ses formes [res-

sentiment, mauvaise conscience, idéal ascétique] » (*Nietzsche et sa philosophie*, Paris, PUF, 1967, p. 43). Et l'affirmation des forces réactives, dominées, soumises, est limitation des forces véritablement actives, dont l'affirmation au contraire est tout entière création, positivité et jouissance. Historiquement, les forces issues des émotions actives de l'homme nietzschéen (qui s'oppose à l'homme malade) ont été usées par leur lutte contre la réactivité, le ressentiment. Et le « ressentiment » démasqué dans la première « Dissertation », en s'intériorisant, évolue en « mauvaise conscience » et en « culpabilité ». Mais, si le propre des forces actives est le dressage des forces réactives (la « culture »), alors justice et ressentiment sont antithétiques : le ressentiment est résistance et négativité, « symptôme de lassitude, esquive vers le néant » (*Généalogie de la morale*, II, 11, p. 88), alors que la justice est puissance et « attitude positive ». Ce que Nietzsche reproche à Dühring, c'est d'avoir identifié la justice au ressentiment, alors que cette justice-là est uniquement celle des faibles. Une telle justice est négative, fondée sur l'idée d'égalité entre tous les hommes ; or, la justice des puissants est positive, et s'inscrit dans l'inégalité de droit entre maîtres et esclaves, qui est l'inégalité à l'œuvre dans la vie même, en tant que la vie est violence créatrice.
C'est là qu'intervient l'importance de la loi, en dehors de laquelle il n'est ni justice ni injustice : par le mouvement de la culture, les forces actives luttent contre le ressentiment. Cela permet aux individus d'atteindre cette objectivité du regard qui est la véritable équité, loin des mesquineries des émotions réactives : responsabilité, loi, justice sont les moyens de la culture, qui sont à terme destinés à se dissoudre dans le produit à venir de la culture, l'individu souverain, qui sera capable de faire de la « grande politique » (*Par-delà bien et mal*, trad. C. Heim, Gallimard, 1971, § 208). Le principe de cette politique à venir sera celui, aristocratique, de la volonté de puissance comme volonté de création et non comme volonté de pouvoir. Les individus qui la mèneront ne seront plus « humains, trop humains » mais inhumains, surhumains.

– Un mot ici pour récuser des tentatives récentes visant à chercher l'origine de la justice sur un tout autre terrain, celui du *ressentiment*. Pour le glisser d'avance à l'oreille des psychologues, à supposer qu'ils aient envie d'étudier de près le *ressentiment* en tant que tel : cette plante s'épanouit à présent dans toute sa splendeur parmi les anarchistes et les antisémites, d'ailleurs comme elle a toujours fleuri, dans les recoins, à l'instar de la violette, à la senteur près. Et comme le même produit toujours nécessairement le même, on ne sera pas surpris de voir que justement de tels cercles produisent à nouveau des tentatives comme il y en a déjà eu assez souvent – voir *supra* page 30 – pour sanctifier la *vengeance* sous le nom de *justice* – comme si au fond la justice n'était qu'une continuation du sentiment de l'injure subie – et pour mettre en honneur après coup et dans leur ensemble les affects *réactifs* avec la vengeance. C'est encore cela qui me choquerait le moins : à considérer le problème biologique dans son ensemble (relativement auquel la valeur de ces affects a été jusqu'ici sous-estimée), tout cela me paraîtrait plutôt un *mérite*. Seulement j'attirerais l'attention sur ceci : c'est l'esprit même du *ressentiment* qui fait naître cette nuance nouvelle de l'équité scientifique (au profit de la haine, de l'envie, de la jalousie, de la défiance, de la rancune, de la vengeance). Car cette « équité scientifique » s'interrompt aussitôt pour laisser place à des accents d'hostilité et de partis pris mortels, dès qu'il s'agit d'un autre groupe d'affects, qui, ce me semble, ont une valeur biologique encore plus grande que ces valeurs réactives, et par conséquent seraient les premiers à mériter d'être *scientifiquement* jaugés et estimés, à savoir les affects proprement *actifs*, tels que l'appétit de domination, de possession, etc. (E. Dühring, *La Valeur de la vie*, *Cours de philosophie* ; même *passim*). Voilà pour cette tendance générale : mais pour ce qui touche la proposition expresse de Dühring suivant laquelle il faut chercher le foyer de la justice sur le terrain du sentiment réactif, il faut, par amour de la vérité, lui opposer cette riposte brutale sous la forme de cette proposition : le *dernier* terrain conquis par l'esprit de justice est celui du sentiment réactif ! S'il arrive effectivement que l'homme juste demeure juste même à l'égard de ses offenseurs (et pas seulement froid, mesuré, distant et indifférent : être juste est toujours une conduite positive), si l'objectivité élevée et claire, aussi profonde que bienveillante, de l'œil juste qui *juge* ne se trouble pas de l'assaut de l'offense personnelle, de la raillerie, de la suspicion, eh bien, c'est un échantillon de perfection et de maîtrise suprême sur terre, – voire quelque chose à quoi on ne peut raisonnablement s'attendre et à quoi en tout cas on ne doit pas trop aisément accorder *créance*. Certes, il est courant que même chez les personnes les plus probes, une dose infime de perfidie, de méchanceté, d'insinuation suffit à leur faire voir rouge et à leur faire *perdre* de vue l'équité. L'homme actif, qui agresse et transgresse est toujours cent fois plus près de la justice que l'homme réactif. C'est pourquoi en réalité l'homme agressif a de tous temps eu à son avantage le regard *plus dégagé*, *meilleure conscience*, par ce qu'il est le plus fort, le plus courageux, le plus noble : inversement, on devine déjà qui a sur la conscience l'invention de la « mauvaise conscience » – l'homme du *ressentiment* ! Qu'on parcoure donc enfin l'histoire : dans quelle sphère a jusqu'à présent élu domicile toute la pratique du droit ainsi que le véritable besoin de droit sur la terre ? Est-ce dans la sphère de l'homme réactif ? Absolument pas : bien plutôt dans la sphère de l'homme actif, fort, spontané, agressif. Considéré historiquement, le droit représente sur terre – n'en déplaise à l'agitateur susnommé (qui lui-même fait une fois cette confession personnelle : « la doctrine de la vengeance a parcouru tous mes travaux et tous mes efforts comme le fil rouge de la justice ») – le combat précisément *contre* les sentiments réactifs, la guerre contre ces derniers menée par les puissances actives et agressives – qui employèrent partiellement leur force à mettre des freins et des normes au débordement du sentiment réactif et à imposer un compromis. Partout où la justice est exercée, où la justice est maintenue, on voit une force plus puissante face à de plus faibles qui lui sont soumises (qu'il s'agisse de groupes ou d'individus) chercher des moyens de mettre fin à la fureur insensée du *ressentiment* qui les tient, soit en arrachant l'objet du *ressentiment* des mains de la vengeance, soit en substituant à la vengeance qui les anime le combat contre les ennemis de la paix et de l'ordre, soit en inventant, en proposant et parfois en imposant des compromis, soit en érigeant en norme certains équivalents aux préjudices, équivalents auxquels le *ressentiment* désormais sera renvoyé une fois pour toutes. Mais ce que l'autorité suprême fait et impose de plus décisif contre la prédominance des sentiments contraires et réactifs – elle le fait dès qu'elle en trouve la ressource –, c'est l'institution de la *loi*, la mise au clair impérieuse de tout ce qui à ses yeux doit être tenu pour permis, juste, interdit, injuste : en traitant, après l'institution de la loi, les transgressions et les actes arbitraires d'individus ou de groupes entiers comme des outrages à la loi, des rébellions contre l'autorité suprême, celle-ci détourne le sentiment de ses sujets du dommage immédiat causé par un tel outrage et atteint ainsi à la longue l'inverse de ce que veut toute vengeance, qui n'a en vue que la victime et ne fait valoir que le point de vue de celle-ci – : dès lors, le regard est exercé à une évaluation de plus en plus *impersonnelle* de l'acte, y compris le regard de la victime elle-même (quoique en dernier, comme on l'a remarqué plus haut). – Conformément à cela ce n'est qu'à partir de l'institution de la loi qu'il y a du « juste » et de l'« injuste » (et *non pas*, comme le veut Dühring, à partir de l'acte préjudiciable). Parler *en soi* de juste et d'injuste est dépourvu de sens, *en soi* un préjudice, une violence, une extorsion, une destruction ne peuvent naturellement être rien d'« injuste », pour autant que la vie *par essence*, à savoir la vie dans ses fonctions fondamentales procède par le préjudice, la violence, l'extorsion et la destruction, et qu'elle ne saurait être pensée sans ce caractère. Il faut même se faire cet aveu encore plus regrettable : c'est que, du point de vue biologique le plus élevé, les états de droit ne peuvent jamais être que des *états d'exception*, en tant que restrictions partielles de la volonté vitale effective, qui ne vise que la puissance, et tant qu'ils se soumettent, à titre de moyens particuliers, à sa fin générale : moyens de créer de *plus grandes* unités de puissance.

VIII

KELSEN

LA JUSTICE NE FONDE PAS LE DROIT POSITIF

Kelsen, « Justice et droit naturel »,
in *Le Droit naturel*, ouvrage collectif,
trad. É. Mazingue, PUF, 1959, p. 64-67.

Hans Kelsen définit la justice selon deux aspects : la justice est une vertu morale, mais la justice d'un homme est toujours d'abord la justice de son comportement social, conforme à une norme (constituant la valeur de justice), dite « norme de justice ». En fait, c'est seulement dans un deuxième temps que l'on peut définir la justice d'un homme, car la caractéristique première de la justice, et le sujet auquel elle s'applique comme prédicat, est d'abord l'ordre social. La justice est une qualité possible, mais non nécessaire, d'un ordre social régulant les relations réciproques des hommes, et ensuite seulement une vertu de l'homme, car l'homme est dit juste si son comportement se conforme aux normes de l'ordre social supposé être juste.

Qu'est-ce qu'une norme de justice ? Une norme de justice est d'abord une norme à caractère général, c'est-à-dire valable pour un nombre *a priori* indéfini de cas égaux. Il y a de nombreuses normes de justice ; or, et cela est valable pour toute norme (ou pour tout système de normes), il existe une hiérarchie logique des normes, une norme inférieure étant justifiée par une norme supérieure. La validité d'une norme ne peut être fondée sur un fait naturel, même si, précise Kelsen, ce fait est un acte de volonté : « L'argumentation très répandue qui consiste à dire qu'on doit se comporter d'une manière déterminée parce que le législateur ou Dieu veulent, c'est-à-dire ordonnent qu'on se comporte ainsi, est un paralogisme » (p. 11). Le fondement d'une norme ne peut être un acte qui crée cette norme, mais une norme supérieure déjà valable, objective. Ce processus de justification normative conduit à une norme fondamentale ; s'il n'avait pas de fin, nous ne saurions ultimement comment agir. « La justice est ainsi, en dernière analyse, la propriété d'une norme suprême qu'on ne peut déduire à son tour, c'est-à-dire qu'on ne peut légitimer par rien d'autre et dont on présuppose qu'elle est valable objectivement, norme qui prescrit un traitement déterminé que des hommes doivent appliquer à d'autres hommes et qui constitue ainsi une valeur spécifique, la valeur de justice » (p. 12). Or, dès lors qu'il s'agit de donner un contenu à cette norme, on se rend compte que les hommes attachent de la valeur à des systèmes totalement différents, chaque système de valeur étant un phénomène social, le produit d'une société. Kelsen examine les différentes normes fondamentales qui ont été adoptées, historiquement, selon deux voies principales : le type rationnel et le type métaphysique. Au fond, toutes les voies se valent et se justifient parfaitement, une fois que l'on a adopté la norme fondamentale qui les gouverne, mais un même fait peut être qualifié de juste selon un des systèmes de valeurs choisi et d'injuste selon un autre, sans que rien ne nous permette de trancher.

La pure théorie du droit, c'est-à-dire la science du droit positif, cherche la nature du droit lui-même et veut exclure de la connaissance du droit positif tous les éléments qui lui sont extérieurs ; elle est donc limitée par la théorie de la justice, qui est non scientifique, puisque la question de la justice est une question de valeur. Or, le droit et la justice sont radicalement séparés (et non confondus comme dans le discours quotidien qui a tendance à laisser apparaître la loi positive comme juste), notamment par leur rapport à la norme. Le droit est aussi un système de normes, et la justice, qui ne devrait juger que des réalités, déclare aussi le droit positif juste ou injuste ; une norme peut-elle être jugée ? « La validité du droit positif est indépendante de son rapport avec une norme de justice » (p. 5). Une norme doit être valide et efficace, et en l'occurrence, ordonner l'action des individus de telle sorte que leur comportement corresponde à l'ordre social. Cela est indépendant de la norme de justice. La norme fondamentale du droit positif est hypothétique et donne une réponse conditionnelle : « *Si* on considère le droit positif comme valable, on suppose qu'on doit se comporter comme le prescrit la constitution primitive, conformément à laquelle l'ordre juridique positif a été créé. [...] Par cette proposition, on exprime la condition logique transcendantale nécessaire pour qu'un ordre de contrainte créé par la législation ou la coutume et efficace d'une manière générale soit considéré comme valable, objectivement valable » (p. 122). Le positivisme juridique n'établit que ce fondement, il ne se mêle pas du contenu du droit positif ; le relativisme de Kelsen quant à la justice absolue, qui n'est qu'une illusion, permet de pouvoir juger le droit positif.

Il a le mérite de poser clairement la distinction entre une loi et une loi juste, sans assimiler directement la première à la seconde. D'autre part, comme il ne reconnaît d'existence qu'au droit positif, et non au droit naturel, la norme fondamentale redescend parmi les hommes : c'est sa validité que l'on peut interroger, non sa vérité.

28. THÉORIE IDÉALISTE ET RÉALISTE DU DROIT

Il faut distinguer la notion de justice de celle du droit. La norme de justice prescrit de quelle manière le droit, c'est-à-dire un système de normes qui règlent le comportement humain, qui sont créées par des actes humains et qui ont une certaine efficacité, c'est-à-dire le droit *positif*, doit être élaboré quant à son contenu. Comme la norme de justice prescrit un traitement déterminé à appliquer à des hommes, elle se rapporte, comme nous l'avons montré plus haut, à l'acte par lequel le droit est créé. Si cet acte est conforme à la norme de justice, c'est-à-dire si la norme qu'il crée possède le contenu déterminé par la norme de justice, la norme ainsi créée est jugée juste ; si l'acte n'est pas conforme à la norme de justice, c'est-à-dire si la norme qu'il crée ne possède pas le contenu déterminé par la norme de justice, la norme ainsi créée est jugée injuste. En ce sens seulement la norme de justice sert de critère de valeur pour juger le droit positif. Aussi la justice ne peut-elle être identique au droit.

Le rapport qu'on admet entre justice et droit joue un rôle décisif dans la question de savoir si le droit est valable, c'est-à-dire si ses normes doivent être appliquées et observées. Sur ce point il existe deux conceptions qui s'opposent diamétralement. Selon la première, un droit positif ne peut être considéré comme valable que dans le cas et dans la mesure où droit ne peut signifier qu'ordre valable. C'est-à-dire que la validité de la norme de justice est le fondement de la validité du droit positif. Selon la seconde conception, la validité du droit positif ne dépend pas de la validité de la norme de justice. Un droit positif est valable, même s'il est injuste. Cela signifie, comme nous l'avons déjà constaté, qu'on ne peut pas présupposer une norme de justice comme valable si l'on considère comme valable une norme du droit positif dont la création ne correspond pas à la norme de justice. C'est la conséquence du positivisme juridique, c'est-à-dire d'une théorie du droit positiviste ou réaliste, par opposition à une théorie idéaliste.

Cette opposition est en rapport étroit avec l'opposition de la justice relative et de la justice absolue.

La norme de justice, qui prescrit un traitement déterminé à appliquer à des hommes, constitue une valeur absolue si elle prétend être la seule norme de justice possible, c'est-à-dire si elle exclut la possibilité d'une autre norme de justice qui prescrit un autre traitement à appliquer à des hommes. Cela signifie qu'on ne peut présupposer que cette norme de justice, et point d'autre. Une telle norme de justice constituant une valeur absolue ne peut, comme nous venons d'y insister, émaner que d'une autorité transcendante et comme telle elle est confrontée au droit positif, système de normes qui sont créées par des actes humains dans la réalité empirique.

On aboutit alors à un dualisme caractéristique : d'une part un ordre idéal transcendant, non créé par des hommes et supérieur à tout autre et d'autre part un ordre réel, créé par des hommes, c'est-à-dire positif. C'est le dualisme typique de toute métaphysique : sphère empirique et sphère transcendante, dont la forme classique est la théorie des idées de Platon, et qui constitue le fondement de la théologie chrétienne comme dualisme de ce monde et de l'au-delà, de l'homme et de Dieu. La théorie idéaliste du droit possède, au contraire de la théorie réaliste du droit, un caractère dualiste. Celle-ci est moniste, car elle ignore, à la différence de l'autre, la coexistence d'un droit idéal, non créé par des hommes et émanant d'une autorité transcendante, et d'un droit réel, créé par des hommes ; au contraire elle ne connaît qu'*un* droit : le droit positif créé par des hommes.

29. LE POSITIVISME JURIDIQUE

Si, du point de vue de la connaissance scientifique, on se refuse à admettre l'existence d'un être transcendant par-delà toute expérience humaine possible, c'est-à-dire l'existence d'un absolu en général et de valeurs absolues en particulier, du point de vue d'une théorie scientifique du droit, la validité du droit positif ne peut dépendre de son rapport avec la justice. Car une telle dépendance ne peut exister que si la justice est une valeur absolue, si on suppose la validité d'une norme de justice qui exclut la validité de toute norme qui ne lui est pas conforme. Si on concède qu'il peut exister une pluralité de normes de justice différentes et éventuellement contradictoires, en ce sens qu'on peut présupposer l'une ou l'autre de ces normes de justice comme valable, et si par conséquent la valeur de justice n'est que relative, tout ordre juridique positif va fatalement entrer en contradiction avec l'une ou l'autre de ces normes de justice et il ne pourrait y avoir d'ordre juridique positif qui, vu qu'il contredirait l'une quelconque de ces normes de justice, ne devrait être considéré comme non valable. Mais d'autre part, tout ordre juridique positif peut être conforme à l'une quelconque des nombreuses normes de justice qui ne constituent que des valeurs relatives, sans que cette conformité soit considérée comme fondement de sa validité.

Une théorie positiviste, et cela veut dire réaliste, du droit ne prétend pas – il faut toujours y insister – qu'il n'y a pas de justice, mais qu'en fait un grand nombre de normes de justice différentes et contradictoires sont présupposées. Elle ne nie pas que l'élaboration d'un ordre juridique positif peut être déterminée et est en fait généralement déterminée par la représentation de l'une quelconque des normes de justice. En particulier elle ne nie pas que tout ordre juridique positif, c'est-à-dire les actes par lesquels ses normes sont créées, peut être évalué selon l'une de ces nombreuses normes de justice, c'est-à-dire jugé juste ou injuste. Mais elle maintient que ces critères de valeur n'ont qu'un caractère relatif et que par conséquent les actes par lesquels un ordre juridique positif est créé peuvent, si on les mesure avec tel critère, être légitimés comme justes, et si on les mesure avec tel autre, condamnés comme injustes, et qu'un ordre juridique positif est, dans sa validité, indépendant de la norme de justice d'après laquelle sont évalués les actes par lesquels ses normes sont créées. Car pour une théorie positiviste du droit, le fondement de validité d'un ordre juridique positif ne réside pas dans l'une des nombreuses normes de justice, vu qu'elle ne peut accorder à aucune d'elles l'avantage sur les autres ; il réside au contraire dans une norme fondamentale hypothétique, c'est-à-dire supposée dans la pensée juridique, selon laquelle on doit se comporter et traiter les hommes conformément à une constitution primitive qui a une certaine efficacité, sans s'inquiéter de savoir si l'ordre juridique édifié conformément à cette constitution est ou non conforme à une norme de justice quelconque. Dans la mesure où on met en question la validité du droit positif, aucune autre norme n'entre en ligne de compte que la norme fondamentale, et en particulier aucune norme de justice.

IX

RAWLS

LA JUSTICE EST À LA FOIS CONDITION ET BUT DU CONTRAT

Rawls, *Théorie de la justice*,
trad. C. Audard, Seuil, 1987, p. 37-40.

La théorie de la justice comme équité « consiste à se représenter les principes premiers de la justice comme faisant eux-mêmes l'objet d'un accord originel dans une situation initiale définie de manière adéquate » (*Théorie de la justice*, p. 151). Rawls se réfère à un « sens de la justice » issu à la fois des convictions communes à toute société démocratique et du statut libre et égal de tout membre d'une telle société. Ce faisant, il récuse l'idée d'un droit naturel transcendant ou intuitif ; la justice n'existe que dans et par un accord universel. C'est en déplaçant et en réinterprétant les théories du contrat social qu'il parvient à assurer la place, à la fois fondatrice et fondée, de la justice. Des théories classiques, il conserve la définition de la société comme association de personnes, fondée en droit sur leur volonté commune ; il insiste également sur l'idée que la situation initiale, la « position originelle » des contractants, n'est pas historique, mais hypothétique. En même temps, il tient compte des démocraties telles qu'elles existent et sont historiquement déterminées. Comme dans le contrat social rousseauiste enfin, l'accord est constitutif du principe, identique à lui en tant qu'il est énoncé, au moment même où il s'énonce.

L'écart entre le contrat social rawlsien et les contrats sociaux des jusnaturalistes est cependant très vaste et s'articule selon deux points fondamentaux. D'une part, l'objet du contrat lui-même est déplacé : il ne s'agit pas de décider d'une forme de gouvernement ni du meilleur régime possible, mais des principes de justice. La démarche vise non pas la fondation d'un État, mais le fondement rationnel des principes légitimes de l'ordre politique. En ce sens, les principes sont à la fois fondés et fondateurs : *fondés* sur cet accord universel requis entre tous les contractants, et *fondateurs* puisqu'il s'agit par la suite d'établir les institutions nécessaires à la promotion effective des principes dans les sociétés. La deuxième différence tient à la nature de la théorie, toujours à la fois normative *et* procédurale, sans qu'il soit ultimement possible de décider lequel de ces deux caractères en assure la validité. En effet, le contrat est avant tout un accord sur une procédure, parce que le juste précède le bien (Rawls vise ici explicitement l'utilitarisme, théorie pour laquelle le juste est subordonné au bien, c'est-à-dire à l'intérêt du plus grand nombre) ; les partenaires, en tant qu'êtres rationnels mutuellement désintéressés, décident rationnellement des principes pour les futurs citoyens. La situation initiale est constituée comme une situation de délibération rationnelle, comme un des aspects de la théorie générale du choix rationnel (par la suite, Rawls inverse les priorités : le choix rationnel est perçu comme un des composants de la théorie de la justice comme équité). Il s'agit de justifier par une procédure quels principes il serait rationnel d'adopter dans la situation contractuelle. C'est ce que permet la fiction du « voile d'ignorance », qui établit l'égalité des conditions de tous les contractants : ils ignorent leur place dans la société, leurs dons particuliers, leur propre psychologie et leur conception du bien, la forme et le contexte historique de leur société ; mais ils connaissent les faits généraux, c'est-à-dire « les affaires politiques et les principes de la théorie économique » (p. 169), « la base de l'organisation sociale et les lois de la psychologie », et ils savent que les principes choisis doivent « engendrer leur propre soutien » (p. 170). Cette fiction permet de poser avec rigueur la question de l'universalité des principes de justice ; le voile d'ignorance figure ce que les partenaires doivent connaître et ignorer pour choisir des principes de juste procédure. Le fondement des principes est, en ce sens, formel et procédural.

Mais il est toujours en même temps question du « sens de la justice » des individus raisonnables, c'est-à-dire des êtres moraux ; les principes de justice ne vont que clarifier les « jugements bien pesés » (p. 153) qui expriment nos sentiments moraux. En ce sens, la théorie de la justice est normative. Les individus contractants sont à la fois rationnels et raisonnables, et c'est en tant que tels qu'ils se reconnaissent comme libres et égaux et exigent des principes assurant un régime producteur de liberté et d'égalité, c'est-à-dire de justice. La délibération purement rationnelle s'inscrit dans le cadre du raisonnable, c'est-à-dire d'une universalité préalablement prescrite dans la situation initiale. Le voile d'ignorance détermine la forme extérieure d'une contrainte morale. Le sens universel de la justice est donc requis au préalable pour fonder en raison les principes d'une justice procédurale. En quoi consistent ces principes ? « Premier principe : chaque personne doit avoir un droit égal au système total le plus étendu de libertés de base égales pour tous, compatible avec le même système pour tous. Second principe : les inégalités économiques et sociales doivent être telles qu'elles soient : a) au plus grand bénéfice des plus désavantagés, dans la limite d'un juste principe d'épargne, et b) attachées à des fonctions et à des positions ouvertes à tous, conformément au principe de la juste [*fair*] égalité des chances » (p. 341). Ces trois principes, d'égale liberté (1), de différence ou « maximin » (2a), et d'égalité des chances (2b), sont classés dans un ordre que Rawls nomme « lexical » : le premier principe n'est pas négociable contre le second, les libertés de base maximales égales pour tous forment un ensemble inaliénable. Elles correspondent aux libertés égales de la citoyenneté et forment un système, c'est-à-dire qu'elles se conditionnent et doivent être affirmées et assurées toutes à la fois. Quels sont les objets de ces principes ? La « structure de base de la société », abordée en termes de distribution de « biens sociaux primaires » (p. 95-96). La structure est le système général des règles selon lesquelles une société peut être construite ; en ce sens, la théorie de Rawls est structurante. Mais ces règles sont celles qui s'appliqueront à la structure de base ; en ce sens, la théorie tient toujours compte d'une forme déjà donnée, celle des démocraties modernes. Par ailleurs, la justice est d'abord distributive ; les principes ne définissent pas un bien commun ou des objectifs transcendants, ils visent seulement à distribuer de manière équitable les biens premiers, définis comme « tout ce qu'on suppose qu'un être rationnel désirera, quels que soient ses autres désirs », les « choses dont il préférerait avoir plus que moins », afin de « pouvoir réaliser [ses] intentions et faire progresser [ses] objectifs » (p. 122-123). La liste donnée par Rawls comporte « les droits, les libertés et les possibilités offertes, les revenus et la richesse », plus « le sens que quelqu'un a de sa propre valeur » (p. 123). Cette dernière mention réintègre l'idée de personne morale dans la conception globalement juridico-économique du citoyen. Ainsi, le choix des principes de justice est équitable parce que la situation originelle est équitable (situation d'égalité des partenaires), ils établissent un principe égalitaire pour les libertés de base et un principe inégalitaire, grâce auxquels la justice distribue des parts équitables aux citoyens.

La justice comme équité correspond à une théorie du contrat.

Mon but est de présenter une conception de la justice qui généralise et porte à un plus haut niveau d'abstraction la théorie bien connue du contrat social telle qu'on la trouve, entre autres, chez Locke, Rousseau et Kant. Pour cela, nous ne devons pas penser que le contrat originel soit conçu pour nous engager à entrer dans une société particulière ou pour établir une forme particulière de gouvernement. L'idée qui nous guidera est plutôt que les principes de la justice valables pour la structure de base de la société sont l'objet de l'accord originel. Ce sont les principes mêmes que des personnes libres et rationnelles, désireuses de favoriser leurs propres intérêts, et placées dans une position initiale d'égalité, accepteraient et qui, selon elles, définiraient les termes fondamentaux de leur association. Ces principes doivent servir de règle pour tous les accords ultérieurs ; ils spécifient les formes de coopération sociale dans lesquelles on peut s'engager et les formes de gouvernement qui peuvent être établies. C'est cette façon de considérer les principes de la justice que j'appellerai la théorie de la justice comme équité.

Par conséquent, nous devons imaginer que ceux qui s'engagent dans la coopération sociale choisissent ensemble, par un seul acte collectif, les principes qui doivent fixer les droits et les devoirs de base et déterminer la répartition des avantages sociaux. Les hommes doivent décider par avance selon quelles règles ils vont arbitrer leurs revendications mutuelles et quelle doit être la charte fondatrice de la société. De même que chaque personne doit décider, par une réflexion rationnelle, ce qui constitue son bien, c'est-à-dire le système de fins qu'il est rationnel pour elle de rechercher, de même un groupe de personnes doit décider, une fois pour toutes, ce qui, en son sein, doit être tenu pour juste et pour injuste. Le choix que des êtres rationnels feraient, dans cette situation hypothétique d'égale liberté, détermine les principes de la justice – en supposant pour le moment que le problème posé par le choix lui-même ait une solution.

Dans la théorie de la justice comme équité, la position originelle d'égalité correspond à l'état de nature dans la théorie traditionnelle du contrat social. Cette position originelle n'est pas conçue, bien sûr, comme étant une situation historique réelle, encore moins une forme primitive de la culture. Il faut la comprendre comme étant une situation purement hypothétique, définie de manière à conduire à une certaine conception de la justice. Parmi les traits essentiels de cette situation, il y a le fait que personne ne connaît sa place dans la société, sa position de classe ou son statut social, pas plus que personne ne connaît le sort qui lui est réservé dans la répartition des capacités et des dons naturels, par exemple l'intelligence, la force, etc. J'irai même jusqu'à poser que les partenaires ignorent leurs propres conceptions du bien ou leurs tendances psychologiques particulières. Les principes de la justice sont choisis derrière un voile d'ignorance. Ceci garantit que personne n'est avantagé ou désavantagé dans le choix des principes par le hasard naturel ou par la contingence des circonstances sociales. Comme tous ont une situation comparable et qu'aucun ne peut formuler des principes favorisant sa condition particulière, les principes de la justice sont le résultat d'un accord ou d'une négociation équitables [*fair*]. Car, étant donné les circonstances de la position originelle, c'est-à-dire la symétrie des relations entre les partenaires, cette situation initiale est équitable à l'égard des sujets moraux, c'est-à-dire d'êtres rationnels ayant leurs propres systèmes de fins et capables, selon moi, d'un sens de la justice. La position originelle est, pourrait-on dire, le statu quo initial adéquat et c'est pourquoi les accords fondamentaux auxquels on parvient dans cette situation initiale sont équitables. Tout ceci nous explique la justesse de l'expression « justice comme équité » : elle transmet l'idée que les principes de la justice sont issus d'un accord conclu dans une situation initiale elle-même équitable. Mais cette expression ne signifie pas que les concepts de justice et d'équité soient identiques, pas plus que, par exemple, la formule « la poésie comme métaphore » ne signifie que poésie et métaphore soient identiques.

La théorie de la justice comme équité commence, ainsi que je l'ai dit, par un des choix les plus généraux parmi tous ceux que l'on puisse faire en société, à savoir par le choix des premiers principes qui définissent une conception de la justice, laquelle déterminera ensuite toutes les critiques et les réformes ultérieures des institutions. Nous pouvons supposer que, une conception de la justice étant choisie, il va falloir ensuite choisir une constitution et une procédure législative pour promulguer des lois, ainsi de suite, tout ceci en accord avec les principes de la justice qui ont été l'objet de l'entente initiale. Notre situation sociale est alors juste quand le système de règles générales qui la définit a été produit par une telle série d'accords hypothétiques. De plus, si on admet que la position originelle détermine effectivement un ensemble de principes (c'est-à-dire qu'une conception particulière de la justice y serait choisie), chaque fois que ces principes seront réalisés dans les institutions sociales, les participants pourront alors se dire les uns aux autres que leur coopération s'exerce dans des termes auxquels ils consentiraient s'ils étaient des personnes égales et libres dont les relations réciproques seraient équitables. Ils pourraient tous considérer leur organisation comme remplissant les conditions stipulées dans une situation initiale qui comporte des contraintes raisonnables et largement acceptées quant au choix des principes. La reconnaissance générale de ce fait pourrait fournir la base d'une acceptation par le public des principes de la justice correspondants. Aucune société humaine ne peut, bien sûr, être un système de coopération dans lequel les hommes s'engagent, au sens strict, volontairement ; chaque personne se trouve placée dès la naissance dans une position particulière, dans une société particulière, et la nature de cette position affecte matériellement ses perspectives de vie. Cependant, une société qui satisfait les principes de la justice comme équité se rapproche autant que possible d'un système de coopération basé sur la volonté, car elle satisfait les principes mêmes auxquels des personnes libres et égales donneraient leur accord dans des circonstances elles-mêmes équitables. En ce sens, ses membres sont des personnes autonomes et les obligations qu'elles reconnaissent leur sont imposées par elles-mêmes.

Un des traits de la théorie de la justice comme équité est qu'elle conçoit les partenaires placés dans la situation initiale comme des êtres rationnels qui sont mutuellement désintéressés [*mutually disinterested*]. Cela ne signifie pas qu'ils soient égoïstes, c'est-à-dire qu'ils soient des individus animés par un seul type d'intérêts, par exemple la richesse, le prestige et la domination. C'est plutôt qu'on se les représente comme ne s'intéressant pas aux intérêts des autres. Il faut faire l'hypothèse que même leurs buts spirituels peuvent être opposés, au sens où les buts de personnes de religions différentes peuvent être opposés. En outre, le concept de rationalité doit être interprété, dans la mesure du possible, au sens étroit, courant dans la théorie économique, c'est-à-dire comme la capacité d'employer les moyens les plus efficaces pour atteindre des fins données.

II

LES FINS DE LA JUSTICE

X

PLATON

LA JUSTICE COMME HARMONIE DE L'ÂME ET DE LA CITÉ

Platon, *République*, IV, trad. R. Baccou, GF-Flammarion, 1966, p. 194-197.

Afin de formuler de manière adéquate sa conception de la justice, Socrate a besoin de la situer dans la Cité : la justice sera plus facilement visible à l'échelle du groupe social qu'à celle de l'individu, pour autant que l'on considère non pas la société telle qu'elle existe, mais telle qu'elle devrait exister. Ce faisant, il implique qu'il existe un parallélisme entre la Cité et l'âme humaine, qu'il utilise pour fonder la Cité idéale : les trois classes présentes dans la Cité saine, ceux qui sont rétribués (artisans, travailleurs), les guerriers et les gardiens, font écho aux trois parties de l'âme, le désir, l'ardeur ou la colère, et la raison. La Cité est un corps social, une totalité organique, analogue à l'âme harmonieuse. La justice est la cause de cette harmonie. La justice idéale consiste dans une organisation hiérarchique de la Cité, qui en garantit la stabilité. C'est au nom du tout et du bien commun du tout que chaque partie dans l'âme ou dans la Cité doit rester à sa place, accomplir sa fonction propre, et ce, sans se mêler des fonctions des autres classes ou parties. Ainsi la justice est-elle non pas la vertu spécifique d'une classe ou d'une partie de l'âme, comme la modération, le courage et la sagesse, mais une vertu requise de toutes : elle est cette instance de contrôle grâce auquel le tout est en harmonie. Mais, en d'autres termes, elle peut apparaître aussi comme le critère d'une société inégalitaire et conservatrice.

Platon soutient-il dans la *République* une théorie de la justice « totalitaire » (K. Popper, *La Société ouverte et ses ennemis*, t. I, trad. J. Bernard et P. Monod, Seuil, 1979, p. 79) ? En défendant un holisme hiérarchique (tout est pensé en fonction du tout et chacun doit rester à sa place), en refusant avec ironie et désinvolture l'idéal isonomique et égalitariste tel qu'il est vanté par Protagoras, par exemple, comme la manifestation de l'identité fondamentale des citoyens dans leur rapport à la loi, ne tombe-t-il pas sous la critique de Popper ? Pour ce dernier, Platon développe une morale « collectiviste, tribale et totalitaire » (p. 95), dans laquelle « la justice est ce qui sert la puissance, la santé et la stabilité de l'État, et elle ne peut être assurée que par des privilèges de classe » (p. 103). Cette critique appelle une réponse en plusieurs temps. Tout d'abord, il faut distinguer entre holisme et totalitarisme : Platon n'est certes pas un individualiste, encore moins un démocrate libéral. Mais cela est inséparable de la conception antique d'un cosmos ordonné et finalisé, ordre des choses et des raisons que la Cité reproduit à l'échelle humaine. L'homme juste n'est pas nécessairement un individu heureux (le philosophe ne se contente pas de contempler le bien et les Idées universelles et éternelles, mais il redescend dans la caverne et s'investit politiquement dans la Cité). Deuxièmement, n'oublions pas que la fondation de la Cité repose sur l'affirmation que les hommes sont par nature inégaux, particulièrement du point de vue de leur aptitude à acquérir la vertu ; seuls les philosophes, les plus sages et les meilleurs, sont véritablement gouvernés par la raison et capables d'acquérir la connaissance du bien, ce qui correspond à la définition de la justice pour le philosophe. C'est d'ailleurs la seule justice qui mérite d'être choisie pour elle-même, et non pour ses conséquences. Troisièmement, et ce point est lié au précédent, il faut prendre au sérieux les affirmations réitérées de Socrate : la Cité juste est une Cité en paroles, une Cité utopique, créée comme modèle de pensée, mais ultimement irréalisable. En effet, la Cité juste requerrait le gouvernement des philosophes-rois, or les philosophes ne veulent pas gouverner, car cela signifie s'intéresser au particulier et au conventionnel, et les philosophes désirent l'universel. La Cité est nécessaire, mais elle n'est pas universelle ; elle doit créer des conventions pour renforcer sa justice et elle dépend de ses lois et de ses dieux qui préservent l'artificielle justice qui protège les faibles.

Peut-être enfin faut-il considérer la *République* comme un dialogue aporétique, où Socrate propose des définitions et étudie leurs limites, mais ne donne aucune solution décisive au problème de la justice politique. La vraie place de la justice est dans l'âme de l'individu, « dans son propre État, mais non pas, peut-être, dans sa patrie, à moins que quelque divine chance ne le lui permette [...], la Cité dont nous avons tracé le plan, et qui n'est fondée que dans nos discours, puisque, aussi bien, je ne sache pas qu'elle existe en aucun endroit de la terre » (*République*, p. 356). Que la Cité juste existe ou non, ultimement, n'importe pas, car cette bonne Cité qui existe en paroles sert de modèle pour la réforme morale individuelle de « celui qui veut le contempler, et d'après lui régler le gouvernement de son âme » (p. 356). Que la justice soit, et ne soit que cette harmonie dans l'âme des individus, c'est aussi ce que nous laisse penser le fait que le dialogue s'achève sur le mythe d'Er le Pamphilien. La vraie justice est celle du philosophe, qui n'a pas vraiment sa place dans la Cité, et dont la parole demande à être voilée dans un passé mythique ; ce qui est en jeu dans ce mythe, c'est le bonheur de l'âme. Or la seule certitude sur laquelle nous laisse la *République*, c'est que la vie juste du philosophe, la quête de la vérité, guidée par la raison, qui apporte les plaisirs purs de l'âme, est meilleure et plus heureuse, que celle, injuste, du tyran. Glaucon est libre désormais de choisir de vivre comme Socrate et non comme Gygès (cf. texte n° 2).

Socrate. – Voilà donc ces difficultés péniblement traversées à la nage, et voilà bien reconnu qu'il y a dans la cité et dans l'âme de l'individu des parties correspondantes et égales en nombre.

Glaucon. – Oui.

Socrate. – Par suite, n'est-il pas déjà nécessaire que l'individu soit sage de la même manière et par le même élément que la cité ?

Glaucon. – Si, sans doute.

Socrate. – Et que la cité soit courageuse par le même élément et de la même manière que l'individu ? enfin que tout ce qui a trait à la vertu, se trouve pareillement dans l'une et dans l'autre ?

Glaucon. – C'est nécessaire.

Socrate. – Ainsi, Glaucon, nous dirons, je pense, que la justice a chez l'individu le même caractère que dans la cité.

Glaucon. – Cela aussi est de toute nécessité.

Socrate. – Or nous n'avons certainement pas oublié que la cité était juste du fait que chacune de ses trois classes s'occupait de sa propre tâche.

Glaucon. – Il ne me semble pas que nous l'ayons oublié.

Socrate. – Souvenons-nous donc que chacun de nous également, en qui chaque élément remplira sa propre tâche, sera juste et remplira lui-même sa propre tâche.

Glaucon. – Oui, certes, il faut s'en souvenir.

Socrate. – Dès lors, n'appartient-il pas à la raison de commander, puisqu'elle est sage et a charge de prévoyance pour l'âme tout entière, et à la colère d'obéir et de seconder la raison ?

Glaucon. – Si, certainement.

Socrate. – Mais n'est-ce pas, comme nous l'avons dit, un mélange de musique et de gymnastique qui mettra d'accord ces parties, fortifiant et nourrissant l'une par de beaux discours et par les sciences, relâchant, apaisant, adoucissant l'autre par l'harmonie et par le rythme ?

Glaucon. – Sans doute.

Socrate. – Et ces deux parties élevées de la sorte, réellement instruites de leur rôle et exercées à le remplir, commanderont à l'élément concupiscible, qui occupe la plus grande place dans l'âme, et qui, par nature, est au plus haut point avide de richesses ; elles le surveilleront de peur que, se rassasiant des prétendus plaisirs du corps, il ne s'accroisse, ne prenne vigueur, et, au lieu de s'occuper de sa propre tâche, ne tente de les asservir et de les gouverner – ce qui ne convient point à un élément de son espèce – et ne bouleverse toute la vie de l'âme.

Glaucon. – Assurément [...]

Socrate. – Maintenant, demandai-je, la justice s'est-elle émoussée au point de nous apparaître différente de ce qu'elle était dans la cité ?

Glaucon. – Je ne le crois pas.

Socrate. – Parce que, s'il restait encore quelque doute dans notre âme, nous pourrions le faire disparaître complètement en rapprochant notre définition de la justice des notions communes.

Glaucon. – Lesquelles ?

Socrate. – Par exemple, s'il nous fallait décider, au sujet de notre cité et de l'homme qui, par nature et par éducation, lui est semblable, si cet homme, ayant reçu un dépôt d'or ou d'argent, paraît devoir le détourner, penses-tu que personne le crût plus capable d'une telle action que ceux qui ne lui ressemblent pas ?

Glaucon. – Je ne le pense point.

Socrate. – Mais cet homme-là ne sera-t-il pas également pur de sacrilège, de vol et de trahison, tant particulière à l'égard de ses amis, que publique à l'égard de sa cité ?

Glaucon. – Il en sera pur.

Socrate. – Et, assurément, il ne manquera d'aucune manière à sa parole, qu'il s'agisse de serments ou d'autres promesses.

Glaucon. – Comment le pourrait-il ?

Socrate. – Et l'adultère, le défaut de sollicitude envers les parents et de piété envers les dieux conviennent à tout autre plutôt qu'à lui.

Glaucon. – À tout autre, certes.

Socrate. – Or, la cause de tout cela n'est-elle pas dans le fait que chaque élément de son âme remplit sa tâche propre, soit pour commander, soit pour obéir ?

Glaucon. – Elle est en cela et nulle part ailleurs.

Socrate. – Maintenant, te demandes-tu encore si la justice est autre chose que cette force qui fait de tels hommes et de telles cités ?

Glaucon. – Non par Zeus, non, je ne me le demande point.

Socrate. – Voilà donc parfaitement réalisé notre songe, ce dont nous disions nous douter, à savoir qu'il se pourrait bien que, commençant à peine de fonder la cité, nous fussions tombés, par bonne fortune, sur certain principe et modèle de la justice.

Glaucon. – Oui, vraiment.

Socrate. – Aussi bien, Glaucon, était-elle une image de la justice – et c'est pourquoi elle nous fut utile – la maxime qui déclarait bon que l'homme né pour être cordonnier s'occupât exclusivement de cordonnerie, l'homme né pour être charpentier de charpente, et ainsi des autres.

Glaucon. – Apparemment.

Socrate. – Au vrai, la justice est, ce semble, quelque chose de tel, à cela près qu'elle ne régit pas les affaires extérieures de l'homme, mais ses affaires intérieures, son être réel et ce qui le concerne réellement, ne permettant à aucune des parties de l'âme de remplir une tâche étrangère, ni aux trois parties d'empiéter réciproquement sur leurs fonctions. Elle veut que l'homme règle bien ses vraies affaires domestiques, qu'il prenne le commandement de lui-même, mette de l'ordre en lui et gagne sa propre amitié ; qu'il établisse un parfait accord entre les trois éléments de son âme, comme entre les trois termes d'une harmonie – la nète, l'hypate, la mèse et les intermédiaires s'il en existe – et que, les liant ensemble, il devienne de multiple qu'il était absolument un, tempérant et harmonieux ; qu'alors seulement il s'occupe, si tant est qu'il s'en occupe, d'acquérir des richesses, de soigner son corps, d'exercer son activité en politique ou dans les affaires privées, et qu'en tout cela il estime et appelle belle et juste l'action qui sauvegarde et contribue à parfaire l'ordre qu'il a mis en lui, et sagesse la science qui préside à cette action ; qu'au contraire il nomme injuste l'action qui détruit cet ordre, et ignorance l'opinion qui préside à cette dernière action.

XI

ARISTOTE

LA FIN DE LA CITÉ JUSTE : LA VIE HEUREUSE

Aristote, *Les Politiques*, III, 9, trad. P. Pellegrin, GF-Flammarion, 1993, p. 233-237.

En tant qu'elle est l'accomplissement total de la loi, la justice coïncide avec la vertu morale complète, dans la mesure où celle-ci concerne nos rapports avec nos semblables. « Elle se confond avec la vertu, mais en son essence elle est différente ; dans la mesure où elle a rapport avec autrui, elle est justice ; dans la mesure où elle est une disposition acquise, elle est vertu, absolument parlant » (*Éthique de Nicomaque*, p. 138). Justice et vertu ont la même substance, mais leur nature, leur quiddité, leur « ce qu'elles avaient à être pour être ce qu'elles sont », qui correspond aussi à leur définition en tant que prédicat et attribut, diffèrent. La vertu est « une disposition acquise volontaire, consistant par rapport à nous, dans la mesure, définie par la raison conformément à la conduite d'un homme réfléchi » (*ibid.*, p. 61). Cette définition vaut pour la justice, excepté qu'elle réalise le bien du prochain plutôt que de celui qui l'exerce. La justice légale est la justice en tant qu'elle est réalisée pleinement dans la Cité entre citoyens libres et égaux, justice concrète, politique ou sociale. En effet, l'éthique est une branche de la politique, « science souveraine et au plus haut point organisatrice » (*ibid.*, p. 22) : la justice politique est la forme supérieure de la justice.

Toute activité tend vers une fin qui est aussi un bien. Il existe une hiérarchie entre les différentes fins ; la fin ultime ou le souverain bien est la fin de la politique qui représente le bien proprement humain, car pour l'homme – animal politique –, le bien de l'individu et le bien de la Cité se confondent. Or, la fin de la Cité, communauté politique par excellence, est la vie heureuse : « S'étant donc constituée pour permettre de vivre, elle permet, une fois qu'elle existe, de mener une vie heureuse » (*Les Politiques*, p. 90). Ce bien vivre s'identifie au bonheur, à l'intérêt de tous les citoyens, à la vie heureuse de tous en commun et de chacun en particulier. C'est là qu'intervient la justice en tant que vertu politique : elle « introduit un ordre dans la communauté politique » (ce que P. Pellegrin propose de traduire aussi par « la justice est une institution d'une communauté politique », *ibid.*, p. 93). On retrouve la dualité de la justice : d'une part, elle est une vertu essentielle au politique puisqu'elle entre dans sa définition, et d'autre part, elle relève d'une institution, dont la fonction est double : ordonner le politique et s'occuper de la vertu. Car la Cité juste doit éduquer les citoyens pour les rendre justes, afin qu'en retour ils fassent de la Cité une Cité juste.

Dès lors, est juste toute communauté politique qui agit en vue de l'intérêt de tous. La question du juste régime, selon cette notion absolue de justice, est résolue aux chapitres 6 et 7 du livre III : « Toutes les constitutions qui visent l'avantage commun se trouvent être des formes droites selon le juste au sens absolu. » Ce sont la royauté, l'aristocratie et le régime constitutionnel ; à ces régimes corrects s'opposent des déviations, régimes défectueux, tyrannie, oligarchie, démocratie, dans lesquels les gouvernants n'ont en vue que leur intérêt personnel. À partir

du chapitre 9, Aristote passe en revue les différents régimes pour déterminer lequel est le plus juste, non pas absolument, mais en fonction de la justice distributive. « Puisqu'un régime se définit [...] par une certaine *répartition* des pouvoirs entre les citoyens, il est naturel de se demander quelle est la manière juste de le répartir ; cette fois "juste" renvoie à ce qu'on appelle la justice "distributive", celle qui obéit au principe de proportionnalité » (F. Wolff, *Aristote et la politique*, PUF, 1991, p. 98). Notons, avec Francis Wolff, que du point de vue de la justice absolue, cette question de la juste distribution du pouvoir est déjà contestable : le pouvoir n'est pas un bien à répartir, mais un instrument au service du bonheur de tous. « Quel est le régime où le pouvoir est justement réparti ? *Aucun*, puisqu'il n'est pas juste de considérer le pouvoir comme un bien à répartir » (*ibid.*, p. 99).
C'est ce qu'Aristote montre dans le chapitre 9 : les principes de distribution du pouvoir des régimes démocratique et oligarchique sont exactement aussi valides *et* inacceptables l'un que l'autre : « à chacun selon sa liberté » ou « à chacun selon sa richesse » sont des principes « idéologiques », logiquement justifiables, mais défendant les intérêts particuliers des gouvernants, et n'ont rien à voir avec la justice absolue qui ne se préoccupe pas de bonheur individuel. Ces deux régimes confondent vivre et bien vivre. La justice est la véritable vertu politique, tournée vers autrui et, en ce sens, elle est inséparable de l'amitié, lien social, condition de l'unité entre les citoyens. « La plus haute expression de la justice est, dans l'opinion générale, de la nature de l'amitié » (*Éthique à Nicomaque*, VIII, 1).

En premier lieu il faut bien saisir quels critères on donne habituellement de l'oligarchie et de la démocratie, c'est-à-dire ce qu'est le juste oligarchique et le juste démocratique. Car tous parviennent jusqu'à une conception déterminée du juste, mais ils ne dépassent pas un certain point, ce qui fait qu'ils ne parlent pas du juste par excellence dans son ensemble. Par exemple, les uns sont d'avis que le juste c'est l'égal, et c'est le cas, mais pas pour tous mais seulement entre égaux. Aux autres il semble que l'inégal est juste, et c'est le cas, mais pas pour tous mais seulement entre inégaux. Or ils suppriment le « entre tels », et portent un jugement faux. La cause en est que c'est eux-mêmes qu'ils jugent, et que la plupart des gens sont mauvais juges de leurs affaires propres. De sorte que, puisque le juste est relatif à des personnes déterminées et qu'on établit la même distinction entre les choses que l'on accorde et les gens à qui on les accorde, comme on l'a déjà dit dans les traités éthiques, tous sont d'accord sur l'égalité entre les choses, mais ils s'opposent sur celle concernant les personnes à qui on doit les attribuer, principalement pour la raison donnée plus haut, à savoir qu'on juge mal de ses affaires propres, et ensuite parce que chacune des deux parties parle de ce qui est juste jusqu'à un certain point en pensant parler du juste absolu. Les uns, en effet, sous prétexte qu'ils sont inégaux d'un point de vue déterminé (par les richesses, par exemple), se croient globalement inégaux, les autres, sous prétexte qu'ils sont égaux d'un point de vue déterminé (par la liberté, par exemple) se croient globalement égaux. Mais ils n'abordent pas l'essentiel. Car si c'était pour accumuler des biens que l'on s'est unis en communauté, on devrait participer aux affaires de la cité dans la mesure où l'on possède des biens, et alors le raisonnement des partisans de l'oligarchie semblerait solide ; il n'est pas juste, en effet, que celui qui a apporté une mine sur cent ait la même part du capital initial ou des intérêts qu'il rapporte que celui qui a donné tout le reste.

Mais si ce n'est pas seulement en vue de vivre, mais plutôt en vue d'une vie heureuse qu'on s'assemble en une cité (car autrement il existerait aussi une cité d'esclaves et une cité d'animaux, alors qu'en fait il n'en existe pas parce qu'ils ne participent ni au bonheur ni à la vie guidée par un choix réfléchi), ni en vue de former une alliance militaire pour ne subir de préjudice de la part de personne, ni en vue d'échanges dans l'intérêt mutuel, car alors les Tyrrhéniens et les Carthaginois, et tous ceux qui ont passé des conventions entre eux seraient comme les citoyens d'une cité unique. Entre eux il y a, certes, des conventions concernant les importations, des accords pour se garder des préjudices, des pactes écrits d'alliance militaire, cependant ils n'ont pas de magistratures communes à eux tous chargées de ces questions, mais chaque partie a les siennes différentes de celles des autres. Ni les uns ni les autres ne se soucient des qualités que leurs partenaires devraient posséder, ni ne s'efforcent d'empêcher ceux qui leur sont liés par ces conventions d'être injustes ou affligés de quelque perversité : ils font seulement en sorte de ne pas se causer mutuellement de préjudice.

La vertu et le vice politiques, voilà, au contraire, ce sur quoi ceux qui se soucient de bonne législation ont les yeux fixés. Par cela il est manifeste aussi que la cité qui mérite vraiment ce nom, et non celle qui est ainsi nommée par abus de langage, doit s'occuper de vertu, car autrement la communauté politique deviendrait une alliance militaire ne différant que par l'unité de lieu des autres alliances militaires qui se font entre peuples éloignés les uns des autres. Alors la loi est pure convention, et comme l'a dit le sophiste Lycophron elle est un garant de la justice dans les rapports mutuels, mais elle n'est pas capable de rendre les citoyens bons et justes. Qu'il en soit bien ainsi, c'est manifeste. En effet, même si l'on réunissait en un seul leurs territoires de manière à ce que les remparts des cités de Mégare et de Corinthe se touchent, on n'aurait pourtant pas une seule cité, même si leurs habitants concluaient des mariages entre eux, ce qui est pourtant l'une des pratiques communautaires caractéristiques des cités. De même, si des gens habitaient des lieux distincts, mais pas assez distants pour empêcher toute relation, mais qu'au contraire il existât entre eux des lois pour prévenir toute injustice dans leurs échanges (si l'un, par exemple, est charpentier, un autre paysan, un autre cordonnier, un autre a quelque autre métier de ce genre), et si leur nombre était de dix mille, cependant, s'ils ne fondaient leur communauté sur rien d'autre que des rapports comme le troc ou une alliance militaire, ils ne seraient pas encore une cité. Mais quelle est donc la cause de ceci ? Car ce n'est certainement pas le fait que leur communauté ne soit pas rassemblée en un seul lieu.

En effet, même s'ils se réunissaient pour former une telle communauté, et que, chacun en usant avec sa propre maison comme avec une cité, ils s'aidassent mutuellement, du fait de l'existence entre eux d'une alliance, seulement contre ceux qui leur portent tort, dans ce cas non plus, il n'y aurait pas, pour celui qui regarde de près, une cité, si du moins en se réunissant ils gardent les relations qu'ils avaient quand ils étaient séparés. Il est donc manifeste que la cité n'est pas une communauté de lieu, établie en vue de s'éviter les injustices mutuelles et de permettre les échanges. Certes ce sont là des conditions qu'il faut nécessairement réaliser si l'on veut qu'une cité existe, mais même quand elles sont toutes réalisées, cela ne fait pas une cité, car une cité est la communauté de la vie heureuse, c'est-à-dire dont la fin est une vie parfaite et autarcique pour les familles et les lignages. Certes cela ne sera pas sans que, aussi, les gens habitent un seul et même lieu et qu'ils recourent au mariage entre eux. De là sont nés dans les cités alliances de parenté, phratries, sacrifices publics et autres activités de la vie en commun. Or toutes ces relations sont l'œuvre de l'amitié, car l'amitié c'est le choix réfléchi de vivre ensemble. La fin d'une cité, c'est donc la vie heureuse, alors que les relations en question sont en vue de cette fin.

Une cité est la communauté des lignages et des villages menant une vie parfaite et autarcique. C'est cela, selon nous, mener une vie bienheureuse et belle. Il faut donc poser que c'est en vue des belles actions qu'existe la communauté politique, et non en vue de vivre ensemble. C'est pourquoi ceux qui contribuent pour la part la plus grande à une telle communauté reçoivent plus de la cité que ceux qui, leur étant égaux ou supérieurs par la liberté ou par la naissance, leur sont inférieurs du point de vue de l'excellence politique, ou que ceux qui les dépassent par la richesse mais qu'ils dépassent en vertu.

Que donc tous ceux qui disputent à propos des différentes constitutions traitent d'une partie seulement du juste, c'est manifeste à partir de ce qui a été dit.

XII

HOBBES

LA FIN DU DROIT NATUREL : LA CONSERVATION

Hobbes, *Le Citoyen ou les fondements de la politique*, trad. S. Sorbière, GF-Flammarion, 1982, p. 96-99.

Même s'il s'agit d'un traité théorique, nous devons garder à l'esprit le contexte historique de la rédaction du *Citoyen* : la science politique de Hobbes procède d'une démarche analytique qui dégage les principes de l'observation et l'expérience. Dans le premier chapitre du *Citoyen*, Hobbes décrit l'état des hommes hors de la société civile : c'est une critique implicite de la situation en Angleterre, où toute autorité civile est bannie par les conflits et les haines. Nous sommes donc dans un contexte de guerre et de peur, où la conservation de sa propre existence prend un sens tragiquement concret.

Or, dans la crainte mutuelle qu'éprouvent les hommes, chacun, dit-il, a « la liberté d'user de ses facultés naturelles », afin de « conserver, autant qu'il le peut, ses membres et sa vie ». On a là le fondement et la définition du droit de la nature. Cette définition apparaît au terme d'une observation des rapports quotidiens des hommes entre eux au sein de la société. Ces rapports s'établissent selon les lois de la rareté : c'est parce que les hommes recherchent souvent en même temps une même chose, qu'ils ne peuvent pas posséder en commun et qui ne peut être divisée, qu'ils se combattent perpétuellement. Deux logiques se mêlent dans cette analyse : la logique du désir et celle de l'économie, des lois du marché.

La condition originelle des hommes, avant toute société civile, consiste en une certaine égalité, de fait et de droit. L'égalité de fait entre les hommes porte sur les facultés du corps : en découle la capacité égale de tous les hommes de se tuer les uns les autres. Tout homme, même le plus faible, peut faire usage de la ruse pour pallier sa débilité physique, et constituer de ce fait un danger mortel pour autrui, quelque puissant qu'il soit. Cette égalité naturelle fait de chacun un agresseur potentiel ; être un homme à l'état de nature consiste donc à se méfier de tout homme. Les hommes sont alors toujours déjà égaux dans leur peur de la mort.

Notre inclination naturelle nous porte à désirer ce qui est bon pour nous et à fuir ce qui est mauvais, et notamment à nous garantir contre le pire des maux, la mort. Par ailleurs, « la nature a donné à chacun de nous égal droit sur toutes choses ». Les relations humaines dans l'état de nature s'inscrivent dans la sphère de l'illimitation du désir et de la rareté de l'objet désiré, donc consistent essentiellement en des relations de concurrence. La relation de désir à l'objet, qui est toujours en même temps une relation de besoin, puisque utilité et nécessité ne sont pas des catégories objectives mais dépendent uniquement de ma représentation de l'objet, porte en elle les conditions de la violence. Les hommes ont un droit égal à l'espoir d'une jouissance future ; or, ils sont naturellement incapables de partager ; il y a donc une impossibilité de la co-jouissance, qui consisterait en une limitation réglée et volontaire de sa propre puissance. L'état de nature est ainsi un état de guerre de chacun contre chacun, chaque individu ayant le droit d'employer tous les moyens qu'il juge bons pour atteindre sa fin, et ultimement, pour conserver sa propre vie. Ce droit et les conséquences qu'il entraîne (on peut mentir, voler, piller, tuer dès lors que c'est par légitime défense, et tout est une affaire de légitime défense dans ce contexte de guerre permanente) ne comportent rien d'injuste. « Cette guerre de chacun contre chacun a une conséquence ; rien ne peut être injuste. Les notions de légitime et d'illégitime, de justice et d'injustice n'ont pas ici leur place. Là où il n'est pas de pouvoir commun, il n'est pas de loi ; là où il n'est pas de loi, il n'est pas d'injustice » (*Léviathan*, chap. XIII). La justice est une convention dépendant strictement de cette autre convention qu'est la loi humaine. Certes, Hobbes, en même temps, reconnaît que, dans l'état de nature, on peut « violer les lois naturelles ». Ces lois ne sont pas strictement des conventions, mais des préceptes existant potentiellement dans l'état de nature et découverts par la raison en tant qu'elle est essentiellement capacité de calcul. Mais ces lois naturelles ne sont pas articulées dans l'état de nature, où il n'y a ni interdit ni obligation, et qui est de ce fait un état de pure innocence – où seul le *droit* naturel est légiférant. On peut résumer la distinction que Hobbes établit entre loi naturelle et droit naturel en posant que la première est du côté de la contrainte, quand le second est du côté de la liberté. Une ambiguïté se fait cependant jour à ce stade dans la pensée de Hobbes, puisqu'il lie intimement « droite raison », « droit naturel » et « action juste ». C'est que, en un sens, la justice a un fondement dans l'état de nature et dans la droite raison avant même qu'elle soit légiférante. Grâce à cette ambiguïté, Hobbes peut faire dériver les lois humaines des lois naturelles et leur donner ce fondement éthique sans lequel elles seraient vaines et non avenues.

VII. Donc, parmi tant de dangers auxquels les désirs naturels des hommes nous exposent tous les jours, il ne faut pas trouver étrange que nous nous tenions sur nos gardes, et nous avons malgré nous à en user de la sorte. Il n'y a aucun de nous qui ne se porte à désirer ce qui lui semble bon, et à éviter ce qui lui semble mauvais, surtout à fuir le pire de tous les maux de la nature, qui sans doute est la mort. Cette inclinaison ne nous est pas moins naturelle qu'à une pierre celle d'aller au centre lorsqu'elle n'est pas retenue. Il n'y a donc rien à blâmer ni à reprendre, il ne se fait rien contre l'usage de la droite raison, lorsque par toutes sortes de moyens, on travaille à sa conservation propre, on défend son corps et ses membres de la mort, ou des douleurs qui la précèdent. Or tous avouent que ce qui n'est pas contre la droite raison est juste, et fait à très bon droit. Car par le mot de juste et de *droit*, on ne signifie autre chose que la liberté que chacun a d'user de ses facultés naturelles, conformément à la droite raison. D'où je tire cette conséquence que le premier fondement du *droit* de la nature est que *chacun conserve, autant qu'il peut, ses membres et sa vie*.

VIII. Or, parce que ce serait en vain qu'on aurait droit de tendre à une fin, si on n'avait aussi le droit d'employer tous les moyens nécessaires pour y parvenir, il s'ensuit que, puisque chacun a droit de travailler à sa conservation, il a pareillement droit d'*user de tous les moyens, et de faire toutes les choses sans lesquelles il ne se pourrait point conserver*.

IX. Mais de juger si les moyens desquels quelqu'un se servira, et si les actions qu'il fera pour la conservation de sa vie, ou de ses membres, sont absolument nécessaires, ou non, c'est à lui du salut duquel il s'agit ; il en est le plus compétent juge selon le droit de nature. Et pour vous le montrer : si c'est une chose qui choque la droite raison que je juge du danger qui me menace, établissez-en donc juge quelque autre. Cela étant, puisqu'un autre entreprend de juger de ce qui me regarde ; pourquoi, par la même raison et selon l'égalité naturelle qui est entre nous, ne jugerai-je point réciproquement de ce qui le touche ? Je me trouve donc fondé en la droite raison, c'est-à-dire, dans le droit de nature, si j'entreprends de juger de son opinion, d'examiner combien il importe que je la suive à ma conservation.

X. D'ailleurs la nature a donné à chacun de nous égal droit sur toutes choses. Je veux dire que dans un état purement naturel *, et avant que les hommes se fussent mutuellement attachés les uns aux autres par certaines conventions, il était permis à chacun de faire tout ce que bon lui semblait contre qui que ce fût, et chacun pouvait posséder, se servir, et jouir de tout ce qui lui plaisait. Or, parce que, lorsqu'on veut quelque chose, dès là, elle semble bonne, et que ce qu'on la désire est une marque de sa véritable nécessité, ou une preuve vraisemblable de son utilité à la conservation de celui qui la souhaite (au précédent article, j'ai montré que chacun est juge compétent de ce qui lui est vraiment utile ; de sorte qu'il faut tenir pour nécessaire tout ce qu'il juge tel) et que, par l'article VII, on a, et on fait par droit de nature tout ce qui contribue à sa propre défense, et à la conservation de ses membres, il s'ensuit, dis-je, qu'en l'état de nature, chacun a le droit de faire et de posséder tout ce qu'il lui plaît. D'où vient ce commun dire, que la *Nature a donné toutes choses à tous* : et d'où il se recueille, qu'en l'état de nature, l'utilité est la règle du droit.

*Remarque. [Dans un état purement naturel] « *Il faut entendre ceci de cette sorte, qu'en l'état de nature il n'y a point d'injure en quoi qu'un homme fasse contre quelque autre. Non qu'en cet état-là il soit impossible de pécher contre la majesté divine, et de violer les lois naturelles. Mais de commettre quelque injustice envers les hommes, cela suppose qu'il y ait des lois humaines, qui ne sont pourtant pas encore établies en l'état de* *nature, dont nous parlons. La vérité de ma proposition en ce sens-là est assez évidemment démontrée aux articles immédiatement précédents, si le lecteur veut s'en souvenir. Mais parce qu'en certain cas, cette conclusion a quelque chose de dur, qui peut faire oublier les prémices, je veux resserrer mon raisonnement, afin que d'un seul coup d'œil on le puisse voir tout entier. Par l'art. VII chacun a droit de se conserver. Il a donc droit d'user de tous les moyens nécessaires pour cette fin, par l'art. VIII. Or les moyens nécessaires sont ceux que chacun estime tels en ce qui le touche, par l'art. IX. Donc chacun a droit de faire, et de posséder tout ce qu'il jugera nécessaire à sa conservation. Et par conséquent la justice, ou l'injustice d'une action dépendra du jugement de celui qui la fait, ce qui le tirera toujours hors de blâme, et justifiera son procédé. D'où il s'ensuit que dans un* état purement naturel, *etc. Mais si quelqu'un prétend qu'une chose, à laquelle il sait bien qu'en sa conscience il n'a aucun intérêt, regarde sa conservation, en cela il pèche contre les lois naturelles ; comme je montrerai bien au long du troisième chapitre. On m'a fait cette objection : si quelqu'un commet un parricide, ne fait-il point de tort à son père ? à quoi j'ai répondu : qu'on ne peut pas concevoir qu'un enfant soit dans un état purement naturel, à cause que, dès qu'il est né, il est sous la puissance et sous le commandement de celui à qui il doit sa conservation, comme de son père et de sa mère, ou de celui qui lui donne les aliments et les choses nécessaires à sa subsistance. Ce que je démontrerai au neuvième chapitre.* »

XIII

LOCKE

GARANTIR LES PROPRIÉTÉS

Locke, *Traité du gouvernement civil*, chap. IX,
trad. D. Mazel, GF-Flammarion,
1992, p. 236-240.

Contrairement à ce que l'on trouve dans la traduction française, le terme « justice » – aussi bien que les adjectifs « juste » et « injuste » – apparaît rarement dans les textes de

Locke : en particulier, il ne figure que dans cinq articles du *Second Traité*. (Le français traduit indifféremment par « justice » *justice* ou *law*.) Pourtant, la justice forme la trame de l'ouvrage : c'est que, sous la plume de Locke, justice et loi de nature semblent synonymes. La justice est l'ordre même de la nature, tel qu'il est réalisé par l'homme, conformément à la loi de nature, qui est toujours aussi la loi de la raison. En ce sens, la justice est toujours inséparable d'une loi, que ce soit la loi de la nature dans l'état de nature ou les lois positives de la société civile qui, dans la mesure où elles sont raisonnables, cherchent à appliquer la loi de nature. Est « *just* » ce qui est « *lawful* » et réciproquement. Les principes du juste et de l'injuste sont donc à chercher dans les obligations que prescrit la loi de nature pour chaque homme, à savoir la reconnaissance de l'égalité naturelle des hommes : « L'état de *nature* a la loi de la *nature*, qui doit le régler, et à laquelle chacun est obligé de se soumettre et d'obéir : la raison, qui est cette loi, enseigne à tous les hommes, s'ils veulent bien la consulter, qu'étant tous égaux et indépendants, nul ne doit nuire à un autre, par rapport à sa vie, sa santé, à sa liberté, à son bien » (*ibid.*, II, 6, p. 175). Les hommes sont, dans l'état de nature, « en cet état de parfaite égalité, dans lequel naturellement, nul n'a de supériorité, ni de juridiction sur un autre » (*ibid.*, II, VII, p. 146). L'égalité est toujours une égalité de droit, devant la loi, et elle laisse subsister des inégalités de fait, telles que l'âge, la vertu, les talents ou le mérite : l'égalité qui règne entre les hommes consiste en un droit égal que possède chaque homme à sa liberté naturelle (cf. article 54). Chaque homme est né avec un droit à la parfaite liberté et la jouissance, sans contrôle extérieur, de tous les droits inhérents à la loi de nature. La justice consiste dans le respect des droits. Or, un droit est quelque chose que l'on a, que l'on possède, que l'on acquiert, dont on a la propriété. C'est pourquoi les droits liés à la loi de nature, avec lesquels naît chaque homme, se résument en « une *liberté* incontestable, par laquelle il peut disposer comme il veut, de sa personne ou de ce qu'il possède » (*ibid.*, II, VI, p. 144). Le premier droit de nature est le droit de propriété sur sa vie, sa liberté, ses biens, et la fonction de la justice est de protéger ces propriétés, qui sont toujours déjà des propriétés de droit.

Comment comprendre la propriété ? Les hommes sont les propriétés de Dieu, leur créateur ; ils possèdent en commun la terre et les animaux que Dieu leur a donnés pour leur usage ; mais comment passer de la propriété commune à la propriété individuelle ? Le premier et le plus fondamental objet de la propriété privée de chaque homme est sa personne, sur laquelle personne d'autre n'a aucun droit (cf. article 27). La liberté s'identifie avec la propriété de soi-même : être libre, c'est disposer de soi sans que personne n'ait le droit de restreindre ce droit. Ainsi, l'homme, maître de lui-même, propriétaire de sa personne, de ses actes et de son travail, possède en lui-même le pouvoir de fonder en droit et en fait la propriété. Or, si les hommes, par nature, sont libres et propriétaires de tout ce que leur permet d'acquérir leur force de travail, pourquoi s'assemblent-ils en sociétés civiles ? La réponse est claire : c'est pour « conserver leurs propriétés », mises en danger dans l'état de nature, dans lequel il manque des lois (ou un pouvoir législatif), un juge impartial (pouvoir judiciaire), et une force capable de faire exécuter une sentence donnée (ou pouvoir exécutif). Le pouvoir politique a pour but de préserver la propriété, car s'il existait déjà dans l'état de nature un principe du juste et de l'injuste promulgué par la loi de la nature (ou loi de la raison), les hommes, par intérêt, par passion, par ignorance, ne se sentaient pas suffisamment obligés par cette loi. Il faut donc lui substituer un accord explicite sur les lois positives et les moyens de la mise en œuvre de ces lois positives. La propriété n'est donc plus seulement l'expression d'un principe de justice, mais la finalité d'une justice consentie, où le pouvoir législatif et le pouvoir exécutif de la communauté remplacent le droit de faire tout ce que l'on veut pour sa préservation et le droit de punir.

123. Si l'homme, dans *l'état de nature*, est aussi *libre* que j'ai dit, s'il est le seigneur absolu de sa personne et de ses possessions, égal au plus grand et sujet à personne ; pourquoi se dépouille-t-il de sa liberté et de cet empire, pourquoi se soumet-il à la domination et à l'inspection de quelque autre pouvoir ? Il est aisé de répondre, qu'encore que dans l'*état de nature*, l'homme ait un droit, tel que nous l'avons posé, la jouissance de ce droit est pourtant fort incertaine et exposée sans cesse à l'invasion d'autrui. Car, tous les hommes étant Rois, tous étant égaux et la plupart peu exacts observateurs de l'équité et de la justice, la jouissance d'un bien propre, dans cet état,

est mal assurée, et ne peut guère être tranquille. C'est ce qui oblige les hommes de quitter cette condition, laquelle, quelque libre qu'elle soit, est pleine de crainte, et exposée à de continuels dangers, et cela fait voir que ce n'est pas sans raison qu'ils recherchent la société, et qu'ils souhaitent de se joindre avec d'autres qui sont déjà unis ou qui ont dessein de s'unir et de composer un corps, pour la conservation mutuelle de leurs vies, de leurs *libertés* et de leurs biens ; choses que j'appelle, d'un nom général, *propriétés*.

124. C'est pourquoi, la plus grande et la principale fin que se proposent les hommes, lorsqu'ils s'unissent en communauté et se soumettent à un gouvernement, c'est de *conserver leurs propriétés*, pour la conservation desquelles bien des choses manquent dans l'*état de nature*.

Premièrement, il y manque des lois établies, connues, reçues et approuvées d'un commun consentement, qui soient comme l'étendard du droit et du tort, de la justice et de l'injustice, et comme une commune mesure capable de déterminer les différends qui s'élèveraient. Car bien que les lois de la *nature* soient claires et intelligibles à toutes les créatures raisonnables ; cependant, les hommes étant poussés par l'intérêt aussi bien qu'ignorants à l'égard de ces lois, faute de les étudier, ils ne sont guère disposés, lorsqu'il s'agit de quelque cas particulier qui les concerne, à considérer les lois de la *nature*, comme des choses qu'ils sont très étroitement obligés d'observer.

125. *En second lieu*, dans l'*état de nature*, il manque un juge reconnu qui ne soit pas partial, et qui ait l'autorité de terminer tous les différends, conformément aux lois établies. Car, dans cet état-là, chacun étant juge et revêtu du pouvoir de faire exécuter les lois de la *nature*, et d'en punir les infracteurs, et les hommes étant partiaux, principalement lorsqu'il s'agit d'eux-mêmes et de leurs intérêts, la passion et la vengeance sont fort propres à les porter bien loin, à les jeter dans de funestes extrémités et à leur faire commettre bien des injustices ; ils sont fort ardents lorsqu'il s'agit de ce qui les regarde, mais fort

négligents et fort froids, lorsqu'il s'agit de ce qui concerne les autres : ce qui est la source d'une infinité d'injustices et de désordres.

126. *En troisième lieu*, dans l'*état de nature*, il manque ordinairement un pouvoir qui soit capable d'appuyer et de soutenir une sentence donnée, et de l'exécuter. Ceux qui ont commis quelque crime, emploient d'abord, lorsqu'ils le peuvent, la force pour soutenir leur injustice ; et la résistance qu'ils font rend quelquefois la punition dangereuse, et mortelle même à ceux qui entreprennent de la faire.

127. Ainsi, les hommes, nonobstant tous les privilèges de l'*état de nature*, ne laissant pas d'être dans une fort fâcheuse condition tandis qu'ils demeurent dans cet état-là, sont vivement poussés à vivre en société. De là vient que nous voyons rarement qu'un certain nombre de gens vivent quelque temps ensemble, en cet état. Les inconvénients auxquels ils s'y trouvent exposés, par l'exercice irrégulier et incertain du pouvoir que chacun a de punir les crimes des autres, les contraignent de chercher dans les lois établies d'un gouvernement, *un asile et la conservation de leurs propriétés*. C'est cela, c'est cela précisément, qui porte chacun à se défaire de si bon cœur du pouvoir qu'il a de punir, à en commettre l'exercice à celui qui a été élu et destiné pour l'exercer, et à se soumettre à ces règlements que la communauté ou ceux qui ont été autorisés par elle, auront trouvé bon de faire. Et voilà proprement *le droit original et la source, et du pouvoir législatif et du pouvoir exécutif*, aussi bien que des sociétés et des gouvernements mêmes.

128. Car, dans l'*état de nature*, un homme, outre la *liberté* de jouir des plaisirs innocents, a deux sortes de pouvoir.

Le premier est de faire tout ce qu'il trouve à propos pour sa conservation, et pour la conservation des autres, suivant l'esprit et la permission des *lois de la nature*, par lesquelles lois, communes à tous, lui et les autres hommes font une communauté, composent une société qui les distingue du reste des créatures ; et si ce n'était la corruption des gens dépravés, on n'aurait besoin d'aucune autre société, il ne serait point nécessaire que les hommes se séparassent et abandonnassent leur communauté naturelle pour en composer de plus petites.

L'autre pouvoir qu'un homme a dans l'*état de nature*, c'est de *punir les crimes commis contre les lois*. Or, il se dépouille de l'un et de l'autre lorsqu'il se joint à une société particulière et politique, lorsqu'il s'incorpore dans une communauté distincte de celle du reste du genre humain. [...]

131. Cependant, quoique ceux qui entrent dans une société, remettent l'*égalité*, la *liberté*, et le *pouvoir* qu'ils avaient dans l'*état de nature*, entre les mains de la société, afin que l'*autorité législative* en dispose de la manière qu'elle trouvera bon, et que le bien de la société requerra ; ces gens-là, néanmoins, en remettant ainsi leurs *privilèges naturels*, n'ayant d'autre intention que de pouvoir mieux conserver leurs personnes, leurs libertés, leurs propriétés (car, enfin, on ne saurait supposer que des créatures raisonnables changent leur condition, dans l'intention d'en avoir une plus mauvaise), le pouvoir de la société ou de l'*autorité législative* établie par eux, ne peut jamais être supposé devoir *s'étendre plus loin que le bien public ne le demande*. Ce pouvoir doit se réduire à mettre en sûreté et à conserver les propriétés de chacun, en remédiant aux trois défauts, dont il a été fait mention ci-dessus, et qui rendaient l'*état de nature* si dangereux et si incommode. Ainsi, qui que ce soit qui a le pouvoir législatif ou souverain d'une communauté, est obligé de gouverner suivant les lois établies et connues du peuple, non par des décrets arbitraires et formés sur-le-champ ; d'établir des Juges désintéressés et équitables qui décident les différends par ces lois ; d'employer les forces de la communauté au-dedans, seulement pour faire exécuter ces lois, ou au-dehors pour prévenir ou réprimer les injures étrangères, mettre la communauté à couvert des courses et

des invasions ; et en tout cela de ne se proposer d'autre fin que la *tranquillité, la sûreté, le bien du peuple*.

XIV
MONTESQUIEU

LA JUSTICE EST LE FONDEMENT DE TOUTE LOI MORALE

Montesquieu, *Lettres persanes*, lettre LXXXIII, GF-Flammarion, 1995, p. 176-178.

Deux précautions sont à prendre avant d'aborder ce texte. Tout d'abord, les *Lettres persanes* datent de 1621, donc de la relative jeunesse de Montesquieu. Sa pensée y est plus proche des théories du droit naturel qu'elle ne le sera dans le reste de son œuvre. D'autre part, la fiction du roman épistolaire permet à l'auteur de nuancer et distancier sa pensée propre de celle de son porte-parole, Usbeck.

N'oublions pas que celui-ci est présenté comme un bon musulman, que son opinion prend souvent un tour plus naïf que celle de l'auteur ; enfin, si le Dieu d'Usbeck est proche de celui de l'islam, le Dieu de Montesquieu est un Dieu théiste. Ces précisions sont nécessaires pour éviter d'assimiler hâtivement Montesquieu à un théoricien du droit naturel ou de charger le concept de Dieu d'un poids trop massivement chrétien.

L'horizon de pensée de Montesquieu, dans ce texte, est platonicien. Il s'y montre profondément attaché à l'idéal de justice ; l'idée de justice est antérieure et supérieure à toutes les lois humaines. La justice est indépendante de toute détermination concrète : c'est une règle supérieure de droit, préexistant à toutes les lois positives. « Une chose n'est pas juste parce qu'elle est loi, mais elle doit être loi parce qu'elle est juste » (*Mes pensées*, II, in *Cahiers*, Grasset, 1943). La justice est le fondement de toute loi morale et cet idéalisme se retrouve dès les premières lignes de *De l'esprit des lois* (1648). « Avant qu'il y eût des lois faites, il y avait des rapports de justice possibles. Dire qu'il n'y a rien de juste ni d'injuste que ce qu'ordonnent ou défendent les lois positives, c'est dire qu'avant qu'on eût tracé de cercle, tous les rayons n'étaient pas égaux. » Les décrets des hommes se réfèrent nécessairement à un modèle transcendant. Montesquieu s'oppose ici à Hobbes, pour qui juste et injuste ne sont que des dénominations, donc des conventions, de sorte qu'il n'y a ni justice ni injustice naturelle, mais qu'elles apparaissent comme des conséquences des lois positives. Au contraire, pour lui, « il faut avouer des rapports d'équité antérieurs à la loi positive qui les établit » (*De l'esprit des lois*, I, 1). Les hommes sont législateurs dans le monde humain ; les lois positives existent parce que les hommes les ont posées et établies et elles résultent d'un acte d'intelligence et de volonté humaine. Mais ces décrets, posés par les hommes, ne sont pas normés par le seul pouvoir de décision humain : les lois s'imposent en quelque sorte aux hommes par le poids de leur nécessité. Leur principe d'existence et leur justification ne relèvent pas de la sphère humaine.

C'est que la loi morale n'est qu'un sous-ensemble du vaste ensemble des lois en général, et la définition de la justice dans notre texte, « la justice est un rapport de convenance, qui se trouve réellement entre deux choses », annonce la célèbre définition des lois : « Les lois, dans leur signification la plus étendue, sont les rapports nécessaires qui dérivent de la nature des choses » (*De l'esprit des lois*, I, 1). Cette définition ambiguë recouvre les lois aussi bien dans leur réalité phénoménale que dans leur fonction normative, donc tant ce qui *est* que ce qui *doit* être ; par ailleurs, il s'agit ici aussi bien des lois physiques, qui élèvent des faits à l'intelligibilité en exprimant une nécessité et une universalité naturelle, que des lois morales comme préceptes normatifs gouvernant les conduites humaines.

Mais quelle est cette « loi-rapport », et comment rendre compte d'une universelle rationalité antérieure et supérieure aux lois des hommes ? « Il y a donc une raison primitive ; et les lois sont les rapports qui se trouvent entre elle et les différents êtres, et les rapports de ces différents êtres entre eux. Dieu a du rapport avec l'univers, comme créateur et comme conservateur ; les lois selon lesquelles il a créé sont celles selon lesquelles il conserve : il agit selon ces règles, parce qu'il les connaît ; il les connaît, parce qu'il les a faites ; il les a faites, parce qu'elles ont du rapport avec sa sagesse et sa puissance » (*De l'esprit des lois*, I, 1). Le monde est fondé en raison, c'est-à-dire fondé dans l'être créateur et conservateur de Dieu. La raison exprime le rapport de Dieu aux créatures, des créatures entre elles, et l'ordre du monde. Or, cet ordre du monde se traduit par un ensemble de rapports. La forme de toutes les lois se condense en un schéma unique et universel. Les lois mécaniques (issues de la mécanique newtonienne), les lois chimiques et les lois biologiques ne diffèrent pas des lois normant les lois positives humaines. Si les lois positives sont imparfaites, c'est que l'entendement humain est fini ; mais, idéalement, les lois humaines dépendent de rapports nécessaires et constants qui les insèrent dans le déterminisme universel. L'idéalité de la justice dans notre texte vient de Dieu même, en tant qu'il est le créateur et le support de ce rapport de convenance entre les choses. Les trois formules de concession utilisées par Montesquieu (et qui disparaîtront de sa pensée dans *De l'esprit des lois*) n'ont qu'une valeur rhétorique et ne signifient certainement pas qu'à ses yeux, l'existence de Dieu soit douteuse : « s'il y a un Dieu, mon cher Rhédi, il faut nécessairement qu'il soit juste [...] » ; « quand il n'y aurait pas de Dieu, nous devrions toujours aimer la Justice » ; « quand [la justice] dépendrait [des conventions humaines], ce serait une vérité terrible, qu'il faudrait se dérober à soi-même ». Les idées de raison et de justice sont non seulement inséparables de celle de Dieu, mais peut-être antérieures : quand bien même on récuserait le principe rationaliste transcendant du jusnaturalisme, un conventionnalisme conséquent devrait toujours accepter la valeur de l'idée de justice. Il y a dans le cœur des hommes, même imparfaits, injustes et soumis au tumulte des passions, l'idée de ce rapport harmonieux et constant, l'équité, qui est la forme même de la justice. Si, dans le texte, les termes « justice » et « équité » semblent synonymes, nous devons comprendre que l'équité est la justice considérée comme un pur rapport, indépendante de toute application institutionnelle ou de toute référence à la religion. Pour Montesquieu comme pour Platon, la justice est d'abord justesse et harmonie, juste proportion et convenance, qui règne sur les choses, les hommes et les Dieux. L'écart entre « les rapports de justice possibles » (*De l'esprit des lois*, I, 1) et les rapports de justice de fait ne ternit pas l'idée de justice : seuls les hommes – par leur aveuglement, leur égoïsme et par la faute de leurs lois positives – qui préfèrent écouter les raisons d'intérêt en portent la responsabilité.

USBEK À RHÉDI, À VENISE

S'il y a un Dieu, mon cher Rhédi, il faut nécessairement qu'il soit juste : car, s'il ne l'était pas, il serait le plus mauvais et le plus imparfait de tous les êtres.

La justice est un rapport de convenance, qui se trouve réellement entre deux choses ; ce rapport est toujours le même, quelque être qui le considère, soit que ce soit Dieu, soit que ce soit un ange, ou enfin que ce soit un homme.

Il est vrai que les hommes ne voient pas toujours ces rapports ; souvent même, lorsqu'ils les voient, ils s'en éloignent ; et leur intérêt est toujours ce qu'ils voient le mieux. La justice élève sa voix ; mais elle a peine à se faire entendre dans le tumulte des passions.

Les hommes peuvent faire des injustices, parce qu'ils ont intérêt de les commettre, et qu'ils préfèrent leur propre satisfaction à celle des autres. C'est toujours par un retour sur eux-mêmes qu'ils agissent : nul n'est mauvais gratuitement. Il faut qu'il y ait une raison qui détermine, et cette raison est toujours une raison d'intérêt.

Mais il n'est pas possible que Dieu fasse jamais rien d'injuste ; dès qu'on suppose qu'il voit la Justice, il faut nécessairement qu'il la suive, car, comme il n'a besoin de rien, et qu'il se suffit à lui-même, il serait le plus méchant de tous les êtres, puisqu'il le serait sans intérêt.

Ainsi, quand il n'y aurait pas de Dieu, nous devrions toujours aimer la Justice ; c'est-à-dire faire nos efforts pour ressembler à cet être dont nous avons une si belle idée, et qui, s'il existait, serait nécessairement juste. Libres que nous serions du joug de la religion, nous ne devrions pas l'être de celui de l'équité.

Voilà, Rhédi, ce qui m'a fait penser que la Justice est éternelle et ne dépend point des conventions humaines ; et, quand elle en dépendrait, ce serait une vérité terrible qu'il faudrait se dérober à soi-même.

Nous sommes entourés d'hommes plus forts que nous ; ils peuvent nous nuire de mille manières différentes ; les trois quarts du temps, ils peuvent le faire impunément. Quel repos pour nous de savoir qu'il y a dans le cœur de tous ces hommes un principe intérieur qui combat en notre faveur et nous met à couvert de leurs entreprises !

Sans cela nous devrions être dans une terreur continuelle ; nous passerions devant les hommes comme devant les lions, et nous ne serions jamais assurés un moment de notre bien, de notre honneur et de notre vie.

Toutes ces pensées m'animent contre ces docteurs qui représentent Dieu comme un être qui fait un exercice tyrannique de sa puissance ; qui le font agir d'une manière dont nous ne voudrions pas agir nous-mêmes, de peur de l'offenser ; qui le chargent de toutes les imperfections qu'il punit en nous, et, dans leurs opinions contradictoires, le représentent tantôt comme un être mauvais, tantôt comme un être qui hait le mal et le punit.

Quand un homme s'examine, quelle satisfaction pour lui de trouver qu'il a le cœur juste ! Ce plaisir, tout sévère qu'il est, doit le ravir : il voit son être autant au-dessus de ceux qui ne l'ont pas, qu'il se voit au-dessus des tigres et des ours. Oui, Rhédi, si j'étais sûr de suivre toujours inviolablement cette équité que j'ai devant les yeux, je me croirais le premier des hommes.

De Paris, le premier de la lune de Gemmadi, 1, 1715.

XV

ROUSSEAU

LE CONTRAT SOCIAL OU L'ALLIANCE DE LA JUSTICE ET DE L'UTILITÉ

Rousseau, *Du contrat social*, II, 4, GF-Flammarion, 1992, p. 55-58.

Rousseau part d'un constat tragique : « L'homme est né libre et partout il est dans les fers » (*Du contrat social*, I, 1). L'état social tel que nous le connaissons est un état corrompu. Or, l'inégalité sociale ne trouve aucune justification dans la nature, puisqu'il n'y a pas de pré-société naturelle ; le passage de la nature à la culture n'est pas, ne peut pas être, continu. La société étant le produit d'un artifice, il faut s'assurer que la convention qui préside à l'état social est juste. Et c'est précisément le contrat social qui doit être repensé pour maintenir ou pour assurer cette liberté inaliénable qui est le propre de

l'homme, et l'égalité naturelle aux hommes, mais surtout pour améliorer la condition humaine et obtenir la justice et la moralité.
Le contrat social fondateur de la société, tel qu'il aurait dû être, tel qu'il peut être, s'énonce en même temps qu'il se fait ; il est un acte dont la nature même est d'être fondateur et un acte qui se traduit toujours déjà en paroles. La seule et unique clause du contrat est : « L'aliénation totale de chaque associé avec tous ses droits à toute la communauté » (p. 39). Il faut rappeler que, ici, « aliéner » signifie « donner ou vendre » – en l'occurrence, donner. Le pacte social établi entre les associés s'énonce comme suit : « Chacun de nous met en commun sa personne et toute sa puissance sous la suprême direction de la volonté générale : et nous recevons en corps chaque membre comme partie indivisible du tout » (*ibid.*). Ce contrat s'établit selon un double rapport d'intériorisation – chacun contractant avec lui-même – et de simultanéité ; chaque personne devient immédiatement, par l'acte même de contracter, citoyen, c'est-à-dire membre du souverain, et sujet, c'est-à-dire membre de l'État. Ce qui légitime le contrat, c'est ce double rapport, grâce auquel chaque personne particulière devient membre du corps politique, et cela sans rien perdre ou abandonner, puisque chacun obéit au même contrat. Quelle est cette volonté générale, qui dirige ultimement la communauté, et comment s'articule-t-elle avec le souverain et le peuple ?
Chaque individu a, en tant qu'homme, une volonté particulière, et en tant que citoyen, une volonté générale ; ces deux volontés peuvent s'opposer ; c'est alors le rôle du corps politique de contraindre l'individu à obéir à la volonté générale, c'est-à-dire de forcer l'individu à être libre. La volonté générale est ce qui limite de droit la liberté civile, par opposition aux forces de l'individu, qui bornent de fait la liberté naturelle. Par ailleurs, la volonté générale tend à l'égalité, ce en quoi elle s'oppose aux volontés particulières qui tendent aux intérêts particuliers, parmi lesquels on trouve l'expression de ce prétendu droit du plus fort. La souveraineté n'est autre que « l'exercice de la volonté générale » (p. 51) ; la volonté générale déclarée est celle du corps du peuple, elle est un « acte de souveraineté et fait loi » (*ibid.*). Enfin, la souveraineté est ce pouvoir, *dirigé par la volonté générale*, donné par le pacte social au corps politique sur tous ses membres. La volonté générale est ultimement ce qui fixe une borne au pouvoir souverain.

La volonté générale est donc plus que la somme de toutes les volontés particulières, elle a un rôle régulateur, et elle est l'expression du pouvoir législatif, limitant l'exécutif. La loi, acte de souveraineté, est son expression, en tant qu'elle porte sur l'intérêt commun au corps politique. Cet intérêt commun est la réalisation de l'accord entre l'intérêt de chacun et la justice, chaque individu oubliant sa particularité pour se fondre dans la communauté.

La question qui se pose est alors la suivante : pourquoi le souverain a-t-il besoin de bornes ? Si le souverain et le peuple ne sont que deux noms pour désigner la même réalité, des contractants considérés comme membres de l'État ou comme sujets, comment leur volonté pourrait-elle errer ? « La volonté générale est toujours droite et tend toujours à l'utilité publique : mais il ne s'ensuit pas que les délibérations du peuple aient toujours la même rectitude » (p. 54). Le peuple peut être aveugle, et délibérer sur la somme de volontés particulières au lieu de considérer un unique intérêt véritablement commun. S'élève alors à nouveau le conflit entre l'intérêt et la justice, ce précisément contre quoi le contrat doit lutter. C'est la raison pour laquelle la volonté générale transcende les volontés particulières et ne statue que sur le général. Ce qui légitime la volonté générale, ce qui la fait agir selon la justice, tient dans l'expression même du pacte social telle qu'on l'a précisée : pacte du corps politique tout entier avec chacun de ses membres, et de chaque membre avec lui-même, en tant qu'il obéit alors à la loi qu'il s'est prescrite lui-même, c'est-à-dire en tant qu'il contracte librement. L'intérêt commun est le bien commun. La justice s'établit alors, assurant la liberté civile et l'égalité civile ; justice et utilité se trouvent donc enfin rassemblées. La justice est l'obéissance à la puissance légitime, qui ne saurait être autre que la puissance du souverain.

Si l'État ou la Cité n'est qu'une personne morale dont la vie consiste dans l'union de ses membres, et si le plus important de ses soins est celui de sa propre conservation, il lui faut une force universelle et compulsive pour mouvoir et disposer chaque partie de la manière la plus convenable au tout. Comme la nature donne à chaque homme un pouvoir absolu sur tous ses membres, le pacte social donne au corps politique un pouvoir absolu sur tous les siens, et c'est ce même pouvoir, qui, dirigé par la volonté générale porte, comme j'ai dit, le nom de souveraineté.

Mais outre la personne publique, nous avons à considérer les personnes privées qui la composent, et dont la vie et la liberté sont naturellement indépendantes d'elle. Il s'agit donc de bien distinguer les droits respectifs des citoyens et du souverain [1], et les devoirs qu'ont à remplir les premiers en qualité de sujets, du droit naturel dont ils doivent jouir en qualité d'hommes.

On convient que tout ce que chacun aliène par le pacte social de sa puissance, de ses biens, de sa liberté, c'est seulement la partie de tout cela dont l'usage importe à la communauté, mais il faut convenir aussi que le souverain seul est juge de cette importance.

Tous les services qu'un citoyen peut rendre à l'État, il les lui doit sitôt que le souverain les demande ; mais le souverain de son côté ne peut charger les sujets d'aucune chaîne inutile à la communauté ; il ne peut même pas le vouloir : car sous la loi de la raison rien ne se fait sans cause, non plus que sous la loi de nature.

Les engagements qui nous lient au corps social ne sont obligatoires que parce qu'ils sont mutuels, et leur nature est telle qu'en les remplissant on ne peut travailler pour autrui sans travailler aussi pour soi. Pourquoi la volonté générale est-elle toujours droite, et pourquoi tous veulent-ils constamment le bonheur de chacun d'eux, si ce n'est parce qu'il n'y a personne qui ne s'approprie ce mot *chacun*, et qui ne songe à lui-même en votant pour tous ? Ce qui prouve que l'égalité de droit et la notion de justice qu'elle produit dérivent de la préférence que chacun se donne et par conséquent de la nature de l'homme, que la volonté générale pour être vraiment telle doit l'être dans son objet ainsi que dans son essence, qu'elle doit partir de tous pour s'appliquer à tous, et qu'elle perd sa

1. Lecteurs attentifs, ne vous pressez pas, je vous prie, de m'accuser ici de contradiction. Je n'ai pu l'éviter dans les termes, vu la pauvreté de la langue ; mais attendez [note de Rousseau].

rectitude naturelle lorsqu'elle tend à quelque objet individuel et déterminé ; parce qu'alors jugeant de ce qui nous est étranger nous n'avons aucun principe d'équité qui nous guide.

En effet, sitôt qu'il s'agit d'un fait ou d'un droit particulier, sur un point qui n'a pas été réglé par une convention générale et antérieure, l'affaire devient contentieuse. C'est un procès où les particuliers intéressés sont une des parties et le public l'autre, mais où je ne vois ni la loi qu'il faut suivre, ni le juge qui doit prononcer. Il serait ridicule de vouloir alors s'en rapporter à une expresse décision de la volonté générale, qui ne peut être que la conclusion de l'une des deux parties, et qui par conséquent n'est pour l'autre qu'une volonté étrangère, particulière, portée en cette occasion à l'injustice et sujette à l'erreur. Ainsi de même qu'une volonté particulière ne peut représenter la volonté générale, la volonté générale à son tour change de nature ayant un objet particulier, et ne peut comme générale prononcer ni sur un homme ni sur un fait. Quand le peuple d'Athènes, par exemple, nommait ou cassait ses chefs, décernait des honneurs à l'un, imposait des peines à l'autre, et par des multitudes de décrets particuliers exerçait indistinctement tous les actes du gouvernement, le peuple alors n'avait plus de volonté générale proprement dite ; il n'agissait plus comme souverain mais comme magistrat. Ceci paraîtra contraire aux idées communes, mais il faut me laisser le temps d'exposer les miennes.

On doit concevoir par là, que ce qui généralise la volonté est moins le nombre des voix, que l'intérêt commun qui les unit : car dans cette institution chacun se soumet nécessairement aux conditions qu'il impose aux autres ; accord admirable de l'intérêt et de la justice qui donne aux délibérations communes un caractère d'équité qu'on voit évanouir dans la discussion de toute affaire particulière, faute d'un intérêt commun qui unisse et identifie la règle du juge avec celle de la partie.

Par quelque côté qu'on remonte au principe, on arrive toujours à la même conclusion ; savoir, que le pacte social établit entre les citoyens une telle égalité qu'ils s'engagent tous sous les mêmes conditions, et doivent jouir tous des mêmes droits. Ainsi par la nature du pacte, tout acte de souveraineté, c'est-à-dire tout acte authentique de la volonté générale, oblige ou favorise également tous les citoyens, en sorte que le souverain connaît seulement le corps de la nation et ne distingue aucun de ceux qui la composent. Qu'est-ce donc proprement qu'un acte de souveraineté ? Ce n'est pas une convention du supérieur avec l'inférieur, mais une convention du corps avec chacun de ses membres : convention légitime, parce qu'elle a pour base le contrat social, équitable, parce qu'elle est commune à tous, utile, parce qu'elle ne peut avoir d'autre objet que le bien général, et solide, parce qu'elle a pour garant la force publique et le pouvoir suprême. Tant que les sujets ne sont soumis qu'à de telles conventions, ils n'obéissent à personne mais seulement à leur propre volonté ; et demander jusqu'où s'étendent les droits respectifs du souverain et des citoyens, c'est demander jusqu'à quel point ceux-ci peuvent s'engager avec eux-mêmes, chacun envers tous et tous envers chacun d'eux.

XVI

MILL

LE SENTIMENT DE JUSTICE EST UTILE POUR PRÉSERVER LA SÉCURITÉ GÉNÉRALE

Mill, *L'Utilitarisme*,
trad. G. Tanesse, Champs-Flammarion, 1968
(texte de la 4e édition), p. 133-137.

L'utilitarisme classique conçoit le maximum de bonheur comme principe de tout agir, personnel et politique ; ce bonheur, qui finalise l'agir humain, est à comprendre comme le bilan du plaisir total maximal lié à une action, c'est-à-dire le plaisir lié à l'action moins le déplaisir lié à cette même action. Or, chaque partie du bonheur collectif à long terme est bonne pour le bonheur personnel de chaque individu. C'est le principe hédoniste empiriste fondamental de l'utilitarisme. « Peut-on rendre compte des exigences de la justice, et surtout du sentiment que nous en avons, par des considérations d'utilité ? » John Stuart Mill se propose de répondre à cette question au chapitre V de *L'Utilitarisme*. Si nous posons que l'utilitarisme est conséquentialiste, soit que le bien ou le mal d'une action est jugé en fonction des conséquences de cette action, la question devient : peut-on juger des devoirs de justice par leurs conséquences, en se fondant sur le critère de l'utilité ou du bonheur de la collectivité ?

Mill affirme que les jugements moraux expriment des sentiments moraux. Comment, dès lors, le sentiment de la justice peut-il entrer dans le cadre de pensée utilitariste ? Si la réalité à laquelle correspond ce sentiment appartient toujours au champ de l'utile, le sentiment de la justice est pourtant différent du sentiment de l'intérêt général : il est plus intense et il a un caractère plus impératif. Pour Mill, une double exigence est toujours associée à cette appellation de juste et d'injuste : l'idée de punition et l'idée de droit détenu par une personne particulière, droit bafoué par la violation du devoir de justice. Le sentiment de justice correspond donc au désir de punir une personne qui en a blessé une autre. Il dérive de l'instinct d'autodéfense et de la sympathie. Ce n'est pas encore un sentiment moral : pour avoir un sentiment moral, il faut sentir que l'on affirme une règle valable pour le bénéfice des autres en même temps que pour le sien propre. Les devoirs de justice engagent des intérêts communs ; si de tels intérêts sont bafoués dans une personne, ils appellent des réactions de la part des êtres sociaux, la nature humaine étant fondamentalement sociale. Ces réactions naturelles sont le ressentiment, la soif de vengeance et de punition ; ces sentiments sont moralisés par leur rapport avec des sentiments sociaux, issus de la conscience que chacun a du bien-être général. L'intensité du sentiment de justice et sa justification morale dérivent du fait que l'intérêt protégé par la justice est le plus vital des intérêts : la sécurité. C'est la raison pour laquelle les devoirs de justice sont impératifs.

Les devoirs et les droits de justice constituent les règles de justice. Les règles sont nécessaires pour la moralité pratique : des règles de conduite générales sont indispensables pour atteindre la fin ultime, le bonheur, car d'une part, tous les hommes ne sont pas capables de connaître leurs propres intérêts, et d'autre part, la vie en société exige une certaine régularité des comportements. Par ailleurs, la justice protège notre intérêt à la sécurité ; de là, la conformité aux règles promeut la sécurité. La possession d'un droit dépend des règles de justice applicables en société, non de l'utilité en jeu dans ce cas particulier. Une personne a le droit de X si et seulement si il existe – ou il devrait exister – une règle morale reconnue requérant que la société protège l'exercice, la jouissance ou la possession de X. Or la protection de la société consiste à fournir certains moyens de punir légalement ou socialement la violation du droit.

La réponse à la question soulevée par Mill est donc : « Le mot justice reste le terme approprié pour qualifier certaines conduites dont l'utilité sociale est infiniment plus importante, et qui, pour cette raison, s'imposent de façon plus absolue et plus impérative que n'importe quelles autres sortes de conduites » (p. 157). Le critère de l'utilité est le seul qui permette de mettre fin aux controverses classiques sur la justice ; la pratique de la justice fondée sur l'utilité, c'est-à-dire les règles de justice, est d'un intérêt supérieur en tant qu'elle promeut la paix et la sécurité, conditions *sine qua non* du bonheur. La seule différence entre les cas relevant de la justice et les cas relevant de l'intérêt réside dans la nature et dans le degré du sentiment qui s'attache aux premiers.

La théorie de la justice de Mill a soulevé de nombreuses objections, notamment en ce qui concerne la théorie des droits de l'homme (droits fondamentaux) : au nom de quoi identifie-t-il les règles de justice et les règles conférant des droits ? Est-ce que toute règle conférant un droit promulguée par la société doit être considérée comme une obligation morale, ou y a-t-il des limites inhérentes à la notion même de droit (ou à celle d'obligation morale) ?

La seconde série d'objections, dont Rawls est le porte-parole, concerne le statut de la personne humaine : « La pluralité des personnes n'est [...] pas vraiment prise au sérieux par l'utilitarisme » (*Théorie de la justice*, p. 53). L'utilitarisme n'établit aucune hiérarchie entre les désirs des individus ; tous les désirs s'assemblent donc en un système de désirs. Si l'on cherche à maximiser ce système, à appliquer le principe du plus grand bonheur pour le plus grand nombre, on projette sur l'action publique le modèle de rationalité de l'agir personnel et on n'exclut pas l'idée que certains individus puissent être sacrifiés pour l'accomplissement ou la satisfaction des désirs de la majorité. L'utilitarisme ne respecte pas la séparation des personnes. Par ailleurs, on peut également se demander si, dans sa volonté de différencier le sentiment de justice du sentiment d'intérêt, ou si, lorsqu'il parle de droits fondamentaux figurant dans les Constitutions et qui ne sauraient être restreints, Mill ne se trouve pas forcé de concilier une approche purement stratégique (en protégeant les droits, nous protégeons les intérêts, et ces protections systématiques augmentent la sécurité du tout) et la tentation de fonder le droit sur la dignité inaliénable de la personne humaine. Au détriment d'une véritable cohérence, il ne semble pas vraiment choisir entre ces deux démarches contradictoires.

Conclusion de l'enquête. Genèse du sentiment de la justice et du droit

Ayant ainsi déterminé, autant que nous l'avons pu, les éléments distinctifs qui entrent dans la composition de l'idée de justice, nous voilà prêts à rechercher si le sentiment qui accompagne l'idée lui est uni par une faveur spéciale de la nature, ou s'il a pu se développer en vertu de certaines lois connues, en dehors de l'idée elle-même ; et, en particulier, s'il a pu naître de considérations relatives à l'intérêt général [*general expediency*].

Je crois que le sentiment lui-même ne tire son origine de rien de ce que l'on appellerait communément, ou du moins correctement, une considération [*an idea*] d'intérêt [*expediency*] ; mais que, si le sentiment n'en vient pas, ce qu'il y a de moral en lui en vient.

Deux éléments : le désir de punir et l'existence d'une personne lésée.

Nous avons vu que le sentiment de la justice comprend deux éléments essentiels : on désire punir la personne qui a causé un préjudice ; et on sait ou on croit qu'il y a un ou plusieurs individus déterminés à qui ce préjudice a été causé.

Le désir de punir naît de deux sentiments instinctifs : le besoin de se défendre et la sympathie.

Or, il me paraît évident que le désir de punir la personne qui a causé un préjudice à quelqu'un naît spontanément de deux sentiments ; tous deux naturels au plus haut degré et qui sont des instincts ou analogues à des instincts : le sentiment qui nous pousse [*the impulse*] à nous défendre, et le sentiment [*the feeling*] de la sympathie.

Il est naturel que nous soyons irrités par le mal fait ou tenté contre nous-mêmes ou contre ceux avec qui nous sympathisons ; il est naturel que nous le repoussions, que nous le rendions. Il n'est pas nécessaire de discuter ici l'origine de ce sentiment [*sentiment*]. Qu'il soit un instinct ou un produit de l'intelligence, il est commun, nous le savons, à tout le règne animal ; car tout animal essaie de faire du mal à ceux qui ont fait du mal, ou qu'il croit être sur le point d'en faire, à lui-même ou à ses petits. Les hommes, à cet égard, ne diffèrent des autres animaux que sur deux points. En premier lieu, alors que ceux-ci ne sont capables de sympathiser qu'avec leur progéniture, ou, comme il arrive à quelques-uns des animaux les plus élevés, avec un animal supérieur qui se montre bon pour eux, l'homme peut sympathiser avec tous les êtres humains et même avec tous les êtres pourvus de sensibilité. En second lieu, ils possèdent une intelligence plus développée qui ouvre un champ plus étendu à l'ensemble de leurs sentiments, qu'ils relèvent de l'égoïsme ou de la sympathie. Grâce à son intelligence supérieure, sans parler même de la portée supérieure de ses sentiments sympathiques, un être humain est capable de saisir entre lui-même et la société humaines à laquelle il appartient, une communauté d'intérêts en vertu de laquelle toute conduite qui menace la sécurité de la société prise dans son ensemble menace la sienne propre et éveille son instinct (à supposer que ce soit un instinct) de défense personnelle. Cette même supériorité d'intelligence, jointe au pouvoir de sympathiser avec les êtres humains en général, le rend capable de s'attacher si fortement à l'idée de sa tribu, de son pays ou de l'humanité, comme collectivité, que tout acte qui leur est nuisible éveille sa disposition instinctive à la sympathie et le pousse à la résistance.

Le sentiment de la justice, envisagé dans l'un de ses éléments, le désir de punir, est donc, selon moi, le sentiment [*feeling*] naturel de la revanche ou de la vengeance, rendu applicable par l'intelligence et la sympathie aux dommages, c'est-à-dire aux maux, qui nous blessent par l'intermédiaire de la société au sens large du mot, ou en même temps qu'elle.

C'est l'élargissement de la sympathie qui donne à ce sentiment son caractère moral.

Dans ce sentiment pris en lui-même, il n'y a rien de moral ; ce qui est moral, c'est qu'il soit au service exclusif des sympathies sociales, qu'il obéisse à leurs ordres et se rende à leur appel. Car le sentiment naturel nous dresserait indistinctement contre tout ce que la conduite d'autrui pourrait avoir de désagréable pour nous ; mais quand il prend, sous l'influence du sentiment social, un caractère moral, il agit uniquement dans un sens conforme au bien général : des personnes justes sont indignées par le mal fait à la société, quoique par ailleurs ce mal ne les atteigne pas elles-mêmes, et ne le sont pas par le mal qu'on leur fait à elles-mêmes, si grave qu'il soit, s'il n'est pas de ceux que la société a le même intérêt qu'elles à réprimer.

On pourrait dire ceci, à l'encontre de notre théorie : lorsque nous prenons conscience de l'outrage fait à notre sentiment de la justice, nous ne pensons pas à la société en général, ou à aucun intérêt collectif, mais seulement à notre cas personnel. L'objection est sans valeur. Que nous éprouvions du ressentiment quand on nous a fait souffrir, et dans ce cas seulement, c'est chose certainement assez courante, quoique regrettable ; mais une personne dont le ressentiment est réellement un sentiment moral, c'est-à-dire qui examine si l'acte est blâmable avant de se permettre d'en concevoir du ressentiment, une telle personne, quoiqu'elle puisse ne pas se dire expressément qu'elle défend l'intérêt de la société, sent certainement qu'elle met en pratique une règle qui est avantageuse aux autres aussi bien qu'à elle-même. Si elle ne le sent pas –

si elle ne considère dans l'acte que ce qui l'affecte personnellement – elle n'a pas conscience d'être juste ; elle ne se préoccupe pas de la justice de ses propres actes. Ceci est admis par les moralistes anti-utilitaristes eux-mêmes. Lorsque Kant (ainsi que j'en ai déjà fait la remarque) propose comme principe fondamental de la morale : « Agis de telle sorte que ta règle de conduite puisse être adoptée comme loi par tous les êtres raisonnables », il reconnaît virtuellement que l'intérêt de l'humanité envisagée collectivement, ou tout au moins de l'humanité envisagée sans distinction de personnes, doit être présent à l'esprit de l'agent quand il juge en conscience de la moralité de l'acte. Autrement, Kant aurait employé des mots sans aucun sens : car on ne peut soutenir de façon plausible qu'une règle, fût-elle de parfait égoïsme, ne *puisse absolument pas* être adoptée par tous les êtres raisonnables, ou que la nature des choses oppose un obstacle insurmontable à son adoption. Pour donner un sens au principe de Kant, il faut l'interpréter ainsi : nous devons diriger notre conduite d'après une règle que tous les êtres raisonnables puissent adopter *avec avantage pour leur intérêt collectif*.

Récapitulation.

Récapitulons. L'idée de justice suppose deux choses : une règle de conduite et un sentiment qui assure le respect [*sanctions*] de la règle. Nous devons admettre que la première est commune à toute l'humanité et tend à son bien. L'autre (le sentiment) est le désir de voir infliger une punition à ceux qui violent la règle. Cela implique, en outre, la notion d'une personne déterminée à qui l'infraction cause une souffrance, et dont elle viole les droits (pour employer l'expression qui convient en pareil cas). Et le sentiment de la justice m'apparaît comme étant le désir animal de repousser ou de rendre le mal ou le dommage causé à soi-même ou à ceux avec lesquels on sympathise, étendu, et par la capacité que possède l'humanité d'élargir sa sympathie, et par la conception humaine d'un égoïsme intelligent, jusqu'à comprendre tous les êtres humains. C'est à ces derniers éléments que le sentiment doit son caractère moral ; et c'est au premier qu'il doit le pouvoir émotionnel qui lui est propre et la force avec laquelle il s'impose à nous.

XVII

RAWLS

LA TOLÉRANCE : FONDÉE SUR LA LIBERTÉ DE CONSCIENCE ÉGALE POUR TOUS

Rawls, *Théorie de la justice*, trad. C. Audard, Seuil, 1987, p. 248-251.

Des institutions justes qui se traduisent par la protection des libertés de base et l'assurance que les plus désavantagés obtiendront la plus grande part possible des biens sociaux primaires, des institutions dont la justice même consiste à être avantageuse à tout le monde, doivent finir par donner à tous les citoyens un « sens de la justice ». Il y a donc un effet moral des institutions politiques. La théorie rawlsienne est toujours en même temps une théorie morale et politique : le fonctionnement des institutions politiques construites abstraitement à partir des deux principes de justice culmine dans un effet moral qui rend effectives les institutions elles-mêmes. Or la structure de base de la société, l'objet de la justice, se caractérise en premier lieu par ses institutions politiques. Dans la préface, Rawls indique que les paragraphes du début de la seconde partie, concernant la liberté de conscience et la tolérance, sont essentiels pour la compréhension de l'ensemble de sa théorie : ce qu'une société juste a à instituer en premier, ce sont les libertés de base, et la liberté de conscience représente le modèle primitif des libertés de base. Rawls définit la liberté à partir de trois éléments : « Les agents qui sont libres, les restrictions ou les limitations dont ils sont libérés, ce qu'ils sont libres de faire ou de ne pas faire » (p. 238). On aboutit alors à la forme suivante pour décrire une liberté : « Cette personne (ou ces personnes) est libre (ou non libre) à l'égard de telle ou telle contrainte (ou de tel ou tel ensemble de contraintes) de faire (ou de ne pas faire) ceci et cela » (*ibid.*). Cette définition de la liberté est négative : la société est appréhendée en termes de contraintes, de devoirs, de prescriptions ou d'interdits. Un individu est donc libre en fonction de la levée de ces contraintes. Or, les libertés formant système, certaines restrictions sont admises pour une liberté de base dans la mesure où elles correspondent à une organisation de cette liberté (par exemple, les règles de prise de la parole dans un débat organisent la liberté de la parole égale pour tous), et où, finalement, la limitation se fait au nom de la protection de la liberté elle-même. Les règles constitutionnelles ou légales ont pour but de garantir, pour tous les individus, la faculté d'agir conformément à leur nature rationnelle-raisonnable. Elles garantissent les circonstances les plus favorables pour que chacun accomplisse son projet de vie : en d'autres termes, elles garantissent les biens sociaux primaires.

Pour Rawls, la liberté de conscience définit pour chaque individu son identité même : c'est par elle que chacun affirme son autonomie personnelle (il s'inscrit explicitement dans une filiation kantienne, comme en témoigne ce concept, cf. en particulier § 40), le rejet de la soumission de quiconque aux principes d'un autre, et la faculté de poser un projet ultime. L'exigence de la liberté de conscience est inséparable de la reconnaissance d'une telle liberté pour autrui. C'est en cela qu'elle fonde la tolérance, même et y compris vis-à-vis des intolérants. Chacun définit son propre bien, et le bien collectif de la société n'est pas normatif ou coercitif : l'État est « une association composée d'individus égaux » (p. 248). Chacun a exactement le même droit à poursuivre son propre projet, aussi longtemps que l'ordre public et la sécurité (dont la perturbation perturberait aussi la liberté de tous) sont respectés et protégés. « Connaissant la stabilité inhérente à une juste Constitution, les membres d'une société bien ordonnée sont assez confiants pour ne limiter la liberté des intolérants que dans les cas particuliers où cela est nécessaire pour préserver la liberté égale pour tous elle-même » (p. 256). Les Églises et les États sont purement associatifs ; les convictions morales, philosophiques et religieuses ne sont pas du ressort de l'État, dont Rawls affirme fermement qu'il doit être laïc.

La tolérance et l'intérêt commun

Tout le monde est d'accord pour dire que la liberté de conscience est limitée par l'intérêt commun pour l'ordre public et la sécurité. Cette limitation elle-même peut être aisément dérivée du point de vue du contrat. Tout d'abord, l'acceptation de cette limitation n'implique pas que les intérêts publics soient, en aucun sens, supérieurs aux intérêts moraux et religieux ; elle ne nécessite pas non plus que le gouvernement envisage les affaires religieuses comme étant indifférentes ou revendique le droit de réprimer des convictions philosophiques chaque fois qu'elles sont en conflit avec les affaires de l'État. Le gouvernement n'a pas autorité pour rendre les associations légitimes ou illégitimes, pas plus qu'il n'a cette autorité en ce qui concerne l'art et la science. Ces domaines ne sont tout simplement pas de sa compétence telle qu'elle est définie par une juste Constitution. Au contraire, étant donné les principes de la justice, l'État doit être compris comme une association composée de citoyens égaux. Il ne s'intéresse pas lui-même aux doctrines philosophiques et religieuses, mais réglemente la poursuite, par les individus, de leurs intérêts moraux et spirituels d'après des principes qu'eux-mêmes approuveraient dans une situation initiale d'égalité. En exerçant de cette façon ses pouvoirs, le gouvernement se comporte comme l'agent des citoyens et satisfait les exigences de leur conception publique de la justice. C'est pourquoi on rejette également la conception de l'État laïc omni-compétent, puisqu'il découle des principes de la justice que le gouvernement n'a ni le droit ni le devoir de faire ce que lui ou une majorité (ou quiconque) veut concernant les questions de morale et de religion. Son devoir est limité à la garantie des conditions de la liberté morale et religieuse égale pour tous.

Si l'on tient compte de tout ceci, il semble maintenant évident qu'en limitant la liberté au nom de l'intérêt commun pour l'ordre public et la sécurité le gouvernement agit d'après un principe qui serait choisi dans la position originelle. Car, dans cette position, chacun reconnaît que la perturbation de ces conditions est un danger pour la liberté de tous. Ceci découle de la compréhension que le maintien de l'ordre public est une condition nécessaire pour que chacun réalise ses fins quelles qu'elles soient (pourvu qu'elles restent dans des limites), et remplisse ses obligations religieuses et morales telles qu'il les comprend. Restreindre la liberté de conscience à l'intérieur des limites, tout imprécises qu'elles soient, de l'intérêt de l'État pour l'ordre public, est une contrainte dérivée du principe de l'intérêt commun, c'est-à-dire de l'intérêt du citoyen représentatif égal aux autres. Le droit du gouvernement à maintenir l'ordre public et la sécurité est un droit qui donne des pouvoirs, un droit qui est nécessaire au gouvernement s'il doit remplir son devoir de faire respecter impartialement les conditions nécessaires à la poursuite par chacun de ses intérêts et au respect de ses obligations, telles qu'il les comprend.

De plus, la liberté de conscience ne doit être limitée que s'il y a une probabilité raisonnable pour que, sinon, l'ordre public que le gouvernement devrait maintenir soit troublé. Cette probabilité doit être basée sur des données et des raisonnements acceptables par tous. Elle doit être appuyée par l'observation et les modes de pensée ordinaires (y compris les méthodes de l'enquête scientifique rationnelle quand elles ne sont pas sujettes à controverse), c'est-à-dire ceux qui sont généralement reconnus comme corrects. Or, cette confiance dans ce qui peut être établi et connu par tous est déjà elle-même fondée sur les principes de la justice. Elle n'implique aucune doctrine métaphysique particulière ni aucune théorie de la connaissance. Car ce critère fait appel à ce que tous peuvent accepter. Il représente un accord pour limiter la liberté en se référant seulement à une connaissance et à une compréhension communes du monde. Le fait d'adopter ce critère n'empiète sur la liberté de personne, liberté égale pour tous. D'autre part, le fait de s'éloigner des modes de raisonnement généralement reconnus impliquerait qu'on accorde une place privilégiée aux conceptions de certains par rapport à celles des autres, et un principe qui permet ce genre de choses ne pourrait pas être l'objet d'un accord dans la position originelle. De plus, poser comme condition que les conséquences pour la sécurité de l'ordre public ne doivent pas être de simples possibilités, ni même, dans certains cas, des probabilités, mais des certitudes présentes ou imminentes, n'implique aucune théorie philosophique particulière. Cette exigence exprime simplement la place élevée qui doit être accordée à la liberté de conscience et de pensée.

Le trait caractéristique de ces argumentations en faveur de la liberté de conscience est qu'elles sont basées uniquement sur une conception de la justice. La tolérance n'est pas dérivée de nécessités pratiques ou de raisons d'État. La liberté morale et religieuse est la conséquence du principe de la liberté égale pour tous ; et, en admettant la priorité de ce principe, la seule raison pour refuser les libertés égales pour tous est qu'on évite ainsi une injustice encore plus grande, une perte de liberté encore plus grande. En outre, l'argument ne repose pas sur une doctrine philosophique ou une métaphysique particulière. Il ne présuppose pas que toutes les vérités peuvent être établies par des démarches reconnues par le sens commun ; il ne soutient pas non plus que toute signification est, en un certain sens, une construction logique à partir de ce qui peut être observé ou prouvé par l'enquête scientifique rationnelle. On fait bien appel au sens commun, à des modes de raisonnement généralement partagés et à des faits évidents accessibles à tous, mais de manière bien limitée pour éviter ce genre d'hypothèses plus larges. La défense de la liberté n'implique pas non plus, d'un autre côté, le scepticisme philosophique ou l'indifférence vis-à-vis de la religion. On peut peut-être avancer des arguments en faveur de la liberté de conscience qui ont pour prémisses une ou plusieurs de ces doctrines. Il n'y a pas de raison d'en être surpris puisque différents arguments peuvent mener à la même conclusion. Mais nous n'avons pas besoin de continuer cet examen. La défense de la liberté est au moins aussi solide que son plus solide argument ; il vaut mieux oublier ceux qui sont faibles et erronés. Ceux qui rejetteraient la liberté de conscience ne peuvent pas justifier leur action en condamnant le scepticisme philosophique et l'indifférence vis-à-vis de la religion ni en faisant appel aux intérêts sociaux et aux affaires d'État. La limitation de la liberté n'est justifiée que quand elle est nécessaire à la liberté elle-même, pour éviter une atteinte à la liberté qui serait encore pire.

XVIII

WALZER

ÉGALITÉ COMPLEXE : ASSURER L'ÉTANCHÉITÉ DES SPHÈRES SOCIALES

Walzer, *Sphères de justice. Une défense du pluralisme et de l'égalité*, trad. P. Angel, Seuil, 1997, p. 433-437.

Michael Walzer fait porter son étude sur la justice distributive, dans la mesure où « la société humaine est une communauté distributive » (*Sphères de justice*, p. 23). Si l'on pose la justice comme un jugement éthique considérant les effets d'une société sur la situation d'entités sociales, on entre dans le champ de la justice distributive lorsque les desseins ou les intentions de plusieurs telles entités s'opposent les uns aux autres et qu'il s'agit d'arbitrer entre leurs revendications respectives. Manifestement, l'application principale de la justice distributive est la « justice économique » – l'allocation de biens, de ressources ou de services qui sont rares et qui soulèvent des désirs rivaux, directement ou indirectement. Or, s'attacher à la justice distributive, c'est s'attacher avant tout à ces deux conditions, les biens sociaux qu'il s'agit de distribuer, et les critères de répartition en fonction desquels on peut affirmer que la distribution est juste. Au nom du pluralisme et de la tolérance comme choix cohérents, Walzer montre qu'il n'existe pas qu'un et un seul système distributif que la philosophie puisse justifier : même en acceptant la fiction rawlsienne du choix rationnel des principes de justice garanti par le voile d'ignorance (cf. texte n° 9), il faut tenir compte des particularismes « de l'histoire, de la culture et de l'appartenance à une communauté » (*ibid.*, p. 26). Les principes de justice sont eux-mêmes pluralistes.

Et, en premier lieu, les biens sociaux donnent lieu à des conceptions différentes. Walzer résume en six points la théorie des biens sociaux, conçus comme l'intermédiaire essentiel des relations sociales, et sujets à une conception pluraliste dans la mesure où les individus vivant en société produisent ces biens sociaux et nomment ou définissent eux-mêmes ce qui peut être considéré comme un bien social : 1. ils sont les biens sur lesquels porte la justice distributive ; 2. l'identité concrète des individus est acquise en fonction de la façon dont ils conçoivent, créent, possèdent et utilisent les biens sociaux ; 3. les biens sociaux ne forment pas un ensemble unique transcendant les mondes moraux ou matériels ; 4. c'est la signification des biens qui détermine leur répartition ; 5. leur signification sociale et leur répartition sont de caractère historique ; 6. des significations distinctes entraînent des procédés de répartition autonomes. Ce dernier élément constitue le point de départ de la théorie des sphères de justice : ce n'est pas le monopole d'un groupe social sur un bien primaire qu'il s'agit de détruire afin de parvenir à une société juste, mais c'est la prédominance du domaine que le groupe social monopolise qu'il faut réduire.

À partir de cette double analyse, Walzer présente sa théorie de l'égalité complexe, par opposition à l'égalité simple : une distribution juste ne consiste pas à distribuer de manière égale des biens donnés comme objets de possession ; l'égalité complexe prend en compte l'idée que les biens sociaux ont des significations sociales dans leur propre sphère de fonctionnement et y produisent des effets de sens. D'autre part, cette théorie nous fournit un critère pour penser et reconnaître la tyrannie : elle consiste en la conversion arbitraire d'un bien en un autre quand il n'y a pas de connexion intrinsèque entre les deux. Un homme ou une femme peut utiliser sa capacité de persuasion pour acquérir du pouvoir politique ; mais s'il utilise ensuite ce pouvoir politique pour se procurer d'autres pouvoirs (c'est-à-dire d'autres biens), alors il devient tyrannique. C'est ainsi que Walzer condamne le totalitarisme comme la forme la plus élevée de la tyrannie moderne : le totalitarisme consiste en « la coordination des biens sociaux et des sphères de vie qui devraient être séparés » (*ibid.*, p. 438).

Cette théorie nous fournit un critère de cohérence interne pour juger de la justice d'une société ; et, par là, elle nous conduit à une attitude tolérante à l'égard de sociétés (comme la société de castes en Inde) que nous aurions tendance à condamner d'emblée. Mais cette force a son revers. Ronald Dworkin estime que cette vision « détendue » de la justice sociale n'est pas réalisable et ne tient pas compte des réalités concrètes du débat politique : le consensus n'est jamais à la source du débat politique sur les principes de distribution à appliquer. « Si la justice revient à respecter un consensus, alors comment les parties peuvent-elles débattre sur le sens de la justice quand le consensus n'existe plus ? » (« Ce que la justice n'est pas », in *Une question de principe*, p. 271). Pour lui, la théorie de Walzer est inapplicable et inutile dans notre société moderne, où les débats sur la justice sont quotidiennement présents au cœur de la vie politique. Il repère le présupposé inavoué qui permet à Walzer d'expliquer comment son modèle peut guider les pratiques actuelles : « Toute société doit accepter une définition préalable des différentes sphères sur la base du tout ou rien » (*ibid.*, p. 272), ce qui conduit à ne reconnaître qu'un nombre limité de sphères de distribution, toujours déjà posé. Enfin, Dworkin estime que le relativisme de Walzer, qui refuse une réflexion universaliste, ne rend pas compte de nos aspirations ni de la plus importante de nos pratiques sociales, « l'habitude de nous demander sans relâche où réside véritablement la justice » (*ibid.*, p. 273). Pour lui, il existe un noyau dur indépendant de notre contexte historique et culturel, sur lequel il est important de s'appuyer pour faire progresser la justice de manière universelle.

La meilleure analyse que l'on puisse donner de la justice distributive est une analyse de ses parties : les biens sociaux et les sphères distributives. Mais je voudrais à présent dire quelque chose de l'ensemble : en premier lieu au sujet de son caractère relatif, en second lieu relativement à la forme qu'il prend dans notre propre société, et en troisième lieu quant à la stabilité de cette forme. Ces trois points formeront la conclusion de mon argumentation. Je n'essaierai pas ici de considérer la question de savoir si les sociétés où les biens sont répartis de manière juste sont aussi des sociétés bonnes. Il ne fait pas de doute que la justice est meilleure que la tyrannie, mais, quant à savoir si une société juste est meilleure qu'une autre, je n'ai pas le moyen de le dire. Y a-t-il une conception particulière (et par conséquent une répartition particulière) des biens sociaux qui soit simplement bonne ? Ce n'est pas une question à laquelle j'ai essayé de répondre dans ce livre. En tant que conception spécifique, l'idée du bien ne gouverne pas notre argumentation.

La justice est relative à des significations sociales. En fait, la relativité de la justice découle de la définition classique non relative, qui donne à chaque personne ce qui lui est dû, tout comme elle découle de ma propre conception, selon laquelle il faut distribuer les biens pour des raisons « internes ». Ce sont des définitions formelles qui requièrent, comme j'ai essayé de le montrer, qu'on les intègre à une histoire. Nous ne pouvons pas dire ce qui est dû à telle personne ou à telle autre, tant que nous ne savons pas comment ces personnes se relient les unes aux autres à travers les choses qu'elles fabriquent et qu'elles distribuent. Il ne peut pas y avoir de société juste tant qu'il n'y a pas de société ; et l'adjectif *juste* ne détermine pas mais modifie seulement la vie substantielle des sociétés qu'il décrit. Il y a un nombre infini de vies possibles, formées par un nombre infini de cultures, de religions, de régimes politiques, de conditions géographiques possibles, et ainsi de suite. Une société donnée est juste si sa vie substantielle est vécue d'une certaine manière – c'est-à-dire d'une manière qui soit fidèle aux compréhensions partagées de ses membres. (Quand les gens sont en désaccord au sujet des significations des biens sociaux, quand les compréhensions sont sujettes à controverse, alors la justice requiert que la société soit fidèle aux désaccords, et qu'elle fournisse des canaux institutionnels pour les laisser s'exprimer, des mécanismes d'adjudication et d'autres sortes de distributions.)

Dans une société où les significations sociales sont cohérentes et établies sur une base hiérarchique, la justice viendra au secours de l'inégalité. Considérons à nouveau le système des castes, qui m'a déjà servi comme test de cohérence interne. Voici le résumé d'une analyse détaillée de la distribution du grain dans un village indien :

Chaque villageois participait à la division du tas de grain. Il n'y avait pas de marchandage, et pas de paiement de services spécifiques. Il n'y avait pas de comptabilité, bien que chaque individu contribuant à la vie du village ait un droit sur son produit, et le produit tout entier était aisément et avec succès divisé entre les villageois [1].

C'est le village comme commune, image idéalisée mais pas nécessairement absurde. Mais si tout le monde avait un droit sur le tas de grain communal, certaines personnes avaient un droit plus fort que d'autres. Les portions des villageois étaient inégales, et l'étaient de manière significative ; et les inégalités étaient liées à une longue série d'autres inégalités, qui toutes étaient justifiées par des règles coutumières et une doctrine religieuse d'ensemble. Les distributions étaient publiques et faites « facilement », en sorte qu'il ne pouvait pas être difficile de reconnaître les saisies et acquisitions injustes, pas seulement dans le cas du grain. Un propriétaire terrien, par exemple, qui amènerait un travailleur salarié pour remplacer les membres des castes inférieures de la communauté villageoise, violerait leurs droits. L'adjectif *juste*, appliqué à cette communauté, exclut toutes les violations de ce genre. Mais il n'exclut pas les inégalités de portion ; il ne peut pas requérir une redéfinition radicale du village contre les conceptions partagées par ses membres. S'il le faisait, la justice elle-même serait tyrannique.

Mais peut-être devrions-nous mettre en doute le fait que les conceptions gouvernant la vie du village étaient

1. Walter C. Neale, « Reciprocity and Redistribution in the Indian Village : Sequel to Some Notable Discussions », in *Trade and Market in the Early Empires*, éd. Karl Polanyi, Conrad M. Arensberg, Harry W. Pearson, Chicago, 1971, p. 226.

partagées. Peut-être les membres de castes inférieures étaient-ils furieux et indignés (bien qu'ils réprimassent leurs sentiments) même avec les propriétaires terriens qui ne prenaient que les portions « auxquelles ils avaient droit ». S'il en était ainsi, alors il serait important de rechercher à quel principe obéissaient leur colère et leur indignation. Ces principes aussi doivent avoir leur part dans la justice du village ; et, s'ils étaient connus parmi les castes inférieures, ils n'étaient pas inconnus (bien que peut-être réprimés) chez les membres des castes supérieures. Les significations sociales n'ont pas besoin d'être harmonieuses ; il arrive qu'elles ne fournissent que la structure intellectuelle à l'intérieur de laquelle les distributions sont discutées. Mais c'est une structure nécessaire. Il n'y a pas de principes externes ou universels qui puissent la remplacer. Toute analyse substantielle de la justice distributive est une analyse locale [1].

Il pourrait être utile ici de revenir à l'une des questions que j'ai laissées de côté dans ma préface. En vertu de quelles caractéristiques sommes-nous égaux entre nous ? Il y a une caractéristique qui, plus que toute autre, est au cœur de mon argumentation. Nous sommes (tous) des êtres producteurs de culture ; nous fabriquons et habitons des mondes doués de sens. Comme il n'existe pas de moyen de hiérarchiser et d'établir un ordre entre ces mondes relativement à leur conception des biens sociaux, nous rendons justice à des hommes et à des femmes réels en respectant leurs créations particulières. Et ils demandent justice, et résistent à la tyrannie, en insistant sur la signification des biens sociaux au sein de leur communauté. La justice trouve sa racine dans les

---

1. En même temps, il peut se faire, comme je l'ai suggéré au chapitre 1, que certains principes internes, certaines conceptions des biens sociaux, soient réitérés dans de nombreuses sociétés, et peut-être toutes. C'est une question empirique. On ne peut pas la déterminer entre nous par une argumentation philosophique – ni même par une argumentation philosophique portant sur une conception idéale que nous nous faisons de nous-mêmes [note de Walzer].

diverses conceptions des lieux, des honneurs, des emplois, des choses de toute sorte, qui constituent une forme de vie partagée. Outrepasser ces conceptions, c'est (toujours) agir injustement. [...]

La théorie de la justice s'attache aux différences, elle est sensible aux frontières. Cette théorie n'a pourtant pas pour conséquence que les sociétés sont plus justes si elles sont plus différenciées. La justice a simplement une portée plus grande dans ces sociétés, parce qu'il y a en elles plus de biens distincts, plus de principes distributifs, plus d'agents, plus de procédures. Et plus la justice a de portée, plus il est certain que l'égalité complexe sera la forme que prendra la justice. La tyrannie aussi a plus de portée. Vus de l'extérieur, de notre propre point de vue, les brahmanes indiens ressemblent beaucoup à des tyrans – c'est ainsi qu'ils apparaîtront si les conceptions sur lesquelles sont fondées leurs positions sociales élevées cessent d'être partagées. De l'intérieur, cependant, les choses leur viennent naturellement, pour ainsi dire, en vertu de leur pureté rituelle. Ils n'ont pas besoin de se transformer eux-mêmes en tyrans pour jouir de la gamme complète des biens sociaux. Ou alors, quand ils se transforment eux-mêmes en tyrans, ils ne font qu'exploiter les avantages qu'ils possèdent déjà. Mais quand les biens sont distincts et les sphères distributives autonomes, cette même jouissance requiert la coercition, l'intrigue et la violence. C'est le signe principal de la tyrannie : le constant accaparement des choses qui ne viennent pas naturellement, une lutte incessante pour gouverner en dehors de son espace propre.

III

RENDRE JUSTICE OU RENDRE LA JUSTICE ?

XIX

ARISTOTE

JUSTICE DISTRIBUTIVE ET JUSTICE CORRECTIVE

Aristote, *Éthique de Nicomaque*, V, 2, 3, 4, trad. J. Voilquin, GF-Flammarion, 1992, p. 141-145.

Aristote distingue la justice universelle et la justice particulière : la première est identique à la vertu, du moins en tant que la vertu est tournée vers les autres. Si l'homme est un animal politique, le sommet de la vertu morale est politique : c'est la disposition à accomplir des actes vertueux en conformité aux lois de la Cité. Par ailleurs, Aristote distingue dans l'injuste « ce qui est illégal et inégal » et dans le juste « ce qui est prescrit par la loi et ce qui s'accorde avec l'égalité » (p. 140). La justice universelle correspond à la justice légale, tandis que la justice particulière est la justice selon l'égal, car l'égal est une partie de la conformité à la loi. En ce sens partiel, la justice est la disposition à ne donner ou à ne prendre qu'une part juste ou égale des bonnes choses.

Cette justice particulière, partie du tout formé par la justice totale comme universalité des vertus, se subdivise en justice *distributive* et justice *corrective*, ou réparative – ou « commutative » pour saint Thomas et les scolastiques. Cette dernière est divisée à son tour, selon le critère de la volonté ou de l'accord partagé, entre la justice *administrative*, qui s'applique aux contrats comme conventions librement débattues entre les parties (il faut comprendre ici qu'il s'agit d'accords pris en toute connaissance de cause, c'est-à-dire sans ignorer la personne avec laquelle on contracte, les termes ni le but du contrat), et la justice *pénale*, qui s'applique aux obligations nées de délits, dans lesquelles l'auteur du dommage est tenu de réparer.

La première espèce de justice particulière est la justice distributive, qui s'exerce dans la distribution des honneurs, des richesses ou de tout autre bien à partager entre les membres de la communauté politique. Elle se fonde sur la proportion et le juste milieu. Le juste est un moyen proportionnel ; est juste ce qui constitue un juste milieu entre l'excès et le défaut. C'est là l'application directe de la définition générale de la vertu, définie comme « la juste moyenne entre deux extrémités fâcheuses, l'une par excès, l'autre par défaut » (p. 61). Dans le cas de la vertu particulière qu'est la justice distributive, sont injustes et l'excès et le défaut. Le juste est proportionnellement égal, et l'injuste est ce qui est contraire à la proportion. C'est en cela qu'elle diffère des autres vertus, qui s'opposent à deux vices distincts. « Aussi la justice est-elle, en quelque sorte, intermédiaire, toutefois d'une façon différente des autres vertus, attendu qu'elle se place au milieu, tandis que l'injustice a sa place aux extrêmes » (p. 150). Quatre termes sont nécessaires pour établir la proportion dite « discontinue », deux personnes (A et B) et deux parts (C et D), et, selon la proportion géométrique, on a A/B = C/D et A/C = B/D. La question du mérite est soulevée par Aristote, mais n'est pas résolue ici (elle est traitée dans *Les Politiques*) : selon quels critères établit-on la commensurabilité des personnes, la liberté, la richesse ou la vertu ? La réponse varie selon les régimes.

La justice corrective ou rectificative ne tient pas compte des différences de mérite, de valeur propre ou de position sociale des personnes engagées dans la poursuite de la justice. Deux personnes sont naturellement égales, et c'est sous cet unique aspect que le juge qui rend la justice doit les considérer. C'est la proportion arithmétique qui est en jeu, proportion qui revient presque à une stricte égalité : (A - C) + C = (B + C) - C. Cela soulève la délicate question du droit naturel, qu'Aristote envisage plus loin : il existe des choses qui sont justes par nature et la justice naturelle semble être la condition de toute justice légale. L'égalité naturelle des personnes relève probablement de ces conditions minimales pour l'exercice de la justice.

Les personnes en conflit ont tendance à être partiales. C'est pourquoi il est nécessaire de remettre l'exercice de la justice entre les mains d'un arbitre impartial, d'un médiateur capable de discerner le juste milieu. On peut voir dans la personne du juge, dont l'excellence relève de la possession de la raison prudentielle, une des personnifications possibles du *phronimos* (l'homme prudent), à la fois symbole et critère de la justice. Un jugement juste est un jugement que porte l'homme juste par excellence, l'homme prudent, critère ultime du juste milieu. La prudence est la capacité de discerner le juste milieu, de faire le bon choix, dans des circonstances toujours variables : le juge équitable (cf. « Équité », dans le Vade-mecum) doit posséder cette vertu nécessaire à l'application concrète de la loi générale à des cas toujours particuliers.

En ce qui concerne la justice partielle et le droit qui en découle, elle a un premier aspect, distributif, qui consiste dans la répartition des honneurs, ou des richesses, ou de tous les autre avantages qui peuvent échoir aux membres de la cité. Sur ces points, il est possible qu'il y ait inégalité, et aussi égalité, de citoyen à citoyen. L'autre aspect est celui de la justice relative aux contrats. Cette dernière se divise en deux parties : parmi les relations, les unes sont volontaires, les autres involontaires. En ce qui concerne les premières, citons, par exemple, la vente, l'achat, le prêt à intérêt, la caution, la location, le dépôt, le salaire. On les appelle volontaires parce que leur principe est librement consenti. Parmi les relations involontaires, les unes sont clandestines, par exemple le vol, l'adultère, l'empoisonnement, la prostitution, le détournement d'esclave, le meurtre par ruse, le faux témoignage. Les autres sont des actes de violence comme les coups et blessures, l'emprisonnement, le meurtre, le pillage, la mutilation, la diffamation, l'outrage.

Chapitre 3

Puisque l'injuste ne respecte pas l'égalité et que l'injustice se confond avec l'inégalité, il est évident qu'il y a une juste mesure relativement à l'inégalité. Cette juste moyenne, c'est l'égalité. Dans les actes qui comportent le plus et le moins, il y a place pour une juste moyenne. Si donc l'injuste, c'est l'inégal, le juste est l'égal. Pas besoin de raisonnement pour que tous s'en aperçoivent. Or, puisque l'égal consiste dans une juste moyenne, il pourra en être ainsi du juste. L'égal suppose au moins deux termes. Il faut donc que le juste, qui est à la fois moyenne et égalité, ait rapport à la fois à un objet et à plusieurs personnes. Dans la mesure où il est juste moyenne, il suppose quelques termes : le plus et le moins ; dans la mesure où il est égalité : deux personnes ; dans la mesure où il est juste : des personnes d'un certain genre. Nécessairement, le juste implique au moins quatre éléments. Pour qu'il se réalise, il faut deux personnes et deux objets par rapport auxquels il existe. Il en sera de même de l'égalité, si l'on examine les personnes et les choses. Le rapport qui existe entre les objets se retrouvera entre les personnes. Si les personnes ne sont pas égales, elles n'obtiendront pas dans la façon dont elles seront traitées l'égalité. De là viennent les disputes et les contestations, quand des personnes sur le pied d'égalité n'obtiennent pas des parts égales, ou quand des personnes, sur le pied d'égalité, ont et obtiennent un traitement égal. Ajoutons que la chose est claire si l'on envisage l'ordre de mérite des parties prenantes. En ce qui concerne les partages, tout le monde est d'accord qu'ils doivent se faire selon le mérite de chacun ; toutefois, on ne s'accorde pas communément sur la nature de ce mérite, les démocrates le plaçant dans la liberté, les oligarques dans la richesse ou la naissance, les aristocrates dans la vertu. Ainsi le juste est, en quelque sorte, une proportion. Cette proportion caractérise non seulement le nombre envisagé comme unité, mais encore le nombre envisagé absolument. La proportion est donc l'égalité des rapports entre des termes au nombre de quatre au moins. Que la proportion, quand on la ramène à ses parties composantes, soit effectivement constituée par quatre termes, c'est ce qui est évident. Elle l'est également quand elle est continue. Dans ce dernier cas, au lieu de deux termes, elle se sert d'un terme, comme s'il en constituait deux et elle le répète deux fois. Par exemple, si l'on dit que le rapport de A à B est identique au rapport de B à C. Dans ce cas, le terme B est exprimé deux fois. Si donc nous posons deux fois B, les termes de la proportion seront au nombre de quatre. De même le juste présente un rapport entre quatre termes au moins et le raisonnement est identique. Le rapport est le même entre les personnes d'un côté et les choses de l'autre. Le rapport qui existe entre A et B se retrouvera identique entre C et D, et inversement le rapport entre A et C existera entre B et D. Ainsi les deux totaux se trouveront dans le même rapport ; on réunit les termes deux à deux et, s'ils sont bien posés, l'addition est juste. De la sorte, la réunion du terme A avec le terme C et celle du terme B avec D constituent le juste, si on l'envisage sous cet aspect distributif et, dans ce cas, le juste est un milieu entre des extrêmes qui, autrement, ne seraient plus en proportion, car la proportion est un milieu et le juste consiste dans cette proportion. Les mathématiciens appellent cette proportion géométrique. C'est qu'en effet dans cette proportion le rapport entre les totaux est comme le rapport entre chacun des deux termes. Toutefois cette proportion n'est pas continue, car on ne trouve pas numériquement, pour la personne et pour l'objet, un terme unique. Le juste est donc ce qui est défini par cette proportion géométrique ; l'injuste, ce qui la contrarie ; en effet, on y distingue du plus et du moins. Et c'est bien ce qui arrive dans les actions de la vie courante. Celui qui commet l'injustice s'attribue plus que son dû ; celui qui subit l'injustice reçoit moins qu'il ne devrait avoir. En ce qui concerne le mal, c'est le contraire qui se produit. Le moindre mal fait figure de bien, eu égard à un mal plus grand. Car un moindre mal est préférable à un mal plus grand. Ce qu'on recherche est toujours le bien, et plus ce bien est souhaitable plus il est grand.

Chapitre 4

Telle est donc une des deux formes du juste. Il en existe une autre, la justice corrective, qui se montre dans les relations volontaires aussi bien qu'involontaires. Cette seconde forme diffère de la première. La justice distributive, en effet, en ce qui concerne les biens de l'État, doit présenter toujours la proportion que nous avons indiquée. Quand il s'agit de partager les ressources communes, cette distribution se fera proportionnellement à l'apport de chacun, l'injuste, c'est-à-dire l'opposé du juste ainsi conçu, consistant à ne pas tenir compte de cette proportion. Mais le juste dans les contrats consiste en une certaine égalité, l'injuste en une certaine inégalité. Toutefois, il ne saurait être question de la proportion géométrique, mais de la proportion arithmétique. Car peu importe que ce soit un homme distingué qui ait dépouillé un homme de rien, ou réciproquement ; peu importe que l'adultère ait été commis par l'un ou l'autre de ces deux hommes ; la loi n'envisage que la nature de la faute, sans égard pour les personnes qu'elle met sur un pied d'égalité. Il lui importe peu que ce soit un tel ou un tel qui cause le dommage ou en soit victime. En conséquence, cette injustice, qui repose sur l'inégalité, le juge s'efforce de la corriger. En effet, quand une personne reçoit des coups et qu'une autre en donne, quand un individu cause la mort et qu'un autre succombe, le dommage et le délit n'ont entre eux aucun rapport d'égalité ; le juge tâche à remédier à cette inégalité, par la peine qu'il inflige, en réduisant l'avantage obtenu. On emploie communément ces mots et dans un sens général dans les cas de cette nature, bien que l'expression ne semble pas convenir à certains d'entre eux : par exemple, on parle du profit de celui qui frappe et de la perte de celui qui est frappé. Mais quand le juge a évalué le mauvais traitement, l'un devient le perdant, et l'autre le gagnant. Ainsi l'égal est-il le juste milieu entre le plus et le moins ; le gain se confond avec le plus ; la perte, au contraire, avec le moins, le premier étant l'excès par rapport au bien, et le manque par rapport au mal ; la perte étant le contraire. Et puisque l'égal tient le milieu, nous dirons que c'est le juste. En conséquence, la justice corrective serait le juste milieu entre la perte de l'un et le gain de l'autre. Aussi, lorsque quelque différend se produit entre les hommes, ils ont recours au juge. Aller trouver celui-ci, c'est aller devant la justice, car le juge entend être, pour ainsi dire, la justice incarnée. Dans la personne du juge, on cherche un tiers impartial et quelques-uns appellent les juges des arbitres ou des médiateurs, voulant signifier par là que, quand on aura trouvé l'homme du juste milieu, on parviendra à obtenir justice. La justice est donc un juste milieu, si du moins le juge en est un.

XX
MONTESQUIEU

L'EXERCICE DE LA JUSTICE EXIGE DES TRIBUNAUX PARTICULIERS ET DES LOIS COMPLEXES

Montesquieu, *De l'esprit des lois*, VI, 2 et 3, GF-Flammarion, t. 1, 1979, p. 201-203.

Montesquieu distingue trois espèces de gouvernement, dont la typologie est établie selon l'idée de souveraineté : « Le gouvernement républicain est celui où le peuple en corps, ou seulement une partie du peuple, a la souveraine puissance ; le monarchique, celui où un seul gouverne, mais par des lois fixes et établies, au lieu que, dans le despotique, un seul, sans loi et sans règle, entraîne tout par sa volonté et ses caprices » (*De l'esprit des lois*, II, 1). Cette classification décrit des faits, des constats d'existence, plutôt qu'elle ne propose des définitions abstraites (de droit). La démarche de Montesquieu est historique et concrète ; dès lors, le critère décisif n'est pas, comme dans la tradition aristotélicienne, le nombre de gouvernants, mais la manière concrète dont s'exerce le gouvernement. La politique est juridicisée.

Ces différentes organisations juridiques du pouvoir sont également classifiées selon le degré de liberté qu'elles assurent aux citoyens. L'exigence de liberté est, ou doit être, le but d'un bon gouvernement. Qu'est-ce que la liberté ? « La liberté politique ne consiste point à faire ce que l'on veut. Dans un État, c'est-à-dire dans une société où il y a des lois, la liberté ne peut consister qu'à pouvoir faire ce que l'on doit vouloir, et à n'être point contraint de faire ce que l'on ne doit pas vouloir. [...] La liberté est le droit de faire tout ce que les lois permettent » (*ibid.*, XI, 3). Montesquieu la distingue de la liberté philosophique, qui « consiste dans l'exercice de sa volonté, ou du moins dans l'opinion où l'on est que l'on exerce sa volonté. La liberté politique consiste dans la sûreté, ou du moins dans l'opinion que l'on a de sa sûreté » (*ibid.*, XII, 2). Assurer la liberté des citoyens revient donc à veiller à leur sûreté ; les deux valeurs sont indissociables. La liberté, tout au moins politique, est un fait, non une idée. Elle est un problème social, non un problème métaphysique, et ses conditions de possibilité tiennent à la nature et aux principes des gouvernements.

Or la démocratie et l'aristocratie, les deux possibilités de gouvernement républicain, si elles sont théoriquement idéales pour assurer la liberté publique, dont la liberté de chaque citoyen n'est qu'une partie, ne parviennent pas, de fait, à la réaliser : elles manquent de limites et ont tendance à évoluer en anarchie. Leurs principes respectifs, vertu et modération, sont trop proches d'un angélisme quasi surhumain, et sont donc rarement atteints. Le despotisme est par nature un régime dénaturé, qui n'est assis que sur l'obéissance et la crainte. La monarchie se dispense de la vertu, grâce à sa bonne organisation juridique : « Les lois y tiennent place de toutes les vertus » (*ibid.*, III, 5). De plus, son principe est l'honneur, passion déraisonnable et condamnable psychologiquement et moralement, mais qui n'est pas exempte d'une certaine raison pratique, qui la rend efficace sur le plan politique. L'honneur s'accompagne toujours d'un certain code d'honneur, qui borne la puissance politique qui en découle. Le principe de la monarchie s'autolimite et, en ce sens, il est gage de liberté. Il procède de l'esprit de modération et suit la voie du juste milieu ; or c'est précisément l'unique garantie de la liberté politique. Ainsi, la monarchie semble seule capable d'assurer une véritable liberté politique. En réalité, le véritable critère est celui de la modération ; en ce sens, tous les gouvernements modérés peuvent garantir réellement la liberté politique, c'est-à-dire les gouvernements où l'on n'abuse pas du pouvoir – qui se voit assigné une limite constitutionnellement fixée –, où enfin, le principe de séparation des trois pouvoirs – exécutif, législatif et judiciaire – est respecté. Or la sûreté est principalement assurée par un bon système judiciaire : il appartient à la justice, entendue ici comme système de lois (pénales, civiles, etc.), de garantir la sécurité et la liberté des citoyens. Si le souverain s'érige en juge, cela implique la disparition de la liberté. Dans une république, le peuple peut très facilement abuser de sa puissance pour juger des crimes ; il est naturellement très mauvais juge, se déchaîne facilement, se laisse facilement corrompre : l'impartialité des juges dépend de leur indépendance. Dans un régime despotique, si la justice ou son simulacre est entre les mains du tyran, elle ne fait que semer la terreur. Dans les gouvernements modérés, et dans les monarchies en particulier, le prince ne peut juger de lui-même, sans les pouvoirs intermédiaires, ou les jugements rendus risqueraient de n'être qu'injustices et abus. Ainsi, il est impératif de séparer le pouvoir judiciaire des autres pouvoirs.

L'administration de la justice

exige ainsi des tribunaux particuliers, dont la tâche est délicate, puisqu'ils doivent servir la justice, qui est la fin propre du droit. C'est à cause de la lourdeur et de la diversité de cette tâche qu'il existe, dans les États monarchiques, gouvernements modérés par excellence, « tant de règles, de restrictions, d'extensions, qui multiplient les cas particuliers, et semblent faire un art de la raison même » (*ibid.*, VI, 1). Montesquieu, magistrat et juriste, est parfaitement conscient de la complexité et l'hétérogénéité des lois françaises, qui sont loin d'être constituées en un système bien lié. Mais, si dans les *Lettres persanes*, notamment, Rica, adoptant le point de vue du citoyen, se scandalise de l'absence de logique ou de constance et de la lenteur des jugements rendus, Montesquieu, dans *De l'esprit des lois*, se place du point de vue du politologue et compare la complexité des lois en régime monarchique à leur simplicité en régime despotique. Cette simplicité signifie alors simplification, voire absence totale de législation, et correspond à la psychologie simpliste du despotisme : les hommes n'y sont même plus des hommes, ils ne sont plus rien. La complexité des lois est à la liberté du citoyen ce que leur simplicité est à sa servitude. Dans le gouvernement républicain, on atteint même des sommets de formalisme, s'attachant davantage à la lettre de la loi qu'à son esprit : en ne changeant jamais rien au texte même de la loi (ce qui peut entraîner des abus aussi), on s'assure que les citoyens sont tous toujours égaux devant la loi. Les lois, au lieu de tyranniser les hommes, les libèrent. « Juger selon un texte précis de la loi », malgré les lenteurs et les complications de la procédure, est le fait d'un gouvernement modéré qui a égard à la personne de tous les citoyens et protège leur liberté. D'après les modalités de la justice, on peut donc distinguer entre deux types de gouvernement, ceux qui bafouent l'humanité et ceux qui la promeuvent. La subtilité des systèmes juridiques est le prix que les citoyens paient pour leur droit à la liberté.

Chapitre 2

De la simplicité des lois criminelles, dans les divers gouvernements.

On entend dire sans cesse qu'il faudrait que la justice fût rendue partout comme en Turquie. Il n'y aura donc que les plus ignorants de tous les peuples qui auront vu clair dans la chose du monde qu'il importe le plus aux hommes de savoir ?

Si vous examinez les formalités de la justice, par rapport à la peine qu'a un citoyen à se faire rendre son bien, ou à obtenir satisfaction de quelque outrage, vous en trouverez sans doute trop : Si vous les regardez dans le rapport qu'elles ont avec la liberté et la sûreté des citoyens, vous en trouverez souvent trop peu ; et vous verrez que les peines, les dépenses, les longueurs, les dangers mêmes de la justice, sont le prix que chaque citoyen donne pour sa liberté.

En Turquie, où l'on fait très peu d'attention à la fortune, à la vie, à l'honneur des sujets, on termine promptement, d'une façon ou d'une autre, toutes les disputes. La manière de les finir est indifférente, pourvu qu'on finisse. Le bacha, d'abord éclairci, fait distribuer, à sa fantaisie, des coups de bâton sur la plante des pieds des plaideurs, et les renvoie chez eux.

Et il serait bien dangereux que l'on y eût les passions des plaideurs : elles supposent un désir ardent de se faire rendre justice, une haine, une action dans l'esprit, une constance à poursuivre. Tout cela doit être évité dans un gouvernement où il ne faut avoir d'autre sentiment que la crainte, et où tout mène tout à coup, et sans qu'on puisse le prévoir, à des révolutions. Chacun doit connaître qu'il ne faut point que le magistrat entende parler de lui, et qu'il ne tient sa sûreté que de son anéantissement.

Mais, dans les États modérés, où la tête du moindre citoyen est considérable, on ne lui ôte son honneur et ses biens qu'après un long examen : on ne le prive de la vie que lorsque la patrie elle-même l'attaque ; et elle ne l'attaque qu'en lui laissant tous les moyens possibles de la défendre.

Aussi, lorsqu'un homme se rend plus absolu, songe-t-il d'abord à simplifier les lois. On commence, dans cet État, à être plus frappé des inconvénients particuliers, que de la liberté de sujets, dont on ne se soucie point du tout.

On voit que, dans les républiques, il faut pour le moins autant de formalités que dans les monarchies. Dans l'un et l'autre gouvernement, elles augmentent en raison du cas que l'on y fait de l'honneur, de la fortune, de la vie, de la liberté des citoyens.

Les hommes sont tous égaux dans le gouvernement républicain ; ils sont égaux dans le gouvernement despotique : dans le premier, c'est parce qu'ils sont tout ; dans le second, c'est parce qu'ils ne sont rien.

Chapitre 3

Dans quels gouvernements, et dans quels cas on doit juger selon un texte précis de la loi.

Plus le gouvernement approche de la république, plus la manière de juger devient fixe ; et c'était un vice de la république de Lacédémone, que les *éphores* jugeassent arbitrairement, sans qu'il y eût des lois pour les diriger. À Rome, les premiers consuls jugèrent comme les éphores : on en sentit les inconvénients, et l'on fit des lois précises.

Dans les États despotiques, il n'y a point de lois : le juge est lui-même la règle. Dans les États monarchiques, il y a une loi ; et là où elle est précise, le juge la suit ; là où elle ne l'est pas, il en cherche l'esprit. Dans le gouvernement républicain, il est de la nature de la constitution, que les juges suivent la lettre de la loi. Il n'y a point de citoyen contre qui on puisse interpréter une loi, quand il s'agit de ses biens, de son honneur, ou de sa vie.

À Rome, les juges prononçaient seulement que l'accusé était coupable d'un certain crime ; et la peine se trouvait dans la loi, comme on le voit dans diverses lois qui furent faites. De même, en Angleterre, les jurés décident si l'accusé est coupable ou non du fait qui a été porté devant eux ; et, s'il est déclaré coupable, le juge prononce la peine que la loi inflige pour ce fait : et, pour cela, il ne lui faut que des yeux.

XXI

HEGEL

CRIME ET CHÂTIMENT

Hegel, *Principes de la philosophie du droit*,
trad. J.-L. Vieillard-Baron,
GF-Flammarion, 1999, p. 167-170.

Pour Hegel, le crime est une manifestation positive de la volonté particulière du criminel, contraire à la volonté universelle qui est à la fois implicite en lui et explicite dans les lois criminelles d'un État rationnel moderne. Le crime est un acte d'autocontradiction : en agissant selon sa volonté particulière et en violant la volonté générale, le criminel viole sa propre volonté implicite. Selon le § 95, le crime est un « *jugement infini-négatif* en son sens plénier », c'est-à-dire d'une part que le criminel cause du tort à la sphère universelle du droit *et* à la volonté particulière de la victime, mais aussi d'autre part que le criminel révèle une ignorance totale du concept de droit (à la différence de celui qui commet une fraude, qui, lui, contourne le droit, mais ce faisant reconnaît ou comprend ce qu'il contourne). Ainsi le crime est-il un acte d'irrationalité et de contradiction interne, commis par un être rationnel. L'acte criminel est contraire à la volonté rationnelle, mais il est l'œuvre d'un être rationnel. De là émergent les raisons de punir le criminel, raisons à la fois objectives et subjectives. La raison subjective est que le criminel lui-même autorise et exige sa propre punition : la punition reconnaît et respecte la rationalité implicite du crime en universalisant la part de sa volonté dédoublée qui est allée à l'encontre de sa volonté implicite. La punition permet au criminel de ressentir les conséquences de son acte, en lui appliquant le principe selon lequel il a agi lorsqu'il commettait le crime. Il est donc subsumé comme sous *son* droit (§ 100). D'autre part, le criminel a le droit d'être puni, car la punition le rend libre. Le pouvoir qui punit n'est pas un pouvoir étranger, mais provient de la propre volonté du criminel. L'argument de Hegel ici, selon lequel être puni revient à être libéré, fait écho à la conception de Rousseau qui veut que « quiconque refusera d'obéir à la volonté générale y sera contraint par tout le corps : ce qui ne signifie autre chose sinon qu'on le forcera à être libre » (*Du contrat social*, I, 7).

Selon la raison objective, il faut punir car si le crime est un acte d'autocontradiction de la part du criminel, il est aussi et avant tout une violation du droit. La punition permet de défendre la loi : si le crime restait impuni, son existence, qui est négation, acquerrait une positivité et remplacerait le droit en soi. La volonté particulière du criminel en arriverait à être considérée comme volonté rationnelle. Hegel va plus loin : le droit n'a pas seulement besoin d'être défendu, il doit être restauré. Hegel se réfère parfois au droit comme à une chose en attente d'être violé (cf., par exemple, § 97) ; c'est la violation qui l'actualise et l'amène à se tourner contre le criminel. Dès lors, il suggère que le pouvoir qui punit n'est pas seulement l'État, mais la justice, selon un double aspect. L'être même du criminel se tourne contre lui tel un fantôme, et les Euménides endormies se réveillent sous l'effet du crime afin de le combattre. La justice n'existe pas seulement sous la forme du châtiment exercé par l'État, ou en d'autres termes, « eu égard à la modalité d'existence de la justice, la forme qu'elle a dans l'État, à savoir la *punition*, n'est, en outre, pas l'unique forme, et l'État n'est pas la présupposition qui conditionne la justice en soi » (§ 100). Le pouvoir qui punit n'est pas l'État mais le droit (ou la justice, *Recht*) ; par ailleurs, l'État moderne est l'agent du droit. La justice est immanente au monde éthique, mais elle n'est pas une fatalité sans pensée ; elle recouvre le droit humain exercé par le gouvernement contre l'action séparatiste des individus et des groupes, et la loi divine, exercée par les Érinyes ou les Euménides de l'individu criminel. On retrouve cette double articulation de la justice dans un texte de la *Phénoménologie de l'Esprit* qui se place du point de vue de la communauté éthique : « Le tout est un équilibre stable de toutes les parties [...] – à vrai dire, cet équilibre ne peut être vivant que parce que l'inégalité prend naissance en lui, et est reconduite à l'égalité par la *Justice*. [...] Comme Justice du *droit humain* qui reconduit dans l'universel l'être pour soi émergeant de l'équilibre, l'indépendance des états sociaux et des individus, elle est le gouvernement du peuple qui est l'individualité présente à soi-même de l'essence universelle et la volonté propre, consciente de soi, de tous. [...] Mais la Justice [...] est aussi bien l'esprit simple de celui qui a souffert le tort, – esprit qui n'est pas décomposé en celui qui l'a souffert et en une essence qui est au-delà, – lui-même est la puissance souterraine, et c'est *son* Érinye qui poursuit la vengeance » (*Phénoménologie de l'esprit*, II, trad. J. Hyppolite,

Aubier, 1941, p. 28-29). La vengeance est la forme que revêt le châtiment en l'absence des institutions d'un État moderne, mais la vengeance est subjective, la victime ne peut pas être la mesure de la justice. L'Érinye du criminel, de la victime et les lois criminelles de l'État constituent les différents aspects de la justice. En réalité, le pouvoir qui punit est le *Recht-an-sich*, manifesté dans la substance éthique (dont le criminel fait aussi partie), elle-même liée à l'État moderne rationnel. Ainsi, au terme de l'histoire, lorsque la moralité objective est atteinte, quand l'État punit, c'est la communauté, la substance éthique qui punit, le *Recht-an-sich*, la justice.

§ 100

La lésion qui atteint le criminel n'est pas seulement juste en *soi*, – en tant que juste, elle est en même temps sa volonté qui est en *soi*, une existence de sa liberté, *son* droit ; mais elle est aussi un *droit pour* le *criminel* même, c'est-à-dire qu'elle est *placée* dans sa volonté *existante*, dans son action. Car son action, en tant qu'elle est l'action d'un *être raisonnable*, implique qu'elle est quelque chose d'universel, qu'une loi est posée par elle, loi que la volonté a reconnue pour elle-même dans l'action, et sous laquelle elle peut être subsumée comme sous *son* droit.

R. *Beccaria* a refusé à l'État le droit à la peine de mort, on le sait, pour la raison qu'il ne pourrait pas être présumé que fût compris dans le contrat social l'engagement des individus de se laisser tuer, mais le contraire devrait plutôt être admis. Seulement l'État n'est pas du tout un contrat (cf. § 75), et la *protection* et la *sécurité* de la vie et de la propriété des individus en tant qu'êtres singuliers n'est pas sans condition son essence substantielle ; il est, bien plutôt, l'élément supérieur qui a une prétention sur cette vie et cette propriété même, et en exige le sacrifice. – Par suite, ce n'est pas seulement le *concept* du crime, son élément rationnel *en et pour soi*, *avec ou sans* engagement des êtres singuliers, qu'il doit faire valoir, mais aussi la rationalité formelle, le *vouloir* de l'être *singulier* a son siège dans *l'action* du criminel. Le fait qu'en cela la punition soit considérée comme contenant *son* droit propre, *honore* le criminel en tant qu'être raisonnable. – Cet honneur ne lui est pas accordé, si en son méfait on n'a pas pris le concept et la mesure de sa punition ; – il ne lui est pas non plus accordé si on le considère seulement comme une bête nuisible qu'il faut empêcher de nuire, ou si l'on vise pour fin l'intimidation et l'amélioration. – Par suite, eu égard à la modalité d'existence de la justice, la forme qu'elle a dans l'État, à savoir la *punition*, n'est, en outre, pas l'unique forme, et l'État n'est pas la présupposition qui conditionne la justice en soi.

§ 101

La suppression du crime est une *rétribution* dans la mesure où elle est, selon le concept, lésion de la lésion, et où le crime a, selon l'existence, une étendue déterminée, qualitative et quantitative, et où sa négation comme existence a une étendue identique. Cette identité qui repose sur le concept n'est pourtant pas *l'égalité* dans la constitution spécifique de la lésion, mais dans sa constitution qui est *en soi*, – selon la *valeur* de celle-ci.

R. Puisque, dans la science habituelle, la définition d'une détermination, ici de la punition, doit être tirée de la *représentation générale* de l'expérience psychologique de la conscience, celle-ci montrerait bien que le sentiment général des peuples et des individus au sujet du crime a été et est qu'il *mérite* une punition, et qu'*il doit être fait au criminel comme il a fait*. On ne sait pas comment ces sciences qui ont la source de leurs déterminations dans la représentation générale, admettent aussi bien, alternativement, des propositions qui contredisent le prétendu *fait* général de la conscience. – Or la détermination de *l'égalité* a introduit une difficulté majeure dans la représentation de la rétribution ; la justice des déterminations de punition d'après leur nature qualitative et quantitative est en outre un élément plus tardif que l'élément substantiel de la chose elle-même. Quoiqu'on doive, pour cet acte ultérieur de détermination, se transporter vers d'autres principes, comme pour l'élément universel de la punition, cet élément reste ce qu'il est. Seulement le concept même doit en somme contenir aussi le principe fondamental pour l'élément particulier. Or, cette détermination du concept est justement cette connexion de la nécessité que le crime, en tant que volonté qui n'est rien en soi, contient en lui-même sa propre négation,– qui apparaît comme punition. C'est *l'identité* intérieure qui, dans l'existence extérieure, se réfléchit comme *égalité* pour l'intellect. La nature qualitative et quantitative du crime et de sa suppression tombe maintenant dans la sphère de l'extériorité ; sans quoi aucune détermination absolue n'est possible en celle-ci (voir § 49) ; *dans le champ de la finitude*, cela reste seulement une exigence, que l'intellect doit toujours limiter davantage, ce qui est de la difficulté la plus haute, mais qui tend vers l'infini et n'autorise qu'une *approximation* perpétuelle. – Si l'on ne surpasse pas cette nature de la finitude, mais qu'on reste complètement dans *l'égalité spécifique* et abstraite, non seulement il surgit une insurmontable difficulté pour déterminer les punitions (encore plus si la psychologie ajoute la grandeur des stimulations sensibles, et ce qui lui est lié, – à savoir, *comme on veut*, ou bien la *force d'autant plus grande* de la mauvaise volonté, ou la liberté et la *force d'autant plus faible* de la volonté en général), mais il est très facile de représenter la rétribution de la punition (en tant que vol pour vol, brigandage pour brigandage, œil pour œil, dent pour dent, où l'on peut se représenter le coupable comme borgne ou édenté) comme une absurdité, avec laquelle le concept n'a rien à faire, mais qui en vient seulement à être redevable de cette *égalité spécifique* adoptée. La *valeur* en tant que *ce qu'il y a d'égal à l'intérieur* des choses, qui sont tout à fait différentes dans la spécificité de leur existence, est une détermination qui survient déjà dans les contrats (voir plus haut, § 77), et également dans la plainte civile contre les délits (§ 95), et par laquelle la représentation de la constitution *immédiate* de la chose, s'est élevée à l'universel. Dans le crime, en tant qu'en lui *l'infini* de l'acte est la détermination fondamentale, l'élément qui n'est spécifique qu'extérieurement disparaît d'autant plus, et l'égalité reste seulement la règle fondamentale pour *l'essentiel*, que le criminel a mérité, mais nullement pour la figure extérieure spécifique de cette rétribution. Ce n'est que d'après la figure que le vol, le brigandage et la peine de prison ou d'argent, etc., sont des choses absolument inégales, mais d'après leur valeur, leur propriété générale d'être des transgressions, elles sont *des choses comparables*. C'est ensuite, comme on l'a remarqué, l'affaire de l'intellect, de chercher à s'approcher de l'égalité de leur valeur. Si l'on ne saisit pas la connexion, qui est en soi, du crime et de sa négation, ni la pensée de la *valeur* et de la possibilité de comparer les deux selon la valeur, il peut en résulter que l'on (Klein, *Principes de droit pénal*, § 9) ne voit dans une punition appropriée qu'une liaison *arbitraire* d'un mal avec une action interdite.

XXII
TOCQUEVILLE

LE SYSTÈME DES JURYS, GARANT DE LA DÉMOCRATIE

Tocqueville, *De la démocratie en Amérique*, I, VIII, GF-Flammarion, 1981, p. 371-376.

« Mon but a été de montrer, par l'exemple de l'Amérique, que les lois et surtout les mœurs pouvaient permettre à un peuple démocratique de rester libre », écrit Tocqueville (p. 464-465). Or l'essence de la démocratie réside dans « l'égalité des conditions [...] fait générateur dont chaque fait particulier semblait descendre » (p. 57), centre commun et principe de toutes les démocraties. Cette égalité des conditions est à la fois la cause de la démocratie (les États-Unis sont le seul pays où les hommes sont nés libres et égaux au lieu de le devenir), et son but, le terme du processus d'égalisation en jeu dans la démocratie. Pour Tocqueville, « égalité des conditions », « démocratie » et « souveraineté du peuple » sont des expressions quasi synonymes, dont il est impossible de distinguer les causes et les effets : « Décrire la démocratie en Amérique, ce n'est donc pas seulement décrire l'égalité des conditions, c'est décrire aussi la souveraineté du peuple dont l'égalité des conditions est la base. [...] Maintenant, il semble que, de conséquence, la politique, sous les espèces de la souveraineté du peuple, devienne cause » (P. Manent, *Tocqueville et la nature de la démocratie*, Fayard, 1993, p. 15-16). L'espoir de Tocqueville, c'est que l'adoration pour l'égalité des citoyens ne s'oppose pas nécessairement à la liberté des individus ; et c'est dans la démocratie telle qu'elle se découvre aux États-Unis qu'il voit la possibilité d'une conciliation entre ces deux principes.

La démocratie, aux États-Unis, réalise l'égalité dans la liberté, au prix de certains expédients démocratiques qui relèvent de l'art politique. Au centre de ces expédients se trouve le système judiciaire en général, et le système des jurys en particulier. Ce système, en effet, imprime dans les citoyens une conscience du besoin des autres, et permet en ela de lutter contre une des gereuses tendances de la cratie, l'individualisme. citoyen a la conscience profonde d'être l'égal de tout autre, et a donc le droit (et le devoir) de le juger, et d'être jugé en retour. De l'égalité des conditions, seul présupposé, on aboutit ainsi à l'égalité légale ou juridique. Le système des jurys est le moyen privilégié pour modérer et instruire les passions du grand nombre, et lui donner le sens de la justice. On peut aller jusqu'à le considérer comme le symbole de la justice démocratique, en tant qu'il représente l'interprétation et la soumission à la loi par la majorité : « Il existe une loi générale qui a été faite ou du moins adoptée, non pas seulement par la majorité de tel ou tel peuple, mais par la majorité de tous les hommes. Cette loi, c'est la justice. La justice forme donc la borne du droit de chaque peuple. Une nation est comme un jury chargé de représenter la société universelle et d'appliquer la justice qui est sa loi. Le jury, qui représente la société, doit-il avoir plus de puissance que la société elle-même dont il applique les lois ? » (*De la démocratie en Amérique*, p. 348.)

Au cœur même de ce qui fait la supériorité et l'importance vitale de ce système pour la démocratie, émerge une difficulté qui recouvre deux aspects, selon qu'on l'envisage dans sa dimension juridique ou politique : le danger d'aboutir au « tout juridique » et la tyrannie de la majorité. L'octroi généralisé des droits politiques peut engendrer une situation aliénante, la tyrannie de la majorité : en homogénéisant le corps politique, l'égalité juridique risque de ne plus laisser s'exprimer les individus et les minorités. « Lorsqu'un homme ou un parti souffre d'une injustice aux États-Unis, à qui voulez-vous qu'il s'adresse ? À l'opinion publique ? C'est elle qui forme la majorité ; au corps législatif ? Il représente la majorité et lui obéit aveuglément [...] ; au jury ? Le jury, c'est la majorité revêtue du droit de prononcer des arrêts : les juges eux-mêmes, dans certains États, sont élus par la majorité. Quelque inique ou déraisonnable que soit la mesure qui vous frappe, il faut donc vous y soumettre » (*ibid.*, p. 350). Le droit fondé sur la majorité ne prémunit pas contre l'oppression ou la tyrannie ; l'égalité juridique qui conditionne l'exercice de la liberté politique ne garantit pas la démocratie, car le règne de la majorité n'est pas le règne de la raison, et il y a toujours lieu de redouter la domination des médiocres et des ignorants. C'est pourquoi la dimension de l'éducation dans le système des jurys est si importante.

Le système des jurys ne peut fonctionner que s'il accompagne un corps de juges d'esprit supérieur ; or la qualité des juges en tant que classe (aristocratie de la raison et des Lumières) diminuera en fonction de l'augmentation de leur nombre. Un (nécessairement) petit nombre de tels hommes supérieurs doit former le jugement du peuple – en l'espèce, des jurés – et lui faire prendre conscience des exigences de la justice. Cette violation partielle du principe démocratique, ce maintien d'une classe aristocratique, constitue en réalité le garde-fou de la démocratie. « J'ai dit plus haut que dans les démocraties les légistes, et parmi eux les magistrats, forment le seul corps aristocratique qui puisse modérer les mouvements du peuple. Cette aristocratie n'est revêtue d'aucune puissance matérielle, elle n'exerce son influence conservatrice que sur les esprits. Or, c'est dans l'institution du jury civil qu'elle trouve les principales sources de son pouvoir. [...] Ainsi le jury, qui est le moyen le plus énergique de faire régner le peuple, est aussi le moyen le plus efficace de lui apprendre à régner » (*ibid.*, p. 376-378).

DU JURY AUX ÉTATS-UNIS CONSIDÉRÉ COMME INSTITUTION POLITIQUE

[...] Puisque mon sujet m'a naturellement amené à parler de la justice aux États-Unis, je n'abandonnerai pas cette matière sans m'occuper du jury.

Il faut distinguer deux choses dans le jury : une institution judiciaire et une institution politique.

S'il s'agissait de savoir jusqu'à quel point le jury, et surtout le jury en matière civile, sert à la bonne administration de la justice, j'avouerais que son utilité pourrait être contestée.

L'institution du jury a pris naissance dans une société peu avancée, où l'on ne soumettait guère aux tribunaux que de simples questions de fait ; et ce n'est pas une tâche facile que de l'adapter aux besoins d'un peuple très civilisé, quand les rapports des hommes entre eux se sont singulièrement multipliés et ont pris un caractère savant et intellectuel [1].

Mon but principal, en ce moment, est d'envisager le côté politique du jury : une autre voie m'écarterait de mon sujet. [...]

[...] Ce serait singulièrement rétrécir sa pensée que de se borner à envisager le jury comme une institution judiciaire ; car, s'il exerce une grande influence sur le sort des

---

1. Ce serait déjà une chose utile et curieuse que de considérer le jury comme institution judiciaire, d'apprécier les effets qu'il produit aux États-Unis, et de rechercher de quelle manière les Américains en ont tiré parti. On pourrait trouver dans l'examen de cette seule question le sujet d'un livre entier, et d'un livre intéressant pour la France. On y rechercherait, par exemple, quelle portion des institutions américaines relatives au jury pourrait être introduite parmi nous et à l'aide de quelle gradation. L'État américain qui fournirait le plus de lumières sur ce sujet serait l'État de la Louisiane. La Louisiane renferme une population mêlée de Français et d'Anglais. Les deux législations s'y trouvent en présence comme les deux peuples et s'amalgament peu à peu l'une avec l'autre. Les livres les plus utiles à consulter seraient le recueil des lois de la Louisiane en deux volumes, intitulé : *Digeste des lois de la Louisiane* ; et plus encore peut-être un cours de procédure civile écrit dans les deux langues, et intitulé : *Traité sur les règles des actions civiles*, imprimé en 1830 à la Nouvelle-Orléans, chez Buisson. Cet ouvrage présente un avantage spécial ; il fournit aux Français une explication certaine et authentique des termes légaux anglais. La langue des lois forme comme une langue à part chez tous les peuples, et chez les Anglais plus que chez aucun autre [note de Tocqueville].

procès, il en exerce une bien plus grande encore sur les destinées mêmes de la société. Le jury est donc avant tout une institution politique. C'est à ce point de vue qu'il faut toujours se placer pour le juger.

J'entends par jury un certain nombre de citoyens pris au hasard et revêtus momentanément du droit de juger.

Appliquer le jury à la répression des crimes me paraît introduire dans le gouvernement une institution éminemment républicaine. Je m'explique :

L'institution du jury peut être aristocratique ou démocratique, suivant la classe dans laquelle on prend les jurés ; mais elle conserve toujours un caractère républicain, en ce qu'elle place la direction réelle de la société dans les mains des gouvernés ou d'une portion d'entre eux, et non dans celle des gouvernants.

La force n'est jamais qu'un élément passager de succès : après elle vient aussitôt l'idée du droit. Un gouvernement réduit à ne pouvoir atteindre ses ennemis que sur le champ de bataille serait bientôt détruit. La véritable sanction des lois politiques se trouve donc dans les lois pénales, et si la sanction manque, la loi perd tôt ou tard sa force. L'homme qui juge au *criminel* est donc réellement le maître de la société. Or, l'institution du jury place le peuple lui-même, ou du moins une classe de citoyens, sur le siège du juge. L'institution du jury met donc réellement la direction de la société dans les mains du peuple ou de cette classe [1].

En Angleterre, le jury se recrute dans la portion aristocratique de la nation. L'aristocratie fait les lois,

---

1. Il faut cependant faire une remarque importante : l'institution du jury donne, il est vrai, au peuple un droit général de contrôle sur les actions des citoyens, mais elle ne lui fournit pas les moyens d'exercer ce contrôle dans tous les cas, ni d'une manière toujours tyrannique. Lorsqu'un prince absolu a la faculté de faire juger les crimes par ses délégués, le sort de l'accusé est pour ainsi dire fixé d'avance. Mais le peuple fût-il résolu à condamner, la composition du jury et son irresponsabilité offriraient encore des chances favorables à l'innocence [note de Tocqueville].

applique les lois et juge les infractions aux lois. Tout est d'accord : aussi l'Angleterre forme-t-elle à vrai dire une république aristocratique. Aux États-Unis, le même système est appliqué au peuple entier. Chaque citoyen américain est électeur, éligible et juré. Le système du jury, tel qu'on l'entend en Amérique, me paraît une conséquence aussi directe et aussi extrême du dogme de la souveraineté du peuple que le vote universel. Ce sont deux moyens également puissants de faire régner la majorité.

Tous les souverains qui ont voulu puiser en eux-mêmes les sources de leur puissance, et diriger la société au lieu de se laisser diriger par elle, ont détruit l'institution du jury ou l'ont énervée. Les Tudors envoyaient en prison les jurés qui ne voulaient pas condamner, et Napoléon les faisait choisir par ses agents.

Quelque évidentes que soient la plupart des vérités qui précèdent, elles ne frappent point tous les esprits, et souvent, parmi nous, on ne semble encore se faire qu'une idée confuse de l'institution du jury. Veut-on savoir de quels éléments doit se composer la liste des jurés, on se borne à discuter quelles sont les lumières et la capacité de ceux qu'on appelle à en faire partie, comme s'il ne s'agissait que d'une institution judiciaire. En vérité, il me semble que c'est là se préoccuper de la moindre portion du sujet ; le jury est avant tout une institution politique ; on doit le considérer comme un mode de la souveraineté du peuple ; il faut le rejeter entièrement quand on repousse la souveraineté du peuple, ou le mettre en rapport avec les autres lois qui établissent cette souveraineté. Le jury forme la partie de la nation chargée d'assurer l'exécution des lois, comme les Chambres sont la partie de la nation chargée de faire les lois ; et pour que la société soit gouvernée d'une manière fixe et uniforme, il est nécessaire que la liste des jurés s'étende ou se resserre avec celle des électeurs. C'est ce point de vue qui, suivant moi, doit toujours attirer l'attention principale du législateur. Le reste est pour ainsi dire accessoire.

Je suis si convaincu que le jury est avant tout une institution politique, que je le considère encore de cette manière quand on l'applique en matière civile.

Les lois sont toujours chancelantes tant qu'elles ne s'appuient pas sur les mœurs ; les mœurs forment la seule puissance résistante et durable chez un peuple.

Quand le jury est réservé pour les affaires criminelles, le peuple ne le voit agir que de loin en loin et dans les cas particuliers ; il s'habitue à s'en passer dans le cours ordinaire de la vie, et il le considère comme un moyen et non comme le seul moyen d'obtenir justice [1].

Lorsque, au contraire, le jury est étendu aux affaires civiles, son application tombe à chaque instant sous les yeux ; il touche alors à tous les intérêts ; chacun vient concourir à son action ; il pénètre ainsi jusque dans les usages de la vie ; il plie l'esprit humain à ses formes et se confond pour ainsi dire avec l'idée même de la justice.

L'institution du jury, bornée aux affaires criminelles, est donc toujours en péril ; une fois introduite dans les matières civiles, elle brave les temps et les efforts des hommes. Si on eût pu enlever le jury des mœurs des Anglais aussi facilement que de leurs lois, il eût entièrement succombé sous les Tudors. C'est donc le jury civil qui a réellement sauvé les libertés de l'Angleterre.

De quelque manière qu'on applique le jury, il ne peut manquer d'exercer une grande influence sur le caractère national ; mais cette influence s'accroît infiniment à mesure qu'on l'introduit plus avant dans les matières civiles.

Le jury, et surtout le jury civil, sert à donner à l'esprit de tous les citoyens une partie des habitudes de l'esprit du juge ; et ces habitudes sont précisément celles qui préparent le mieux le peuple à être libre.

1. Ceci est à plus forte raison vrai lorsque le jury n'est appliqué qu'à certaines affaires criminelles [note de Tocqueville].

Il répand dans toutes les classes le respect pour la chose jugée et l'idée du droit. Ôtez ces deux choses, et l'amour de l'indépendance ne sera plus qu'une passion destructive.

Il enseigne aux hommes la pratique de l'équité. Chacun, en jugeant son voisin, pense qu'il pourra être jugé à son tour. Cela est vrai surtout du jury en matière civile : il n'est presque personne qui craigne d'être un jour l'objet d'une poursuite criminelle ; mais tout le monde peut avoir un procès.

Le jury apprend à chaque homme à ne pas reculer devant la responsabilité de ses propres actes ; disposition virile, sans laquelle il n'y a pas de vertu politique.

Il revêt chaque citoyen d'une sorte de magistrature ; il fait sentir à tous qu'ils ont des devoirs à remplir envers la société, et qu'ils entrent dans son gouvernement. En forçant les hommes à s'occuper d'autre chose que de leurs propres affaires, il combat l'égoïsme individuel, qui est comme la rouille des sociétés.

Le jury sert incroyablement à former le jugement et à augmenter les lumières naturelles du peuple. C'est là, à mon avis, son plus grand avantage. On doit le considérer comme une école gratuite et toujours ouverte, où chaque juré vient s'instruire de ses droits, où il entre en communication journalière avec les membres les plus instruits et les plus éclairés des classes élevées, où les lois lui sont enseignées d'une manière pratique, et sont mises à la portée de son intelligence par les efforts des avocats, les avis du juge et les passions mêmes des parties. Je pense qu'il faut principalement attribuer l'intelligence pratique et le bon sens politique des Américains au long usage qu'ils ont fait du jury en matière civile.

XXIII

MARX

SELON QUEL CRITÈRE PEUT-ON AVOIR UNE DISTRIBUTION ÉGALE ?

Marx, *Critique du programme du parti ouvrier allemand*, trad. M. Rubel et L. Evrard, in *Œuvres*, t. I, *Économie,* I, Bibliothèque de la Pléiade, Gallimard, 1965, p. 1416-1420.

Au printemps 1875, Marx envoie des notes prises en marge du programme du parti social-démocrate allemand à Bracke (un des membres de ce parti), car il estime de son devoir « de ne pas reconnaître, fût-ce même par un silence diplomatique, un programme qui [...] est en lui-même inacceptable et de nature à démoraliser le parti » (p. 1411). Le troisième point du programme énonce : « L'émancipation du travail exige l'élévation des moyens du travail à la propriété commune de la société ; et que l'ensemble des activités soit réglementé par le moyen des coopératives, le fruit du travail étant distribué en toute équité » (p. 1416). Comment estimer que la distribution est équitable ? Pour mettre en lumière les difficultés que soulève ce paragraphe, Marx le rapproche du premier point énoncé dans le programme : « Le travail est la source de toute richesse et de toute culture, *et comme* le travail utile n'est possible que dans et par la société, le fruit du travail appartient intégralement, en vertu d'un droit égal, à tous les membres de la société » (p. 1413).
Le fruit du travail, ou produit du travail (les deux expressions sont synonymes), est « la totalité de ce que la société produit » (p. 1417). Marx montre que, avant de distribuer cette totalité aux membres individuels de la société, il faut en retrancher ce qui sert à maintenir ou à renouveler les moyens de production et d'administration, un fonds pour rémunérer ce que l'on appellerait les services publics, et un fonds d'aide sociale. Mais il faut revenir sur une distinction établie antérieurement : le salaire n'est pas le prix du travail, mais le prix de la force de travail. Notons que le texte recèle une certaine ambiguïté quant à l'emploi du concept de travail comme « temps de travail », « rendement », « quantité » de travail, ou « intensité » de travail. Dans la société capitaliste, le capitaliste achète la force de travail de l'ouvrier (et

non pas l'ouvrier lui-même, Marx établissant, dès 1848, dans *Travail salarié et capital*, la distinction entre l'esclave et l'ouvrier sur la base de cette précision : si l'esclave est vendu une fois pour toutes à son propriétaire, l'ouvrier libre se vend « morceau par morceau ») au même titre que les matières premières. En s'épuisant, la force de travail produit une survaleur qui revient tout entière au capitaliste, indépendamment du salaire du travailleur qui n'est que le prix des marchandises nécessaires à la reconstitution des forces de travail épuisées. Profit, capital et exploitation forment un cycle. Mais nous sommes ici dans la première phase du communisme : le critère, la mesure de base dans la répartition du produit social, est le temps de travail. On trouve la même analyse dans *Le Capital* : « Le produit total des travailleurs unis est un produit *social*. Une partie sert de nouveau comme moyen de production et reste sociale ; mais l'autre partie est consommée, et, par conséquent, doit se répartir entre tous. [...] Supposons [...] que la part accordée à chaque travailleur soit en raison de son *temps de travail*, le temps de travail jouerait ainsi un double rôle. D'un côté, sa distribution dans la société règle le rapport exact des diverses fonctions aux divers besoins ; de l'autre, il mesure la part individuelle de chaque producteur dans le travail commun, et en même temps la portion qui lui revient dans la partie du produit commun réservée à la consommation » (trad. J. Roy, revue par M. Rubel, Bibliothèque de la Pléiade, Gallimard, 1965, p. 613). Si le principe de distribution consiste toujours, comme dans la société capitaliste, à procéder à un échange d'équivalents comme s'il s'agissait de marchandises (c'est en quoi le droit en vigueur reste le droit bourgeois), le progrès réside dans l'abolition de la propriété privée des moyens de production. Le droit est inégal en ce qu'il considère un seul critère de mesure, le rendement ; il ne tient pas compte des inégalités de fait entre les travailleurs, issues des différences individuelles.

Afin que la société soit juste, il faut instaurer une inégalité, qui n'est possible que dans la deuxième phase de la société communiste, dans un contexte d'abondance, de non-rareté, inégalité qui s'énonce selon le fameux précepte du saint-simonisme (socialisme qui condamne la propriété privée, source de « l'exploitation de l'homme par l'homme », réclame l'abolition de l'héritage et demande la mise en commun des instruments de travail), formulé par Prosper Enfantin : « De chacun selon ses capacités à chacun selon ses besoins ! » C'est sur cette base qu'il faut rémunérer justement les individus, non selon leur travail, mais selon leurs besoins. L'utopie reçoit ici droit de cité dans la vision scientifique de l'avenir ; Marx raillait les « socialistes utopiques » qui posaient la question en termes de justice mais ne peut, lui non plus, s'en passer. Les socialistes utopiques, confiants dans la raison humaine, ont élaboré, en réaction au capitalisme triomphant du début du XIXe siècle et à la misère ouvrière qu'il engendre, des projets d'organisation de la société future sans se préoccuper de leur réalisation effective. Ils imaginent une société idéale fondée sur l'abondance, l'égalité et un pouvoir dévolu à un bon tyran ou à des sages ; on peut citer parmi eux Fourier, Cabet, Considérant, Louis Blanc, et, bien sûr, Saint-Simon.

Qu'est-ce qu'une « distribution équitable » ?

Les bourgeois ne prétendent-ils pas que la distribution actuelle est « équitable » ? Et, en effet, n'est-elle pas la seule distribution « équitable », sur la base du mode de production actuel ? Les rapports économiques sont-ils réglés par des concepts juridiques ? ou bien ne faut-il pas dire, à l'inverse, que les rapports juridiques découlent des rapports économiques ? Les socialistes sectaires n'entretiennent-ils pas, eux aussi, une grande diversité d'opinions sur cette distribution « équitable » ?

Pour savoir ce qu'il faut entendre en l'occurrence par l'expression « distribution équitable », nous devons mettre en regard le premier et le troisième paragraphes. Ce dernier suppose une société où « les moyens du travail sont propriété commune, et où toute l'activité est réglementée par le moyen des coopératives ». Le premier article donne à entendre que « le fruit du travail appartient intégralement, en vertu d'un droit égal, à tous les membres de la société ».

« À tous les membres de la société » ? Même à ceux qui ne travaillent pas ? Que devient alors « le fruit intégral du travail » ? – Aux seuls membres de la société qui travaillent ? Que devient alors le « droit égal » pour tous les membres de la société ? [...]

La société communiste que nous avons ici à l'esprit, ce n'est pas celle qui *s'est développée* sur ses bases propres, mais au contraire, celle qui vient d'*émerger de la société capitaliste* ; c'est donc une société, qui, à tous égards, économique, moral, intellectuel, porte encore les stigmates de l'ancien ordre où elle a été engendrée. Le producteur individuel reçoit donc – toutes soustractions opérées – exactement ce qu'il lui a donné. Ce qu'il lui a donné, c'est son quantum individuel de travail. Par exemple, la journée sociale de travail se compose de la somme des heures de travail individuel ; le temps de travail individuel de chaque producteur est la portion de la journée de travail social qu'il a fournie, la part qu'il y a prise. Il reçoit de la société un bon certifiant qu'il a fourni telle somme de travail (après déduction du travail effectué pour les fonds collectifs) et, avec ce bon, il retire des réserves sociales exactement autant d'objets de consommation que lui a coûté son travail. Le même quantum de travail qu'il a donné à la société sous une forme, il le reçoit en retour sous une autre.

Évidemment, il règne ici le même principe que celui qui règne l'échange des marchandises, pour autant qu'il est échange d'équivalents. Le fond et la forme sont changés parce que, les conditions ayant changé, personne ne pourra fournir autre chose que son travail ; et par ailleurs, rien ne peut devenir propriété des individus, excepté les moyens de consommation personnels. Mais en ce qui concerne la distribution de ceux-ci entre les producteurs pris individuellement, le même principe règne que pour l'échange de marchandises équivalentes : une même quantité de travail, sous une forme, s'échange contre une même quantité de travail, sous une autre forme.

Le *droit égal* est donc ici, en principe, toujours le *droit bourgeois*, bien que le principe et la pratique ne se querellent plus ; tandis que dans l'échange des marchandises, l'échange des équivalents n'existe qu'*en moyenne* et non pour chaque cas particulier.

En dépit de ce progrès, ce *droit égal* reste prisonnier d'une limitation bourgeoise. Le droit des producteurs est *proportionnel* au travail qu'ils fournissent. L'égalité consiste en ce que le travail fait fonction de *mesure commune*.

Toutefois, tel individu est physiquement ou intellectuellement supérieur à tel autre, et il fournit donc en un même temps plus de travail ou peut travailler plus longtemps. Le travail, pour servir de mesure, doit être calculé d'après la durée ou l'intensité, sinon il cesserait d'être un étalon de mesure. Ce droit *égal* est un droit inégal pour un travail inégal. Il ne reconnaît aucun distinction de classe, puisque tout homme n'est qu'un travailleur comme tous les autres, mais il reconnaît tacitement comme un privilège de nature le talent inégal des travailleurs, et, par suite, l'inégalité de leur capacité productive. *C'est donc, dans sa teneur, un droit de l'inégalité, comme tout droit*. Par sa nature, le droit ne peut consister que dans l'emploi d'une mesure égale pour tous ; mais les individus inégaux (et ils ne seraient pas distincts, s'ils n'étaient pas inégaux) ne peuvent être mesurés à une mesure égale qu'autant qu'on les considère d'un même point de vue, qu'on les regarde sous un aspect unique et *déterminé* ; par exemple, dans notre cas, uniquement comme des travailleurs, en faisant abstraction de tout le reste. En outre : tel ouvrier est marié, tel autre non ; celui-ci a plus d'enfants que celui-là, etc. Pour éviter tous ces inconvénients, le droit devrait être non pas égal, mais inégal.

Or tous ces inconvénients sont inévitables dans la première phase de la société communiste, quand elle ne fait que sortir de la société capitaliste, après un long et douloureux enfantement. Le droit ne peut jamais être plus élevé que la structure économique de la société et le développement culturel qui en dépend.

Dans une phase supérieure de la société communiste, quand auront disparu l'asservissante subordination des individus à la division du travail et, par suite, l'opposition entre le travail intellectuel et le travail corporel ; quand le travail sera devenu non seulement le moyen de vivre, mais encore le premier besoin de la vie ; quand, avec l'épanouissement universel des individus, les forces productives se seront accrues, et que toutes les sources de la richesse coopérative jailliront avec abondance – alors seulement on pourra s'évader une bonne fois de l'étroit horizon du droit bourgeois, et la société pourra écrire sur ses bannières : « De chacun selon ses capacités à chacun selon ses besoins ! »

XXIV

LEVINAS

LA JUSTICE ENTRE VENGEANCE ET PUNITION : LA LOI DU TALION

Levinas, *Difficile liberté*, Albin Michel, 1963 et 1995, p. 194-196.

Le mot latin *talio* a été élaboré à partir du neutre (utilisé en langage juridique pour désigner le remboursement en nature) du démonstratif *talis* signifiant « tel » : si l'on fait subir un tort ou un dommage, on contracte une dette, c'est-à-dire que l'on doit subir un tort équivalent au tort causé. La punition rappelle en effet la vengeance, dans la mesure où elle consiste à infliger une peine pour réparer le mal commis. Or, Levinas nous permet de prendre conscience de l'abîme qui existe entre la vengeance et la punition au moyen de deux critères : d'une part, la punition consiste déjà en une limitation de la violence ; d'autre part, elle implique une instance extérieure, le juge différant de l'offensé. Il y a, dans le texte biblique, l'émergence d'une institution judiciaire qui force à penser que la punition est d'une essence différente de celle de la vengeance. C'est en cela que l'opposition entre « rendre le mal pour le mal » et l'attitude du juste qui tend l'autre joue n'est qu'apparente : il s'agit, dans les deux cas, de briser le processus de la violence quand celui-ci est engagé. Il ne faut pas comprendre la loi du talion comme la contre-offense à une offense commise, mais comme l'inscription de la punition dans la sphère de la justice. Une autorité instituée canalise la violence et en prévient l'escalade (un seul œil pour un œil crevé, et non les deux). La loi du talion a toujours été interprétée par le Talmud dans le

sens d'un allègement des peines – notamment en substituant l'amende au supplice – et non dans le sens d'un acharnement sur le coupable. Or, cela n'est réalisable que si la fixation d'une peine consécutive à un crime ou un délit n'est pas du ressort des particuliers et des relations privées qu'ils entretiennent, mais appartient au droit commun. C'est la raison pour laquelle Levinas insiste sur la modernité de l'Ancien Testament qui, loin d'en rester à la particularité de la vengeance, s'élève à l'idée d'unité et d'universalité de la loi. L'idée fondamentale de la Bible est ici de lutter contre la violence, or « l'injustice » est « la violence par excellence » (*Totalité et Infini*, p. 67). La loi du talion relève de la justice.
Mais, ici, « le drame se corse ». L'allégement de la peine risque d'aller dans le sens d'un déni de justice, de conduire au pur et simple mépris de la victime, or la justice doit répondre légitimement à la juste demande de celui qui souffre. Levinas soulève un argument pragmatique (les riches sont punis, mais cela ne leur cause aucune souffrance, pas même un malaise) et un argument concernant l'effectivité même de la justice, lorsqu'elle s'adoucit au point qu'il n'y a plus aucune commensurabilité entre l'acte coupable et la sentence rendue. Même si la Bible « nous rappelle l'esprit de la douceur », il existe un esprit de la loi du Talion qu'il ne faut pas perdre en en modifiant la lettre. La réparation ne doit pas se jouer entièrement sur la technique, car l'outrage comporte un irréparable définitif. C'est en fait l'impuissance de la justice corrective face à l'incommensurabilité de tout crime qui est en jeu ici. Si autrui est une liberté irréductible, sa souffrance est à jamais irréparable. La véritable justice consiste à reconnaître la vérité d'autrui comme liberté et à la respecter : « La vérité se rattache ainsi au rapport social qui est justice. La justice consiste à reconnaître en autrui mon maître. L'égalité entre personnes ne signifie rien par elle-même. Elle a un sens économique et suppose l'argent et repose déjà sur la justice – qui bien ordonnée, commence par autrui. Elle est reconnaissance de son privilège d'autrui » (*ibid.*, p. 68-69). Au fond, lorsque l'application de la justice entre en jeu, il est toujours déjà trop tard, autrui a été irrémédiablement nié en tant qu'autre ; c'est de cette situation conflictuelle que témoigne la punition.

La section hebdomadaire du Lévitique, qui comprend les chapitres 21, 22, 23 et 24, se termine par le célèbre passage qui, à bien des Modernes, apparaît comme suranné. Les palais délicats réclament des nourritures plus fraîches. Pour leur raffinement, notre texte souligne comme l'ancienneté même de l'Ancien Testament. Ah ! la loi du talion. Que de pieuses colères soulèves-tu dans un monde où ne règnent par ailleurs que douceur et amour !

« Si quelqu'un fait périr une créature humaine, il sera mis à mort. S'il fait périr un animal, il le paiera corps pour corps. Et si quelqu'un fait une blessure à son prochain, comme il a agi lui-même, on agira à son égard : fracture pour fracture, œil pour œil, dent pour dent ; selon la lésion qu'il aura faite à autrui, ainsi lui sera-t-il fait. Qui tue un animal doit le payer et qui tue un homme doit mourir. Même législation vous régira, étrangers comme nationaux ; car je suis l'Éternel, votre Dieu à tous. »

Sévères paroles ! Combien éloignées de celles qui magnifient la non-résistance au mal. Vous y avez sans doute pensé à cette autre page des Écritures : le juste « qui présente sa joue à celui qui frappe et qui se rassasie d'humiliations ». Vous reconnaissez ce passage et vous vous rappelez les références. Il s'agit bien entendu des Lamentations de Jérémie, chapitre 3, verset 30. Un autre fragment de ce même, si ancien, Testament !

Fracture pour fracture ! Sévères paroles mais nobles d'exigence. Dans leur rigueur, elles commandent de très haut. Admirons-en la fin, du moins, qui énonce l'unité du genre humain. Ce message d'universalisme n'a pas attendu pour retentir dans l'espace que l'industrie à l'échelle mondiale nous révèle ou nous impose la solidarité humaine. Une loi unique pour tous, voilà le principe que l'Ancien Testament, se moquant des redites, nous redit près de cinquante fois, dans les lignes pourtant si concises, si comptées, de son premier Rouleau. Comment supposer, dès lors, qu'une pensée qui, à l'époque des tribus et des clans, s'éleva à la vision de l'humanité, ait pu en rester à la loi du maquis ? Je voudrais vous montrer la sagesse qui s'exprime dans ces mots mystérieux et le drame auquel elle répond.

Car il existe un drame de la justice qui s'humanise.

Dent pour dent, œil pour œil – ce n'est pas le principe d'une méthode de terreur ; ce n'est pas un froid réalisme qui pense à l'action efficace et méprise les effusions sentimentales réservant la morale aux enfant de patronages ; ce n'est pas davantage l'exaltation d'une vie surhumaine et héroïque dont il faudrait bannir le cœur et la pitié ; ce n'est pas une façon de se complaire dans la vengeance et la cruauté où baignerait une existence virile. De telles inspirations furent étrangères à la Bible juive. Elles viennent des païens. Elles viennent de Machiavel. Elles viennent de Nietzsche.

Rassurez-vous. Le principe d'apparence si cruel que la Bible énonce ici ne recherche que la justice. Il s'insère dans un ordre social où aucune sanction, si légère soit-elle, ne s'inflige en dehors d'une sentence juridique. Les rabbins n'ont jamais appliqué ni compris à la lettre ce texte. Ils l'ont interprété à la lumière de l'esprit qui parcourt la Bible dans sa totalité. On appelle cette méthode de comprendre : Talmud. Les docteurs de Talmud devancèrent les scrupules des Modernes : dent pour dent – est une peine d'argent, une amende. Le passage relatif aux dommages matériels que la Bible exige pour la perte du bétail ne voisine pas pour rien avec le précepte du talion. Il invite à relire les versets relatifs aux blessures faites à l'homme, comme si la question des dommages devait l'emporter chez le juge sur la noble colère que suscite le méfait. La violence appelle la violence. Mais il faut arrêter cette réaction en chaîne. La justice est ainsi. Telle est du moins sa mission une fois que le mal est commis. L'humanité naît dans l'homme à mesure qu'il sait réduire les offenses mortelles à des litiges d'ordre civil, à mesure que punir se ramène à réparer ce qui est réparable et à rééduquer le méchant. Il ne faut pas à l'homme une justice sans passion seulement. Il nous faut une justice sans bourreau.

Mais ici le drame se corse. Horreur du sang, justice de paix et de douceur, la nécessaire, dès maintenant l'unique possible – préserve-t-elle l'homme qu'elle veut sauver ? Car c'est une large voie ouverte aux riches ! Ils peuvent payer sans peine les dents cassées, les yeux crevés, les jambes brisées de tout leur entourage. L'outrage et la blessure ont désormais un prix marchand, un goût d'argent. Et cette contradiction ne tient pas seulement à la loi qui substitue l'amende à la souffrance. Car tout ce qu'on paie le cœur léger, le corps intact en pleine santé, revient à une amende. Et la blessure d'argent n'est pas mortelle. Le monde reste confortable pour les forts. Pourvu qu'ils aient les nerfs solides. L'évolution de la justice ne peut aller vers ce refus de toute justice, vers ce mépris de l'homme qu'elle veut faire respecter. Il faut, en modifiant la lettre de nos codes, sauver l'esprit. La Bible nous rappelle l'esprit de la douceur.

La Bible hâte le mouvement qui nous apporte le monde sans violence. Mais si l'argent ou les excuses pouvaient tout réparer et nous laisser une conscience tranquille, le mouvement irait à contresens. Oui, œil pour œil. Et toute l'éternité, et tout l'argent du monde ne peuvent guérir l'outrage qu'on fait à l'homme. Blessure qui saigne pour tous les temps, comme s'il fallait la même souffrance pour arrêter cette éternelle hémorragie.

XXV

FOUCAULT

JUGER LE CRIME OU LE CRIMINEL ? EXEMPLE PARADIGMATIQUE DE LA FOLIE

Foucault, *Surveiller et punir. Naissance de la prison*, Tel-Gallimard, 1975, p. 26-29.

Michel Foucault élabore le concept d'« archéologie », qui consiste à traiter les textes historiques non comme des documents, mais comme des monuments ; le penseur-archéologue met au jour des archives, considérées comme les mécanismes d'apparition et de disparition des énoncés dans une culture. Foucault fait ici l'archéologie de la société de surveillance, pensée comme relations de pouvoir complexes qui s'exercent dans un dispositif d'incarcération des corps. Il définit ainsi l'objectif de son livre : « Une histoire corrélative de l'âme moderne et d'un nouveau pouvoir de juger ; une généalogie de l'actuel complexe scientifico-judiciaire où le pouvoir de punir prend ses appuis » (p. 30). La punition du criminel s'inscrit en effet dans l'ensemble du système des mécanismes pénaux, lesquels participent à l'émergence et à l'évolution des tactiques de pouvoir. Comment la prison s'est-elle généralisée au point d'être désormais le seul châtiment possible pour le criminel ?

C'est d'abord parce que la justice pénale s'est de plus en plus éloignée de sa violence inhérente ; il est infamant de commettre un crime, mais tout aussi infamant de punir le criminel. « C'est la condamnation elle-même qui est censée marquer le délinquant du signe négatif et univoque : publicité donc des débats et de la sentence ; quant à l'exécution, elle est comme une honte supplémentaire que la justice a honte d'imposer au condamné ; elle s'en tient donc à distance, tendant toujours à la confier à d'autres, et sous le sceau du secret » (p. 16).

La justice pénale est donc passée du châtiment public, spectacle, sur les corps, à une action sur les âmes, du supplice à la douceur et à la généralisation des peines. Et ce, au nom d'une égalité des peines (il est devenu inadmissible que la justice soit irrégulière : ce n'est pas tant l'excès de violence qui est condamné que son déséquilibre, la mauvaise distribution du pouvoir), et de l'humanité comme mesure. La justice comme violence légale est décrédibilisée auprès du peuple qu'elle devrait éduquer par le spectacle des supplices lorsque la punition est disproportionnée : elle renforce, au contraire, la solidarité avec les délinquants contre le pouvoir.

La punition a donc acquis plus de douceur et, ce faisant, elle est devenue une fonction sociale complexe. La justice s'est débarrassée de la violence au nom de sa préoccupation à punir, non pas pour punir, mais pour guérir. Peu à peu, au cours des siècles, la justice pénale s'est donc entourée d'instances non juridiques, pour souligner que le juge n'est pas simplement celui qui châtie, mais celui qui vient en aide. La méthode punitive est alors à ressaisir comme une technique appartenant au champ des procédés de pouvoir. La douceur des châtiments (l'emprisonnement) est à la fois cause et symptôme d'un déplacement de leur point d'application (l'âme et non le corps) et d'un déplacement de l'activité de juger à l'activité de réformer.

Le jugement s'intègre donc désormais dans un complexe scientifico-judiciaire : les juges de l'infraction sont loin d'être les seuls à juger. Ils s'entourent d'experts psychiatres ou psychologues, d'éducateurs, du juge de l'application des peines, etc. Le jugement fait intervenir un morcellement de petites instances juridiques ou non qui inscrivent la punition dans un contexte extrajuridique ; le pouvoir s'accompagne désormais d'un savoir (médical, par exemple) ; enfin la peine proprement dite ne relève plus du pouvoir judiciaire, mais devient un secteur administratif autonome (confié pendant longtemps, en France, au ministère de l'Intérieur).

Les crimes qu'il s'agit de juger deviennent les signes « des passions, des instincts, des anomalies, des infirmités, des inadaptations, des effets de milieu ou d'hérédité » (p. 25). On juge les criminels, c'est-à-dire que l'on porte sur eux une estimation, une appréciation ; et cette qualification du criminel est toujours motivée par un soupçon : le criminel est une monstruosité dans le corps social. Mais, dans le mécanisme de punition, le corps social ne punit pas ouvertement ; il y a, au contraire, institutionnalisation du pouvoir de punir caché dans la coercition. De là les deux fonctions de la prison : la privation de liberté (la liberté étant un bien possédé par tous les membres du corps social de manière égale), qui se module comme un salaire en fonction du crime, et le redressement, la correction, la transformation technique de l'individu dénaturé qui a commis un crime.

Depuis cent cinquante ou deux cents ans que l'Europe a mis en place ses nouveaux systèmes de pénalité, les juges, peu à peu, mais par un processus qui remonte fort loin, se sont donc mis à juger autre chose que les crimes : l'« âme » des criminels.

Et ils se sont mis, par là même, à faire autre chose que juger. Ou, pour être plus précis, à l'intérieur même de la modalité judiciaire du jugement, d'autres types d'estimation sont venus se glisser modifiant pour l'essentiel ses règles d'élaboration. Depuis que le Moyen Âge avait construit, non sans difficulté et lenteur, la grande procédure de l'enquête, juger, c'était établir la vérité d'un crime, c'était déterminer son auteur, c'était lui appliquer une sanction légale. Connaissance de l'infraction, connaissance du responsable, connaissance de la loi, trois conditions qui permettaient de fonder en vérité un jugement. Or voilà qu'au cours du jugement pénal se trouve inscrite maintenant une tout autre question de vérité. Non plus simplement : « Le fait est-il établi et est-il délictueux ? » Mais aussi : « Qu'est-ce donc que ce fait, qu'est-ce que cette violence ou ce meurtre ? À quel niveau ou dans quel champ de réalité l'inscrire ? Fantasme, réaction psychotique, épisode délirant, perversité ? » Non plus simplement : « Qui en est l'auteur ? » Mais : « Comment assigner le processus causal qui l'a produit ? Où en est, dans l'auteur lui-même, l'origine ? Instinct, inconscient, milieu, hérédité ? » Non plus simplement : « Quelle loi sanctionne cette infraction ? » Mais : « Quelle mesure prendre qui soit appropriée ? Comment prévoir l'évolution du sujet ? De quelle manière sera-t-il le plus sûrement corrigé ? » Tout un ensemble de jugements appréciatifs, diagnostiques, pronostiques, normatifs, concernant l'individu criminel sont venus se loger dans l'armature du jugement pénal. Une autre vérité a pénétré celle qui était requise par la mécanique judiciaire : une vérité qui, enchevêtrée à la première, fait de l'affirmation de culpabilité un étrange complexe scientifico-juridique. Un fait significatif : la manière dont la question de la folie a évolué dans la pratique pénale. D'après le Code 1810, elle n'était posée qu'au terme de l'article 64. Or celui-ci porte qu'il n'y a ni crime ni délit, si l'infracteur était en état de démence au moment de l'acte. La possibilité d'assigner la folie était donc exclusive de la qualification d'un acte comme crime : que l'auteur ait été fou, ce n'était pas la gravité de son geste qui en était modifiée, ni sa peine qui devait être atténuée ; le crime lui-même disparaissait. Impossible donc de déclarer quelqu'un à la fois coupable et fou ; le diagnostic de folie, s'il était posé, ne pouvait pas s'intégrer au jugement ; il interrompait la procédure, et dénouait la prise de la justice sur l'auteur de l'acte. Non seulement l'examen du criminel soupçonné de démence, mais les effets mêmes de cet examen devaient être extérieurs et antérieurs à la sentence. Or très tôt, les tribunaux du XIXe siècle se sont mépris sur le sens de l'article 64. Malgré plusieurs arrêts de la Cour de cassation rappelant que l'état de folie ne pouvait entraîner ni une peine modérée, ni même un acquittement, mais un non-lieu, ils ont posé dans leur verdict même la question de la folie. Ils ont admis qu'on pouvait être coupable et fou ; d'autant moins coupable qu'on était un peu plus fou ; coupable certes, mais à enfermer et à soigner plutôt qu'à punir ; coupable dangereux puisque manifestement malade, etc. Du point de vue du Code pénal, c'étaient autant d'absurdités juridiques. Mais c'était là le point de départ d'une évolution que la jurisprudence et la législation elle-même allaient précipiter au cours des cent cinquante années suivantes : déjà la réforme de 1832, introduisant les circonstances atténuantes, permettait de moduler la sentence selon les degrés supposés d'une maladie ou les formes d'une demi-folie. Et la pratique, générale aux assises, étendue parfois à la correctionnelle, de l'expertise psychiatrique fait que la sentence, même si elle est toujours formulée en termes de sanction légale, implique, plus ou moins obscurément, des jugements de normalité, des assignations de causalité, des appréciations de changements éventuels, des anticipations sur l'avenir des délinquants. Toutes opérations dont on aurait tort de dire qu'elles préparent de l'extérieur un jugement bien fondé ; elles s'intègrent directement au processus de formation de la sentence. Au lieu que la folie efface le crime au sens premier de l'article 64, tout crime maintenant, et à la limite, toute infraction porte en soi, comme un soupçon légitime, mais aussi comme un droit qu'ils peuvent revendiquer, l'hypothèse de la folie, en tout cas de l'anomalie. Et la sentence qui condamne ou acquitte n'est pas simplement un jugement de culpabilité, une décision légale qui sanctionne ; elle porte avec elle une appréciation de normalité et une prescription technique pour une normalisation possible. Le juge de nos jours – magistrat ou juré – fait bien autre chose que « juger ».

XXVI

ARENDT

COMMENT JUGER UN CRIME CONTRE L'HUMANITÉ ?

Arendt, *Eichmann à Jérusalem. Rapport sur la banalité du mal*, trad. A. Guérin, revue par M.-I. Bruny de Launay, Folio-Histoire, Gallimard, 1966 et 1997, p. 440-446.

Le 11 mai 1960, Adolf Eichmann est intercepté par les services secrets israéliens dans une banlieue de Buenos Aires où il s'était réfugié à la fin de la Seconde Guerre mondiale, et transporté en Israël par avion neuf jours plus tard ; il comparaît devant le tribunal de Jérusalem le 11 avril 1961, chargé de quinze chefs d'accusation, dont ceux de crimes contre le peuple juif et de crimes contre l'humanité, pour lesquels il était passible de la peine de mort. Hannah Arendt a couvert le procès pour le *New Yorker* ; le compte-rendu est paru en cinq articles, puis sous la forme de l'ouvrage *Eichmann à Jérusalem*, qui a soulevé une violente controverse, provoquée pour l'essentiel par trois éléments : la notion de « banalité du mal », l'affirmation de la collaboration des juifs à leur propre extermination, et la perspective délibérément neutre adoptée par l'auteur. Mais l'un des apports essentiels de ce reportage consiste en la distinction et en la hiérarchisation des questions de droit soulevées par ce procès, en tant qu'il représente « le dernier d'une longue série de procès qui suivirent le procès de Nuremberg » (p. 425).

Hannah Arendt résume ainsi les problèmes soulevés par le jugement d'un criminel « effroyablement normal » coupable d'un crime inconnu relevant d'une juridiction nécessairement spéciale : « À propos du procès Eichmann trois sortes d'objections ont été faites. 1) Les objections faites au procès de Nuremberg, et maintenant reprises, selon lesquelles Eichmann comparaissait en vertu d'une loi rétroactive et devant un tribunal de vainqueurs ; 2) les objections au tribunal de Jérusalem en tant que tel, dont on niait la compétence ou que l'on accusait de n'avoir pas pris en considération le fait qu'Eichmann avait été enlevé ; 3) les dernières objections, et les plus importantes, visaient les chefs d'accusation (Eichmann aurait dû être accusé de "crimes contre l'humanité" et non de "crimes contre le peuple juif") et, par conséquent, la loi en vertu de laquelle il fut jugé » (p. 410-411). La réponse à la première objection consiste à dire que la législation adoptée est différente des législations habituelles des codes pénaux, parce que le crime est d'une nature différente : le génocide est un crime nouveau, il exige donc d'être jugé en vertu d'une loi nouvelle (en l'espèce, la loi de 1950 portant sur les nazis et leurs collaborateurs). La deuxième objection est annulée si l'on considère que les criminels nazis ont partout été jugés dans la nation où ils avaient commis le crime (à l'exception des dirigeants jugés par le procès de Nuremberg, précisément parce que leurs crimes n'étaient pas localisables). Or, Eichmann s'est déplacé en Europe, certes, à cause de la nature de ses fonctions, mais son crime a été perpétré contre les juifs en tant que juifs ; jusqu'à la création de l'État d'Israël, ils étaient dispersés ; mais à partir du moment où ils ont eu une nation, Eichmann pouvait légitimement être jugé par cette nation. Le tribunal n'avait pas besoin, pour affirmer sa compétence, d'avoir recours aux deux théories sur lesquelles il s'est appuyé : le principe de la personne passive, selon lequel la procédure criminelle est engagée par le gouvernement au nom des victimes (le criminel ayant mis en danger la communauté dans son ensemble et non uniquement des individus), et le principe de la compétence universelle, qui fait d'Eichmann un *hostis humani generis* (« ennemi du genre humain »). Ce second principe était contredit par le fait que l'on accusait Eichmann de crimes contre le peuple juif avant tout, et par son arrestation plus ou moins illégale. Cela nous amène à la troisième objection, selon laquelle seul un tribunal international aurait été compétent pour juger Eichmann. Si le tribunal de Jérusalem avait reconnu que le génocide, l'extermination du peuple juif, était un crime contre l'humanité, perpétré contre le peuple juif pour des raisons purement historiques (et non en vertu d'une nature particulière propre au génocide), il aurait pu juger et l'État d'Israël aurait pu renoncer au droit d'exécuter la sanction : c'est, à la suite de Karl Jaspers, la solution qui aurait eu la faveur de Hannah Arendt.

Outre ces problèmes juridiques, le procès d'Eichmann met l'accent sur le problème moral de la distinction du bien et du mal. Cependant, Hannah Arendt a explicitement précisé qu'« il fallait que ce procès eût lieu dans l'intérêt de la justice. Rien de plus ». Elle refuse de considérer le procès d'Eichmann comme le procès de l'antisémitisme en général, ou du totalitarisme – même s'il est évident qu'il soulève des problèmes d'ordre général –, c'est un homme qui était jugé et qui devait être condamné pour ses propres crimes. Rappelons les analyses de Hannah Arendt dans *Les Origines du totalitarisme* : le totalitarisme est ainsi conçu qu'il est essentiellement bureaucratique ; non seulement les éléments de la bureaucratie sont déresponsabilisés en tant qu'ils ne sont que des rouages d'un mécanisme dont ils ne peuvent posséder une vision d'ensemble, mais surtout, ils perdent même toute notion du bien et du mal. Et le caractère tragique et absurde d'un tel régime, c'est que des « médiocres » comme Eichmann n'ont même pas la circonstance atténuante d'être des pervers, des malades mentaux, ni même celle d'avoir obéi à des ordres supérieurs (c'est Eichmann qui donnait les ordres pour la solution finale) : ils ont agi en toute conscience, par leur volonté propre. Mais la force du totalitarisme, c'est d'annihiler en l'homme la capacité de distinguer entre le bien et le mal, la pensée. C'est pour insister sur cette horreur nouvelle que Hannah Arendt dénonce ce phénomène, frappant lors du procès, dans la concrétude des faits : « La terrible, l'indicible, l'impensable ***banalité du mal*** » (p. 408).

Un acte sans précédent peut donc constituer un précédent pour l'avenir. C'est pourquoi tout procès touchant aux « crimes contre l'humanité » doit être jugé selon des critères qui, aujourd'hui, semblent encore être des « idéaux ». Si le génocide demeure possible, alors aucun peuple au monde – et le peuple juif, en Israël ou ailleurs, moins que tout autre – ne peut être certain de survivre sans l'aide et la protection du droit international. Les mesures prises à l'encontre d'un crime sans précédent ne sont valables que si elles constituent des précédents valables permettant d'élaborer un code pénal international. Est-ce trop demander aux juges ? Le droit international, disait le juge Jackson à Nuremberg, « est le résultat de traités et d'accords conclus entre les nations, le produit des coutumes établies. Mais chaque coutume a son origine dans une action singulière... Notre époque a le droit de créer ses coutumes et de conclure des accords qui constitueront à leur tour les bases d'un droit international nouveau et renforcé ». Le juge Jackson a seulement oublié d'ajouter que le droit international étant par définition inachevé, il revient aux juges, dans les procès ordinaires, de rendre justice sans l'aide des lois positives connues, et reconnues, et même peut-être en outrepassant les limites que leur imposent ces lois. Le juge se trouve alors dans une situation délicate ; interrogé, il répondra très probablement que ce n'est pas à lui, mais aux législateurs, de prendre de telles mesures.

Et il faut, avant de conclure au succès ou à l'échec du procès de Jérusalem, souligner ceci : les juges étaient fermement convaincus qu'ils n'avaient pas le droit de devenir des législateurs, qu'ils étaient tenus de rester dans le cadre de la loi israélienne d'une part, et de la jurisprudence, d'autre part. D'ailleurs, ont-ils échoué ? Pas plus que les juges de Nuremberg et des procès qui ont suivi. Et, dans une certaine mesure, le tribunal de Jérusalem n'a échoué que parce qu'il tenait à respecter, chaque fois que c'était possible, le précédent créé par le procès de Nuremberg.

Le tribunal de Jérusalem a échoué dans ce sens qu'il n'a pas voulu affronter trois problèmes fondamentaux, bien connus pourtant depuis Nuremberg : les problèmes que pose une justice rendue par un tribunal de vainqueurs ; une définition valide du « crime contre l'humanité » ; et la reconnaissance sans équivoque du criminel d'un nouveau type qui commet ce genre de crime.

Sur le premier problème, on peut dire que la justice a pâti plus gravement à Jérusalem qu'à Nuremberg parce que le tribunal de Jérusalem n'a pas admis certains témoins de la défense. Pour qui exige qu'un procès soit équitable, c'est là le principal défaut du procès de Jérusalem. Au lendemain de la guerre, il était peut-être inévitable que justice soit faite par les vainqueurs (le juge

Jackson affirmait que « les vainqueurs doivent juger les vaincus, ou alors il faut laisser les vaincus se juger eux-mêmes » mais ce n'était pas le cas seize ans plus tard. En 1961, en effet, l'argument selon lequel les Alliés « qui avaient tout risqué ne pouvaient admettre que des pays neutres » jugent les nazis [Vabres] n'avait plus aucun sens.

Quant aux définitions du « crime contre l'humanité », celles du tribunal de Jérusalem étaient certainement meilleures que celles de Nuremberg. J'ai déjà donné la définition de la Charte de Nuremberg, selon laquelle les « crimes contre l'humanité » sont des « actes inhumains ». (Traduit en allemand, cela donne *Verbrechen gegen die Menschlichkeit* – comme si les nazis avaient seulement manqué de gentillesse, ce qui est assurément l'euphémisme du siècle.) Certes, si la conduite du procès n'avait dépendu que du procureur, le malentendu fondamental aurait été encore plus grand qu'à Nuremberg. Mais les juges refusèrent de laisser la nature particulière de ce crime être engloutie dans un déluge d'atrocités ; ils ne confondirent pas non plus ce crime avec les crimes de guerre ordinaires. À Nuremberg on avait, certes, remarqué que « les assassinats collectifs et les persécutions n'avaient pas été perpétrés dans le seul but d'écraser l'opposition » et qu'« ils faisaient partie d'un plan destiné à éliminer des populations entières ». Mais on ne l'avait remarqué qu'occasionnellement et, si l'on peut dire, marginalement. Alors qu'à Jérusalem on considérait comme essentielle cette distinction entre les différents mobiles du crime, pour la simple raison qu'Eichmann était accusé d'un crime contre le peuple juif, crime qu'aucune considération utilitaire ne pouvait expliquer. On avait assassiné des Juifs aux quatre coins de l'Europe, et pas seulement à l'Est, et leur extermination n'avait rien à voir avec l'expansion territoriale « à des fins de colonisation par les Allemands ». Un tribunal préoccupé avant tout par un crime perpétré contre le peuple juif avait cet avantage : il pouvait distinguer – assez clairement pour que la distinction puisse être admise dans un futur code pénal international – entre les « crimes de guerre » (fusiller des partisans, tuer des otages) et les « actes inhumains » (« expulser et annihiler » des populations entières de manière à rendre possible la colonisation, par l'envahisseur, de certains territoires). Il savait aussi distinguer les « actes inhumains » (dont le mobile, la colonisation par exemple, était connu, tout en étant criminel) et le « crime contre l'humanité » (dont le mobile, comme le but, était sans précédent). Mais à aucun moment du procès, et nulle part dans le jugement, n'a-t-on fait allusion à une autre possibilité : que l'extermination de groupes ethniques entiers, Juifs, Polonais ou Tziganes, constituait plus qu'un crime contre le peuple juif, le peuple polonais et le peuple tzigane ; et que l'ordre international et l'humanité tout entière s'en trouvaient gravement atteints et menacés.

Cet échec des juges de Jérusalem était lié à un autre : leur incapacité à comprendre le criminel qu'ils étaient venus juger. Et c'était pourtant, de toutes les tâches qui leur incombaient, celle qu'ils pouvaient le moins ignorer. Certes, les juges rejetèrent la description, évidemment erronée, du procureur, selon laquelle l'accusé était un « pervers sadique ». Mais cela ne suffisait pas. Les juges auraient pu aller plus loin et montrer que M. Hausner n'était pas logique puisqu'il voulait faire le procès du monstre le plus anormal que le monde ait jamais vu, et en même temps celui de « tous ceux qui lui ressemblent » et même du « mouvement nazi et [de] l'antisémitisme en général ». Mais cela non plus n'aurait pas suffi. Il eût été réconfortant de croire qu'Eichmann était un monstre (mais s'il en était un, alors l'accusation d'Israël contre lui s'effondrait, ou, du moins, perdrait tout intérêt ; car on ne saurait faire venir des correspondants de presse de tous les coins du globe à seule fin d'exhiber une sorte de Barbe-Bleue derrière les barreaux). L'ennui, avec Eichmann, c'est précisément qu'il y en avait beaucoup qui lui ressemblaient et qui n'étaient ni pervers ni sadiques, qui étaient, et sont encore, effroyablement normaux. Du point de vue de nos institutions et de notre éthique, cette normalité est beaucoup plus terrifiante que toutes les atrocités réunies, car elle suppose (les accusés et leurs avocats le répétèrent, à Nuremberg, mille fois) que ce nouveau type de criminel, tout *hostis humani generis* qu'il soit, commet des crimes dans des circonstances telles qu'il lui est impossible de savoir ou de sentir qu'il a fait le mal.

XXVII

DWORKIN

UNE SOCIÉTÉ JUSTE EST-ELLE FONDÉE SUR L'AUTORITÉ DU TEXTE DE LOI OU SUR DES DROITS ?

Dworkin, *Une question de principe*,
trad. A. Guillain, PUF, 1996, p. 14-16.

Ronald Dworkin, dans le chapitre intitulé « Le rôle politique des juges et l'autorité de la loi », pose deux questions destinées à se recouper ; les réponses à ces deux questions établissent deux idéaux de société ou deux modèles de justice différents. La première question concerne la façon dont les juges statuent, concrètement, aux États-Unis et en Grande-Bretagne : prennent-ils des décisions politiques ? Ce qui n'équivaut pas à celle-ci : la décision d'un juge a-t-elle un sens politique ? dont la réponse est, évidemment, affirmative. Mais la question posée revient à se demander « si les juges doivent statuer *en vertu de* motivations politiques » (p. 11). En Grande-Bretagne, la réponse à cette question est quasi unanime : les juges ne devraient pas prendre leurs décisions en fonction de considérations politiques ; certains juristes anglais affirment que c'est de toute façon inévitable, mais n'approuvent pas pour autant le rôle politique des juges. Aux États-Unis, l'opinion est plus divisée, et beaucoup (dont Dworkin) pensent que le rôle politique des juges est inévitable, et, de surcroît, normal ; non seulement au niveau des décisions constitutionnelles, mais aussi dans les tribunaux normaux : le juge complète le législateur. La jurisprudence est politique.

La seconde question soulevée par Dworkin concerne l'autorité de la loi : dépend-elle du texte même de la loi, ou de la perception des droits de l'opinion publique ? Ces deux théories conduisent à des idéaux de la loi, de la justice et de la société très différents. Lors de cas difficiles, les deux théories ne préconisent pas la même attitude de la part des juges, et l'attitude choisie est à rapprocher du choix ou du refus du rôle politique des juges. La conception du texte de loi « soutient d'une part que les juges doivent s'efforcer de découvrir ce qui est "véritablement" écrit dans les textes, dans une des acceptions possibles de ce terme de "vérité" : c'est la recommandation positive. D'autre part, elle soutient que les juges ne doivent jamais trancher en fonction de considérations politiques personnelles, parce que alors ils ne disent pas ce qui est véritablement inscrit dans les textes, mais plutôt ce qui *devrait* y être inscrit » (p. 17). Pour déterminer ce qu'est le contenu vrai de la loi, trois types d'interrogation sont possibles : l'interrogation sémantique (tenter de découvrir ce que les termes du texte de loi signifient réellement), les questions de psychologie collective (les législateurs sont élus par la société et choisissent les mots les meilleurs, c'est leur intention qu'il faut interroger), et les interrogations contrefactuelles sur l'histoire (si, pour une raison quelconque, les législateurs avaient dû se poser cette question, ce qu'ils n'ont pas fait en réalité, quelle décision auraient-ils prise ?). On aboutit chaque fois à une version corrigée du texte de loi et ce, par une démarche hostile aux interrogations politiques, qui, selon cette optique, posent de mauvaises questions aux lois. Au contraire, la conception fondée sur le droit soulève certaines questions politiques considérées comme légitimes : il faut savoir si « le plaignant a moralement le droit d'obtenir ce qu'il réclame du tribunal » (p. 21).

Or, la conception fondée sur le texte de la loi, quand elle en interroge le contenu véritable, conduit à obtenir des réponses inutilisables tant que les juges ne reconnaissent pas avec lucidité qu'ils doivent formuler un jugement d'ordre politique. La démocratie est assurée au moins aussi bien par la théorie des droits que par la théorie du texte de loi, qui pose la question du bien public ou de l'intérêt général quand elle parle de justice (comme c'est le cas en Grande-Bretagne), au lieu de s'intéresser aussi aux droits individuels (tendance qui apparaît surtout aux États-Unis) : « La conception de l'autorité de la loi que je défends enrichit la notion de démocratie, car elle lui adjoint une tribune indépendante : et si cette tribune est importante, ce n'est pas seulement parce qu'elle est un cadre où il est possible de rendre la justice, mais aussi parce que l'existence de cette tribune confirme qu'en dernière analyse la justice est une question de droit individuel et non pas seulement une question de bien public » (p. 41).

Personnellement, j'estime que, dans ce débat sur la politique du pouvoir judiciaire, on utilise un vocabulaire qui manque de rigueur, et que la vision britannique officielle comme la vision américaine « progressiste » reflètent des positions erronées. Dans ce débat, on néglige une distinction importante entre deux types de considération politique, alors que les juges pourraient recourir à cette distinction dans leurs décisions. Il s'agit de la distinction (que j'ai tenté d'exposer et de justifier dans d'autres passages de mon livre) entre, d'une part, les considérations de principe qui en appellent aux droits politiques individuels des citoyens et, d'autre part, les considérations de stratégie politique qui supposent que telle décision ira dans le sens d'une certaine conception du bien public ou de l'intérêt général [1]. À mon sens, on obtient une juste appréciation du problème si on considère que, dans les affaires délicates, les juges ont raison de fonder leurs décisions sur des considérations de principe et non pas sur des considérations de stratégie politique. Mon point de vue est par conséquent plus restrictif que le point de vue progressiste américain, mais moins restrictif que le point de vue officiel britannique.

La deuxième question que je voudrais soulever ici est une question apparemment moins concrète : qu'est-ce que l'autorité de la loi ? Les juristes (et presque tout le

---

1. Cf. *Taking Rights Seriously*, Cambridge, Mass., Harvard University Press, 1977 ; Londres, Duckworth, 1978 (trad. fr. *Prendre les droits au sérieux*, PUF, « Léviathan », 1995).

monde, d'ailleurs) pensent qu'il existe un idéal politique fondamental et autonome nommé « autorité de la loi [1] ». Mais ils ne s'accordent pas sur la définition de cet idéal. En fait, il existe deux visions divergentes de l'autorité de la loi, et chacune d'elles a ses partisans. Je baptiserai la première « théorie du texte de la loi ». Elle rappelle avec insistance que le pouvoir de l'État ne devrait jamais s'exercer contre un individu qu'à condition d'être conforme à des lois explicitement exposées dans des textes à la libre disposition de tous. Le gouvernement et les simples citoyens doivent tous se conformer à ces lois jusqu'à ce qu'elles soient modifiées, en accord avec d'autres lois qui précisent les modalités de ces modifications et qui sont également consignées dans les textes. Cette conception de la loi fondée sur les textes est en un sens très peu contraignante, car elle ne dit rien du contenu des lois susceptibles d'être insérées dans les textes. Elle se contente de souligner que toute loi consignée doit être respectée jusqu'à la date de sa modification. Certes, les défenseurs de cette conception se préoccupent du contenu des lois, mais ils considèrent qu'il s'agit du contenu de la justice, qui constitue un idéal distinct, et qui ne se confond nullement avec celui de l'autorité de la loi.

Quant à la seconde version de l'autorité de la loi, je l'appelle « conception fondée sur les droits » ; à de nombreux égards, elle est plus ambitieuse que la précédente. Elle suppose que les citoyens ont des droits et des devoirs moraux les uns envers les autres, et des droits politiques que l'État dans son ensemble doit lui reconnaître. Elle souligne que ces droits moraux et politiques doivent être positivement reconnus dans le droit, pour qu'ils puissent être appliqués *à la requête de simples citoyens*, par l'intermédiaire des tribunaux ou des institutions judiciaires habituels, dans la mesure du possible. Ici, l'autorité de la loi dépend de la perception qu'a l'opinion publique des

1. Soumission du pouvoir exécutif aux principes que les tribunaux sont tenus de faire respecter [note de Dworkin].

droits individuels. On ne trouve pas ici de distinction, comme dans la théorie du texte de loi, entre l'autorité de la loi et le contenu donné à la justice ; au contraire, cet idéal requiert que les règles consignées dans les textes prennent en compte les droits moralement reconnus et contribuent à les faire respecter.

Cet idéal n'est pas facilement réalisable. Dans la conception fondée sur les textes, la société ne peut pécher que d'un seul côté. Elle est susceptible d'utiliser son pouvoir judiciaire contre de simples citoyens dans un sens qui diffère de celui qui est spécifié dans les textes. En revanche, la conception fondée sur les droits individuels peut pécher au moins par trois côtés. L'échec de la politique d'un État peut se manifester par le nombre plus ou moins grand des droits qu'il se propose de faire respecter. Par exemple, un État peut refuser de respecter un droit si cette décision le lèse lui-même, même s'il concède l'existence de ce droit. Il peut pécher par manque de rigueur : il peut prévoir de faire respecter certains droits, fût-ce au détriment de l'État, mais ne pas reconnaître *de facto* certains droits fondamentaux du fait d'erreurs provenant de ses représentants. Il peut également pécher par défaut de justice : par exemple, il peut adopter des lois qui défavorisent les pauvres ou des minorités ethniques dans l'application des droits que l'État leur reconnaît.

La conception fondée sur les droits est donc plus complexe que celle qui s'appuie sur le texte de loi. D'autres oppositions importantes peuvent être décelées entre ces deux conceptions : certaines de ces oppositions transparaissent quand on considère les différentes positions qu'occupent les deux conceptions au sein d'une théorie générale de la justice. Bien qu'elles s'opposent quand il s'agit de définir le processus judiciaire idéal (comme nous le verrons en effet, elles proposent des théories différentes pour l'adjudication), elles sont néanmoins compatibles si on les considère d'un point de vue plus général, celui de l'idéal d'une société plus juste. Une société se porte mieux, toutes choses étant égales par ailleurs, si ses tribunaux n'engagent pas d'autres actions que celles qui sont spécifiées dans des textes publiés à l'avance. De même, elle se porte mieux, toutes choses étant égales par ailleurs, si ses institutions judiciaires font respecter tous les droits individuels dont les citoyens sont censés jouir. Pourtant, même si nous considérons les deux conceptions comme des idéaux du point de vue de la théorie politique générale, elles diffèrent encore sur le point suivant : une grande conformité avec le modèle du texte de loi semble nécessaire à une société juste. Un gouvernement qui n'agit pas en conformité avec ses propres lois ne peut pas être juste, du moins sur les questions qui importent le plus aux simples citoyens, quelles que soient par ailleurs la sagesse et la justice de ses institutions. Mais il est évident que la seule conformité aux lois n'est pas davantage une condition suffisante de la justice ; appliquer les lois avec un zèle parfait peut aboutir au summum de l'injustice si ces lois sont elles-mêmes injustes.

C'est le contraire avec la conception fondée sur les droits ; une société qui parvient dans une large mesure à appliquer chacun des aspects préconisés par la théorie des droits est presque à coup sûr une société juste, même s'il est possible qu'elle soit mal gouvernée ou qu'elle ne présente pas certaines caractéristiques souhaitables dans une société. Mais on estime généralement que la conception de la loi fondée sur les droits n'est pas nécessaire à une société juste, car il n'est pas indispensable à la protection des droits des citoyens que ceux-ci aient la possibilité d'exiger un jugement et de faire valoir leurs droits à titre individuel : dans cette optique, un gouvernement où les représentants de la loi sont sages et justes saura de lui-même protéger ces droits, sans qu'il soit nécessaire que les citoyens disposent de procédures qui leur permettent de présenter à titre individuel des revendications sur la nature de leurs droits. De fait, la conception de l'autorité de la loi qui se fonde sur les droits, à cause de son insistance sur la possibilité de ce recours, est souvent critiquée à cause de son légalisme et du souci égoïste et mesquin de la propriété et des droits individuels qu'elle est censée encourager.

VADE-MECUM

CONSTITUTIONNALISME

Qu'est-ce que la Constitution d'une nation ? L'ensemble des pratiques ou des règles relatives au fondement et à l'exercice du pouvoir. Les Constitutions sont généralement en partie coutumières (comme c'est le cas en Angleterre) et en partie écrites. La Constitution politique concerne l'État et elle est le résultat d'une détermination réfléchie, contrairement à la constitution sociale, qui est une donnée – la manière d'être de la société. La Constitution émane de l'acte d'une volonté souveraine. Or la souveraineté nationale ou la souveraineté du peuple refonde l'ordre politique : il ne s'agit plus d'accepter les modes d'exercice d'un pouvoir arbitraire, mais d'établir, par le peuple, le fondement et les modalités du pouvoir. C'est ce qu'ont fait les constituants de Philadelphie lorsqu'ils ont commencé la Charte des États-Unis en 1787 par ces mots : « Nous, le peuple des États-Unis, [...] nous décrétons et nous établissons cette Constitution pour les États-Unis. » Selon la hiérarchie des règles de droit, la Constitution est, par ailleurs, le fondement de la totalité de l'ordre juridique en vigueur dans l'État. Elle décrit les mécanismes gouvernementaux, mais elle ne se borne pas à établir un agencement d'organes et de compétences. Quelle est la portée de la Constitution ?

La Constitution a pour but de situer le pouvoir sur un plan tel que les gouvernants en ont l'exercice mais pas la propriété ; les gouvernants sont, par elle, assujettis à la loi de leur fonction. Le siège du pouvoir est l'État ; la Constitution est donc la condition de l'État de droit. Par ailleurs, comme elle pose le statut du pouvoir, dont elle limite l'autorité par des règles préétablies, elle doit être regardée comme un instrument de liberté. Elle fonde le constitutionnalisme : les droits et libertés fondamentales déclarés et protégés dans la constitution sont souverains, et l'emportent en cas de conflit sur la loi votée par la représentation nationale.

Il devient alors nécessaire d'aménager un contrôle de constitutionnalité des actes des différents organes de l'État. Mais à qui confier ce contrôle ? Soit on établit un contrôle du législateur par le juge, soit le pouvoir politique se contrôle lui-même. C'est dans le choix de ces méthodes que la France et les États-Unis diffèrent radicalement. Le constitutionnalisme s'est très lentement établi en France : la loi y est l'expression de la volonté générale, et du fait du légicentrisme de la Révolution française, le pouvoir judiciaire ne possède aucune efficacité juridique. Si la Constitution de 1958 a créé le Conseil constitutionnel, juridiction spéciale chargée de statuer sur la constitutionnalité des lois, dans les faits, le constitutionnalisme est né en 1971 : saisi par le président du Sénat sur la constitutionnalité d'une loi touchant à la liberté d'association, le Conseil constitutionnel a donné valeur constitutionnelle à l'ensemble des principes visés dans le préambule de la Constitution de 1958. Le législateur a ainsi été soumis à un contrôle, sur la base de la norme positive et sanctionnable des principes fondateurs de la République. Une réforme du mode de saisine a lieu en 1974 : au président de la République, Premier ministre et présidents des deux chambres, jusqu'à présent seuls habilités à saisir le Conseil constitutionnel, s'ajoutent soixante députés ou sénateurs. La constitutionnalité s'ouvre à la vie politique et le droit constitutionnel aux citoyens. « Le Conseil constitutionnel est depuis une vingtaine d'années en train de combler une lacune – l'absence d'une Déclaration des droits *fondatrice* de la démocratie – et de rattraper un retard – celui de la France à concevoir la démocratie comme un *contenu*, plutôt que comme un simple *processus* » (Laurent Cohen-Tanugi, *La Métamorphose de la démocratie française*, Gallimard, 1989 et 1993, p. 36). Aux États-Unis, en quelque façon modèle du constitutionnalisme pour la démocratie libérale, tout individu peut se réclamer de l'inconstitutionnalité d'une loi devant le juge saisi de l'infraction, et tous les tribunaux sont autorisés à statuer, même s'ils ne peuvent être saisis que par voie d'exception. Cela conduit cependant à des excès, perceptibles notamment lorsque Roosevelt a voulu mettre en œuvre le New Deal, jugé par la Cour suprême opposé à la lettre des textes constitutionnels, qui défendaient un libéralisme économique extrême ; c'est ce qu'on a appelé le « gouvernement des juges ». Le Conseil constitutionnel français navigue entre le gouvernement des juges et la tyrannie de la majorité.

Considérons enfin l'État de droit comme l'horizon d'attente auquel conduit le constitutionnalisme. En Europe, cela signifie la soumission de l'État à la règle du droit, garant de la protection des libertés individuelles contre l'arbitraire : l'État est premier, et le droit limite son pouvoir. La « *rule of law* » anglo-saxonne pose d'abord le règne du droit, premier et unifié, auquel l'État est soumis sans être conceptuellement distingué des autres sujets de droit. Historiquement, en Angleterre et aux États-Unis, la société est première, la nation a été réalisée selon la « *common law* » par les juges. En France, c'est l'État qui a réalisé la synthèse de la diversité juridique préexistante pour unifier la nation. « Du même coup, le droit est devenu *d'État*, et non l'inverse » (*ibid.*, p. 148). Aujourd'hui, on définit l'État de droit par référence à un corpus de principes intangibles, un contenu autonome, issu du constitutionnalisme, qui reste cependant un mode de caractérisation de l'État et non de la société tout entière. Il faut conclure que, tout comme l'ultime garantie de la Constitution est l'attachement que lui portent les citoyens, l'État de droit ouvert au changement, et peu à peu en train de se réaliser, reste « l'espace même du débat démocratique » (*ibid.*, p. 151).

DÉSOBÉISSANCE CIVILE/ DÉSOBÉISSANCE CIVIQUE/ RÉSISTANCE

Platon, dans le *Criton*, prône le devoir d'obéissance absolue. Socrate a été condamné injustement, sous un prétexte fallacieux, alors qu'il ne faisait qu'enseigner aux hommes que leur prétendue sagesse est illusoire. Pour Criton, qui représente l'opinion du plus grand nombre, le caractère injuste de la mort de Socrate est une raison suffisante qui autorise celui-ci à éviter la peine et à s'échapper. Socrate s'engage alors dans un dialogue avec les Lois d'Athènes pour prouver à son ami que son évasion serait une injustice ; or « il ne faut d'aucune manière commettre l'injustice de son plein gré, [...] commettre l'injustice est, en toutes circonstances, chose mauvaise et blâmable pour celui qui commet l'injustice » (49a-b, p. 216-217). Si l'on choisit de vivre dans la Cité, d'y rester et d'y fonder une famille, on fait partie intégrante de l'ordre, on se soumet à une loi contraignante, à la manière d'une loi mathématique (cf. l'accusation que Socrate, dans le *Gorgias*, 508a, porte à Calliclès, qui offense le *cosmos*, l'arrangement, l'ordre, l'organisation du tout en argumentant pour le déséquilibre dans la Cité et dans l'âme des individus). Le citoyen peut quitter la Cité s'il est en désaccord avec les lois qui la gouvernent, ou il peut essayer de les transformer, mais une fois qu'il a accepté de vivre en son sein, il doit aller jusqu'au bout de ce « contrat » implicite passé entre lui et la Cité, et assumer toutes les conséquences de cette décision raisonnée et volontaire, sous peine de faire preuve d'inconséquence quant à son propre choix de vie. On peut néanmoins se demander si Socrate – et Platon – croient réellement à l'argument de la prosopopée des Lois, étant donné que Socrate lui-même a désobéi aux lois d'Athènes et que le dialogue n'a pour but que de convaincre Criton, citoyen mais non philosophe ; la protothéorie du contrat social est destinée à maintenir l'ordre et à empêcher le peuple de se soulever – y compris contre un gouvernement injuste –, révolution et tyrannie du peuple étant les pires situations politiques possibles.

Comment, si les citoyens sont les membres juridiques d'un État particulier considéré comme un tout sans lequel ils n'existent pas eux-mêmes, en appeler à la législation particulière de l'État en cas d'injustice flagrante d'une loi ? Comment désobéir dans un cadre législatif et juridique que l'on a choisi en tant que citoyen et donc membre constitutif de l'État ? Il faut partir du principe que la législation particulière n'est pas la source ultime du droit ; une loi, pour être légale, n'est pas nécessairement légitime : pensons, par exemple, aux lois ségrégationnistes dans le sud des États-Unis. Mais il faut alors être prudent et distinguer entre désobéissance civile (le citoyen désobéit à une loi parce qu'elle n'est pas constitutionnelle), désobéissance civique (le citoyen, en désobéissant, parce qu'il désobéit, pose un acte civique qui affirme sa citoyenneté, c'est-à-dire sa responsabilité politique dans l'État), et résistance (l'individu, au nom d'un principe moral, pose une action violente qui nie la légalité et donc l'autorité du système même). C'est le sens de la précision qu'apporte Étienne Balibar, dans l'article « État d'urgence démocratique » paru dans *Le Monde* du 19 février 1997, dans lequel il se fait le porte-parole des intellectuels appelant à la désobéissance civique contre les lois Debré sur le statut des sans-papiers: « Désobéissance civique et non pas désobéissance civile [...]. Il ne s'agit pas d'individus qui en conscience objecteraient à l'autorité. Mais de citoyens qui, dans une circonstance grave, recréent leur citoyenneté par une initiative publique de "désobéissance" à l'État. »

Selon quels critères une loi est-elle légitimée ? Au nom de quels principes puis-je lui désobéir ? Selon quelles procédures ? Le chapitre VI de la *Théorie de la justice* de Rawls, où il esquisse une théorie de la désobéissance civile, nous permet d'apporter quelques éléments de réponse. Il ne s'agit pour lui ni de légitimer absolument la désobéissance civile, ni de la condamner au nom du respect de l'ordre. « L'injustice d'une loi n'est pas, en général, une raison suffisante pour ne pas y obéir, pas plus que la validité légale d'une législation (définie par la Constitution en vigueur) n'est une raison suffisante pour se conformer à la loi » (p. 392). Tout est fonction du « degré d'injustice » commis par des lois ou des procédures, dans un système presque parfait. En effet, il admet que, dans le cas où le système est ouvertement injuste et tyrannique, et où l'un des contractants a délibérément rompu le contrat, alors la désobéissance n'est plus un problème mais un devoir. Mais si nous sommes dans une société guidée par une théorie non idéale de la justice, telle que l'est la démocratie aujourd'hui comme forme de gouvernement par la majorité, elle est nécessairement imparfaite ; nous avons des lois injustes dans une Constitution globalement juste. Ces conditions étant posées, « dans une situation presque juste, il y a normalement un devoir (et, pour certains aussi, l'obligation) d'obéir à des lois injustes à condition qu'elles ne dépassent pas un certain degré d'injustice » (p. 396). La désobéissance civile (*civil disobedience*, l'anglais ne distingue pas désobéissance civique et désobéissance civile) est « un acte public, non violent, décidé en conscience, mais politique, contraire à la loi et accompli le plus souvent pour amener à un changement dans la loi ou bien dans la politique du gouvernement » (p. 405). La désobéissance civile est aux franges de la légalité, elle exprime la désobéissance à la loi, mais dans le cadre de la fidélité à la loi (nature publique et non violente de l'acte et acceptation par le citoyen désobéissant des conséquences légales de sa conduite) ; elle est un acte politique et elle exprime toujours en même temps une sincère conviction morale. Comment la justifier ? Selon Rawls, trois conditions sont requises : on a le droit de désobéir quand il y a infraction grave au premier principe de justice, le principe de la liberté égale pour tous, et à la seconde partie du second principe, la juste égalité des chances ; deuxièmement, il faut supposer que tous les moyens légaux se sont révélés inefficaces ; enfin, il faut y poser une limite quantitative afin qu'elle ne nuise pas à la Constitution dans sa totalité : les différentes revendications des différents citoyens ou groupes de citoyens doivent s'accorder afin de proposer un plan pour les traiter toutes de manière équitable. Le rôle de la désobéissance civile est, pour Rawls, de prévenir le danger d'éclatement, de révolution ou d'anarchie de la société : telle une soupape de sécurité, le principe de la désobéissance civile offre aux membres d'une société un dernier recours contre la tyrannie de la majorité ou la violence de l'appareil coercitif d'État, avant l'usage de la résistance armée.

DROIT DU PLUS FORT

Dans le *Gorgias*, le réquisitoire de Calliclès contre Socrate est placé sous le signe du droit du plus fort. Pour Calliclès, Pôlos d'abord et Gorgias ensuite se sont laissé réduire au silence par l'art oratoire de Socrate : ils lui ont accordé une prémisse qui les a menés à accepter tout ce qu'ils voulaient récuser. Pôlos s'est vu entraîner sur le terrain de la loi en convenant qu'il est plus laid de commettre l'injustice que de la subir, alors qu'il arguait du point de vue de la nature. Or, par nature, ce qui est le plus laid est ce qui est le plus mauvais : subir l'injustice. « Or, d'elle-même la nature, au rebours, révèle, je pense, que ce qui est juste, c'est que celui qui vaut plus ait le dessus sur celui qui vaut moins et celui qui a une capacité supérieure, sur celui qui est davantage dépourvu de capacité. Qu'il en est ainsi, c'est d'ailleurs ce qu'elle montre en maint domaine : dans le reste du règne animal comme dans les cités des hommes et dans leurs familles, où l'on voit que le signe distinctif du juste, c'est que le supérieur commande à l'inférieur et ait plus que lui. En vertu de quelle sorte de justice, dis-moi, Xerxès a-t-il fait une expédition contre la Grèce, ou son père contre les Scythes ? sans parler de mille autres exemples analogues que l'on pourrait alléguer. Eh bien ! Cette conduite de la part de ces gens-là est conforme à une nature, à la nature du juste, et, par Zeus ! conforme en vérité à une loi qui est celle de la nature ; non point toutefois, sans doute, à celle que nous, nous avons instituée » (*Gorgias*, 483d-e). Il existe, par nature, des inégalités : force physique, beauté, intelligence, etc. Au nom de l'unité de la loi naturelle et de la loi positive, au nom de l'identification entre *phusis* et *nomos* (la famille et la cité étant des communautés naturelles), Calliclès soutient que ces inégalités doivent être considérées comme justes, et que la loi de la cité, si elle se targue de justice, doit avoir pour but de les reproduire. Le plus fort (le plus riche, le plus armé, le plus vigoureux, les plus nombreux, bref le plus puissant), mérite et doit posséder le pouvoir. Le juste selon la nature est la domination des hommes supérieurs sur les autres. Calliclès récuse tout conventionnalisme au nom de la loi de la nature.

Pour établir que le droit du plus fort est réellement un droit, c'est-à-dire que les inégalités sont fondées en droit et que le plus fort est en droit d'attendre un certain comportement de la part des faibles, qui, en retour, sont soumis à un certain devoir moral envers lui, il faut nécessairement faire appel à une réalité supérieure au droit positif. Les inégalités, le pouvoir des puissants sont à respecter, parce qu'ils sont l'expression d'une transcendance qui les légitimise. Selon saint Paul, toute autorité vient de Dieu ; les puissants sont donc toujours légitimes : « Que chacun se soumette aux autorités en charge. Car il n'y a point d'autorité qui ne vienne de Dieu, et celles qui existent sont constituées par Dieu. Si bien que celui qui résiste à l'autorité se rebelle contre l'ordre établi par Dieu » (*Épître aux Romains*, 13, p. 125). L'ordre peut être établi par nature ou par Dieu : il faut, pour reconnaître au plus fort un droit uniquement fondé sur sa force, affirmer que ce n'est pas par hasard ou par convention qu'il est fort. La fonction du fort (du puissant) dans la communauté conventionnelle de la cité doit dire quelque chose sur sa nature.

C'est cette légitimation de la force que récuse Rousseau : « Le plus fort n'est jamais assez fort pour être toujours le maître, s'il ne transforme sa force en droit, et l'obéissance en devoir. De là le droit du plus fort ; droit pris ironiquement en apparence, et réellement établi en principe. [...] Supposons un moment ce prétendu droit. Je dis qu'il n'en résulte qu'un galimatias inexplicable ; car, sitôt que c'est la force qui fait le droit, l'effet change avec la cause : toute force qui surmonte la première succède à son droit. Sitôt qu'on peut désobéir impunément, on le peut légitimement ; et puisque le plus fort a toujours raison, il ne s'agit que de faire en sorte qu'on soit le plus fort. Or, qu'est-ce qu'un droit qui périt quand la force cesse ? S'il faut obéir par force, on n'a pas besoin d'obéir par devoir ; et si l'on n'est plus forcé d'obéir, on n'y est plus obligé. On voit donc que ce mot de *droit* n'ajoute rien à la force ; il ne signifie ici rien du tout » (*Du contrat social*, I, 3, p. 56).

Le plus fort qui s'empare illégitimement du pouvoir a besoin de légaliser sa souveraineté en parant la force des atours du droit, en transformant le langage de la violence en celui de la loi. Le « droit du plus fort » n'est que le signe de ce langage faussé : c'est un concept vide, un effet de construction du signe sans signifié. La force se prétendant droit n'a aucun fondement légitime, elle est une manœuvre politique dans l'ordre du droit positif, dans le domaine de la cité ; et force ne fait pas droit car elle n'entraîne que soumission, contrainte et obéissance, sans créer d'obligation ou de devoir. Le droit du plus fort n'est même pas illégitime ou immoral, il se nie lui-même.

DROIT NATUREL

On distingue le droit naturel des Anciens de celui des Modernes. Le droit naturel des Anciens a partie liée avec la considération d'un ordre global, il est un effet de cet ordre ; le droit naturel des Modernes se pense comme une construction à partir d'un individu. Or, à partir de la Renaissance, les relations humaines éthico-politiques ne peuvent plus être modélisées par la cosmologie, car le *cosmos* ancien est récusé par de nouveaux modèles d'univers qui font intervenir l'infini. Le droit naturel ancien, reproduisant le *cosmos* comme totalité close, est articulé à une théorie du monde, alors que le droit naturel moderne est lié à une théorie du sujet. La question qu'il soulève est : qu'est-ce qu'être un sujet juridique ? Non pas seulement un sujet soumis au droit, mais un sujet producteur de droit ; pour le droit naturel des Modernes, la loi est produite par le sujet juridique, qui s'identifie au citoyen. Pour le droit naturel des Anciens, la loi n'est pas faite *par* l'homme, mais *pour* l'homme.

Dans le droit naturel des Anciens, les trois caractères de la loi sont l'universalité, la transcendance et la mise en œuvre d'un vocabulaire politique qui rende compte de cette dernière. Les relations de pouvoir, par exemple celle d'*imperator*, d'une part, servent de modèle explicatif aux relations juridiques (de la loi à la source de la loi, par exemple, le divin), et d'autre part, dans un renversement idéologique, elles sont justifiées et fondées sur le discours juridique. « Il existe une loi vraie, c'est la droite raison, conforme à la nature, répandue dans tous les êtres, toujours d'accord avec elle-même, non sujette à périr, qui nous appelle impérieusement à remplir notre fonction, nous interdit la fraude et nous en détourne. L'honnête homme n'est jamais sourd à ses commandements et à ses défenses ; ils sont sans action sur le pervers. À cette loi nul amendement n'est permis, il n'est licite de l'abroger ni en totalité ni en partie. Ni le Sénat ni le peuple ne peuvent nous dispenser de lui obéir et point n'est besoin de chercher un Sextus Aelius pour l'expliquer ou l'interpréter. Cette loi n'est pas autre à Athènes, autre à Rome, autre aujourd'hui, autre demain, c'est une seule et même loi éternelle et immuable, qui régit toutes les nations et en tout temps, il y a pour l'enseigner et la prescrire à tous un dieu unique [...]. Qui n'obéit pas à cette loi s'ignore lui-même et, parce qu'il aura méconnu la nature humaine, il subira par cela même le plus grand châtiment » (Cicéron, *De la République*, III, 22). La loi vraie est conforme à la nature, ce qui implique à la fois écart et accord entre la loi et la nature. La nature est ordonnée ; elle contient la nature humaine, capacité de désordre. Une loi congruente à l'ordre naturel est donc nécessaire pour rétablir l'ordre ; en même temps, la loi permet à l'homme de connaître sa nature. La nature humaine est un effet de loi. Par ailleurs, cette loi est universelle et ne nécessite aucune interprétation ; elle est parfaitement transparente. Que prescrit cette loi ? Cicéron le précise dans le *De officiis*, I, 4 : la nature autorise à l'homme, en tant qu'être vivant, ce qui est utile à la conservation de l'espèce et de l'individu ; et à l'homme en tant qu'il est spécifiquement homme, elle prescrit tout ce qui est utile à la conservation de la société. On passe ainsi, sans contradiction, de la loi éternelle à la loi de la cité et du droit naturel au droit positif : l'individu est toujours sujet de droit, de lui à lui, de lui à son espèce (à l'autre en tant qu'individu) et de lui à la société (l'autre en tant que citoyen). Et ce parfait rapprochement n'est possible que si la cité et les rapports des citoyens entre eux sont issus des mêmes principes que le monde et les rapports des vivants entre eux.

Dès lors que la nature s'efface comme modèle d'ordre, on a besoin d'un autre principe transcendant. C'est le rôle joué par Dieu, créateur, dans la pensée thomiste. « Il existe une loi naturelle, participation de la loi éternelle dans la créature raisonnable, qui lui fait discerner le bien et le mal » (*Somme théologique*, I, II, q. 91, a. 2). La loi éternelle est « la raison de gouvernement dans le gouverneur suprême » (*ibid.*, q. 93, a. 1), elle est la rationalité directrice de Dieu. Penser la loi naturelle, c'est penser comment la créature raisonnable participe au pouvoir du créateur. La loi naturelle est effectivement œuvre de raison, elle définit la rationalité humaine, la nature étant la participation à l'art divin par lequel même des êtres non rationnels agissent conformément à la raison. La loi est d'origine divine : ce que la loi naturelle prescrit (qui tient en un précepte unique : accomplir le bien et éviter le mal) est à accomplir sous peine de sanctions, sinon dans cette vie, du moins dans l'autre. Or, la loi naturelle est la première règle morale nécessaire, mais en aucun cas elle n'est suffisante : elle doit s'incarner dans la loi civile, la loi humaine, produit de l'effort et de l'industrie de l'homme. La loi naturelle est le principe premier à partir duquel l'on conclut ou l'on déduit un énoncé particulier, la loi positive. D'autre part, la loi positive est forgée sur le modèle de l'art, qui applique des données générales à une réalité particulière. Ainsi, avec Thomas d'Aquin, d'une part l'idée même de nature a changé : on parle désormais de la nature d'un sujet de droit ; d'autre part, le droit positif, le *jus gentium*, ne consiste plus à imiter l'ordre naturel, mais à déduire, interpréter, appliquer les principes du droit naturel. Le « droit des gens » (au sens latin de *gentes*, peuples), soumis aux évolutions et diversités d'ordre historique, a été défini par Suárez (*De legibus*, 1612) comme moins universel et moins contraignant que le droit naturel car ces deux sortes de droit ne relèvent pas du même type de nécessité. Désormais, ils ne seront plus confondus. L'écart entre la loi naturelle et la norme positive vient de s'amorcer. Les théoriciens modernes du droit naturel, Grotius, Pufendorf, Burlamaqui, et bien sûr Hobbes et Rousseau, vont travailler dans cet écart. Nominalisme de la loi, présentation du sujet de droit comme sujet rationnel et condition du politique qui conduit au subjectivisme politique, telles seront les difficultés des jusnaturalistes (penseurs du *jus naturale*, droit naturel) modernes à la recherche d'un principe d'ordre transcendant : en renonçant à la notion de « nature des choses » en faveur d'une « nature humaine », le droit naturel n'a plus désormais qu'un fondement anthropologique. C'est la constitution naturelle des hommes qui en est l'unique source. Mais la nature humaine n'est plus considérée dans son universalité et dans son abstraction ; le droit est le pouvoir propre à chaque individu dans sa singularité de préserver sa liberté (cf. texte n° 12). Il est alors davantage force que droit, et la loi naturelle perçue par la raison et qui s'efforce à la paix ne peut s'incarner que dans la loi positive. L'homme n'a d'autre choix que de renoncer à son droit naturel pour intégrer l'univers juridique.

ÉQUITÉ

Précisons avant tout que l'« équité » telle que nous l'entendons ici est traduite en anglais par « *equity* » ; la « justice comme équité » au sens rawlsien (cf. texte n° 9) traduit « *justice as fairness* », et ne fait donc pas partie de l'acception générale, de tradition aristotélicienne, du terme. Rawls traite aussi de l'équité au sens français : il nomme les « cas d'équité » les cas où « l'on doit faire une exception quand la règle établie conduit à des difficultés inattendues » (*Théorie de la justice*, p. 274). Dans ce dernier sens, la notion d'équité renvoie explicitement à Aristote.

Pour Aristote, « c'est que ce qui est équitable, tout en étant juste, ne l'est pas conformément à la loi ; c'est comme une amélioration de ce qui est juste selon la loi » (*Éthique à Nicomaque*, V, 10, p. 267). En ce sens, l'équitable est le substitut humain d'une justice trop rigide car trop géométrique ou scientifique (cf. texte n° 19). « Ce que nous appelons le sens nous sert à désigner ceux qui ont du bon sens ou du discernement. C'est la faculté de juger droitement de l'honnête. En voici une preuve : quand nous voulons désigner un homme particulièrement doué de qualités, nous disons qu'il est homme de sens et porté à l'indulgence, et, être bon et juste, c'est dans quelques circonstances faire preuve de pardon » (*Éthique à Nicomaque*, p. 183-184). Le jugement n'est pas une qualité intellectuelle ; l'homme qui juge connaît les limites de la science, et c'est précisément ce qui fait sa dimension morale ; sa largeur d'esprit est indulgence et, par suite, pardon. Or l'homme du jugement est l'homme de la prudence, celui qui « ne se décharge pas sur un Savoir transcendant du devoir de juger, c'est-à-dire de comprendre » (Pierre Aubenque, *La Prudence chez Aristote*, PUF, 1993, p. 152). La pratique de l'équité est analogue à la prudence des hommes politiques ou des citoyens. La prudence est la vertu intellectuelle qui permet de définir la norme d'action à suivre dans des cas chaque fois différents ; l'équitable doit donc posséder au plus haut point la vertu de prudence pour l'appliquer au domaine de la distribution des biens et des relations entre les hommes. Or, la vertu, d'une façon générale, est « une disposition acquise volontaire, consistant par rapport à nous, dans la mesure, définie par la raison conformément à la conduite d'un homme réfléchi » (*Éthique à Nicomaque*, p. 61). La règle de la médiété ou du juste milieu, règle qui pose la vertu comme une modération entre deux vices, l'un par excès l'autre par défaut, est ultimement déterminée par l'homme prudent. Le *phronimos* est donc le critère et le fondement de la mesure. « Les principes de la prudence sont conformes aux vertus morales, et ce qui est satisfaisant dans ces dernières procède de la prudence » (*ibid.*, p. 310). L'équité, aspect de la prudence dans le domaine judiciaire, participe à ce cercle : elle est vertu intellectuelle, dépendant d'un savoir, cause des vertus morales, qui s'incarnent dans l'agir. L'homme équitable, le juge, est à lui-même sa propre norme.

Cf. Jurisprudence.

GRÂCE

La théorie de la grâce divine vient de saint Paul. Pour lui, la grâce est un don universel fait aux hommes par Dieu, à sa seule initiative, et « c'est dans le Christ que s'est manifestée la grâce de Dieu pour le salut de tous les hommes » (*Épître à Tite*, II, 11). Par la grâce, l'homme est *justifié* (libération du péché, accès à la vie de foi et de charité, espérance de *glorification* dans l'au-delà). Ce don se fait dans le respect de la liberté de l'homme, indépendamment de ses œuvres, « autrement, la grâce n'est plus la grâce » (*Épître aux Romains*, XI, p. 116), mais elle exige un comportement nouveau : « La foi sans les œuvres est morte » (*Épître à Jacques*, II, 26). Le repentir, incarné dans les « œuvres », est en quelque sorte inséparable de la grâce. Dès le Ve siècle, saint Augustin et Pélage posent les termes d'une controverse majeure : comment maintenir à la fois la toute-puissance de la grâce et le libre-arbitre de l'homme ? L'Église catholique ne parvient pas à régler cette question qui oppose, aux XVIe et XVIIe siècles, jésuites (molinistes) et jansénistes. Les molinistes, plus soucieux de sauvegarder la liberté humaine, affirment que la grâce dite *suffisante* va permettre à l'homme de faire le bien, mais elle ne produit son effet que par la décision du libre arbitre ; pour les jansénistes, au contraire, l'homme est essentiellement corrompu, ce qui rend la grâce nécessaire encore que non contraignante.

Dans le domaine politique, la grâce est d'abord, sous la féodalité, accordée par les seigneurs ; les Capétiens veulent en faire un privilège régalien. En 1670, le droit de grâce est reconnu au roi seul, mais il doit être entériné par le Parlement. En 1691, le droit de grâce est supprimé, puis rétabli le 16 thermidor de l'an X, et subsiste depuis. La grâce est alors le privilège exclusif de celui qui détient la puissance, de celui qui est au-delà du droit (monarchie de droit divin). Pour Nietzsche, elle est le stade ultime de la sublimation des instincts, le signe qu'une communauté est suprêmement consciente de sa puissance, au point de laisser impuni le crime qui la lèse. La grâce est sublimation de la vengeance, ivresse de la puissance incontestée. « La justice, qui a commencé par poser : "tout peut se régler, tout doit se régler", finit par fermer les yeux et par laisser courir l'individu insolvable, – elle finit comme toutes les bonnes choses sur cette terre : *elle s'abolit*. Cette auto-abolition de la justice : on sait de quel beau nom elle se désigne – *la grâce* ; elle demeure, ce qui va de soi, le privilège du plus puissant, mieux : son "au-delà du droit" » (*Généalogie de la morale*, p. 84).

En droit pénal, la grâce dispense de la peine, parfois sous condition, mais *n'efface pas la condamnation*. Elle procède d'un décret signé par les chefs de l'*exécutif*, le président de la République, le Premier ministre et le garde des Sceaux, sur un avis donné par le Conseil supérieur de la magistrature, instruit par le garde des Sceaux et transmis au président, toutefois sans le lier. Elle est à distinguer de l'amnistie, acte du *législateur* qui éteint l'action publique ou efface la peine prévue pour une infraction ; selon qu'elle est prononcée avant ou après le jugement, soit elle empêche ou arrête les poursuites, soit elle *efface* les condamnations. Selon Paul Ricœur, grâce et amnistie sont deux dispositions intermédiaires entre la réhabilitation et le pardon, dans une trajectoire qui retrace le sort du condamné après le procès et sa sentence, sanction-réhabilitation-pardon. Pour lui, l'amnistie est l'antithèse du pardon, elle consiste en « une véritable amnésie *institutionnelle* invitant à faire comme si l'événement n'avait pas eu lieu » (*Le Juste*, p. 205). Elle consiste en effet en un effacement visant à affirmer le caractère indivisible et rationnel de l'État (ici au sens de corps politique souverain), et cela au prix du souvenir. Le pardon, au contraire, « est une sorte de guérison de la mémoire, l'achèvement de son deuil ; délivrée du poids de la dette, la mémoire est libérée pour de grands projets » (*Le Juste*, p. 207). La grâce, elle, n'efface pas les traces du crime ; en ce sens, le coupable a à changer de comportement (et l'on retrouve ici le même processus de rémission que lorsqu'on avait affaire à la grâce divine : le pécheur, comme le coupable, doit s'amender, au risque de recevoir une peine plus lourde en cas de récidive) ; Dieu, Louis XIV, le président de la République française, choisissent librement de gracier, mais n'oublient pas.

JURISPRUDENCE

La loi, statuant sur le général, se doit d'être générale ; c'est cette première et fondamentale exigence de la loi qui soulève toutes les questions jurisprudentielles. Si la loi est trop générale, elle perd toute possibilité d'application, elle ne peut plus régler les conflits particuliers ; si elle n'est pas assez générale, elle n'a plus valeur de norme universelle et empiète sur les libertés individuelles. Or la jurisprudence intervient dans cet écart inévitable entre la loi et le droit, entre le légal et le juste.

Aristote définit l'équitable comme une « amélioration de ce qui est juste selon la loi » (*Éthique à Nicomaque*, V, 10, p. 267). De ce qui est indéterminé, la règle aussi est indéterminée ; or, l'objet de la loi, c'est le comportement humain, qui est par nature contingent, et auquel il est impossible de fixer une règle immuable. Une science parfaite de la loi est donc impossible. « La loi n'en est pas moins bien ordonnée. La faute ne lui est pas imputable, non plus qu'au législateur ; elle découle de la nature de l'action, telle étant bien exactement la matière des actes » (*ibid.*, p. 162). La loi ne peut pas statuer parfaitement, le particulier ne peut se déduire du général, et ce n'est pas par ignorance ou incapacité humaine que la loi est défaillante dans les cas particuliers, mais en raison d'un obstacle ontologique : la réalité elle-même est indéterminée. Un correctif est donc nécessaire à la justice abstraite, scientifique : c'est la vertu d'équité. Cette vertu consiste à appliquer la règle déterminée par l'homme prudent ; le juge doit posséder la vertu de prudence au plus haut point. Or, sur quel critère le juge va-t-il rendre son jugement d'homme prudent ? Pour Aristote, l'homme prudent est porteur de sa propre norme ; il est la droite règle. C'est en lui que se rétablit la congruence entre la moralité et la loi.

Mais le danger est évident : au nom de quoi le juge juge-t-il ? Comment éviter le subjectivisme ? Comment le juge peut-il éviter de faire entrer en ligne de compte sa propre idéologie, ses convictions personnelles, s'il est de bonne foi, et ses caprices, préjugés ou intérêts personnels s'il ne l'est pas ? Dans l'imagerie traditionnelle, la justice a les yeux bandés, et elle écarte le chien (symbole de l'amitié) et le serpent (symbole de la haine) : rien n'influence sa décision, qui repose uniquement sur le livre des lois (voir, par exemple, Cesare Ripa, *Iconologia*, 1603). En France, la réserve à l'égard de la jurisprudence remonte à la méfiance contre l'arbitraire du corps des magistrats de l'Ancien Régime. Robespierre, lors des débats de l'Assemblée constituante sur le rôle du tribunal de cassation, s'écriait : « Ce mot de jurisprudence doit être effacé de notre langue. Dans un État qui a une Constitution, une législation, la jurisprudence des tribunaux n'est autre chose que la loi » (cité par L. Cohen-Tanugi, *La Métamorphose de la démocratie française, op. cit.*). La fonction judiciaire est réduite à l'application de la loi toute-puissante, et dont on refuse qu'elle puisse n'être pas parfaitement identifiée avec la justice. D'autre part, l'État post-révolutionnaire a retiré aux tribunaux toute possibilité de concurrencer ses fonctions normatives en lui interdisant de prononcer des arrêts dits « de règle ». L'article 5 du Code civil énonce : « Il est défendu aux juges de prononcer par voie de disposition générale et réglementaire sur les causes qui leur sont soumises. » La jurisprudence, en

tant que source du droit supérieure à l'activité législatrice, est niée.
Cependant, il est impossible de ne pas prendre conscience des lacunes de la loi, et il est interdit de s'abstenir de juger lorsque la loi est insuffisante. L'article 4 du Code civil énonce : « Le juge qui refusera de juger, sous prétexte du silence, de l'obscurité ou de l'insuffisance de la loi, pourra être poursuivi comme coupable de déni de justice. » Le juge doit statuer, donc il doit intervenir pour corriger la loi. C'est la définition de la jurisprudence française aujourd'hui, comprise comme l'ensemble des décisions de justice publiées qui interprètent, précisent le sens des textes de droit et, le cas échéant, complètent les lois et les règlements. Les fonctions de la jurisprudence sont d'appliquer les règles générales aux cas particuliers et d'en préciser la portée ; de remédier aux lacunes et aux obscurités d'une loi ; enfin, d'adapter le droit à l'évolution de la société en comblant les insuffisances apparues avec des pratiques nouvelles. Les décisions jurisprudentielles n'ont de valeur que si elles forment un système cohérent. Dans ce cas, les décisions ont valeur de principe et font autorité (c'est ce que l'on appelle faire jurisprudence, à la différence des États-Unis où les décisions prises dans chaque cas d'espèce laissent subsister la loi mise en cause et n'ont d'effet qu'à l'égard des parties). La Cour suprême est l'organe centralisateur nécessaire pour garantir la cohérence des règles. Laurent Cohen-Tanugi regrette l'étroitesse du travail jurisprudentiel, tel que nous venons de le définir, en France (*La Métamorphose de la démocratie française*, *op. cit.*). La jurisprudence y est niée, selon lui, comme science de gouvernement et dans son rôle régulateur de la démocratie libérale ; elle n'est qu'un simple phénomène judiciaire, le résultat factuel de l'activité des tribunaux, coupée de la perspective du législateur. Au contraire, la jurisprudence anglo-saxonne s'articule à une philosophie du droit. Le travail judiciaire s'y effectue toujours en étroite relation avec la doctrine juridique, ce qui permet d'identifier le droit avec le juste et l'activité juridictionnelle, loin de le cantonner à une simple législation. La jurisprudence est ainsi investie d'une part significative de l'autorité politique, dont il n'est pas possible de la déposséder sans affecter du même coup l'État de droit. Et c'est dans l'État de droit que moralité et loi peuvent enfin se retrouver.

Cf. Équité.

MAL

L'expérience du mal est indiscutable ; on peut distinguer la douleur ou la souffrance, *mal subi*, et la faute ou le crime, *mal commis*. Or, s'il semble impossible de regrouper les diverses expériences du mal sous un concept unique, c'est que, en réalité, l'unité consiste dans le rapport entre les deux acceptions évoquées plus haut : « Le mal consiste moins dans le mal physique ou dans le mal moral que dans leur déséquilibre. Si l'un peut apparaître comme la conséquence naturelle de l'autre, c'est qu'il semble universellement *juste* (et donc *bien*) qu'il en soit ainsi. La punition – que ce soit celle de la descendance d'Adam vivant dans la souffrance ici-bas, celle du criminel condamné par les tribunaux ou celle du pécheur damné dans l'au-delà – est unanimement acceptée comme la contrepartie en *mal physique* d'un *mal moral* posé comme équivalent. Si l'on agit mal, on doit souffrir, et si l'on souffre, c'est qu'on a dû mal agir. Contrepartie non seulement nécessaire mais juste » (Francis Wolff, « Le mal », in *Notions de philosophie*, III, sous la direction de Denis Kambuchner, Gallimard, 1995, p. 160-161).

Or, et c'est là la dimension tragique du mal, il n'en est pas toujours ainsi. Le méchant n'est pas toujours puni (voir l'archétype du tyran heureux) et l'innocent n'est pas toujours épargné. Le mal réside dans l'injustice, dans l'absence de mesure, d'unité commune, d'équilibre entre le mal subi et le mal commis. Le grand scandale du mal, c'est que le monde est injuste. Comment supporter cet état de fait, comment justifier ou légitimer l'existence du mal ?

Selon Francis Wolff, dont nous suivrons ici l'analyse, deux voies sont possibles : la première consiste à irréaliser le mal en affirmant que tout est une question de point de vue. Ce qui est mauvais pour moi n'est pas nécessairement un mal en soi. C'est la voie empruntée par Spinoza, par exemple, dans l'*Éthique*, I, prop. 33, scolies I et II : toute chose étant ce qu'elle peut être, il n'y a à demander d'aucune pourquoi elle existe, ni à se lamenter de ce qu'elle n'est pas comme on le désire, mais seulement à expliquer l'existence de chacune par son essence ou par sa cause. Cependant, outre qu'elle rend difficilement compte de certains crimes insoutenables, cette position, qui consiste à chercher des explications et s'interdit de trouver un sens, est peu satisfaisante pour notre conscience commune : si le monde est absurde (ou du moins s'il est impossible à nos entendements finis d'y trouver un sens), si rien n'a de finalité, si tout est nécessaire, à quoi bon agir, bien ou mal ?

La seconde voie consiste à reconnaître l'existence du mal en comparant le monde tel qu'il est au monde tel qu'il aurait pu (dû) être. On adopte alors le point de vue de Dieu : on peut connaître ou reconnaître l'existence du mal ; ce n'est pas une illusion et il est à la portée de notre compréhension. Il y a forcément une raison à ce mal, ce qui prouve l'existence de Dieu, ce qui permet à son tour de nier le mal. Les méchants seront punis dans l'autre monde, et les justes récompensés. Cette voie correspond à toutes les tentatives de théodicée, et tente au fond de répondre à la question : Dieu est-il injuste ? Il s'agit de montrer que l'on peut soutenir sans contradiction les trois propositions suivantes : « Dieu est bon », « Dieu est tout-puissant » et « il existe du mal dans le monde ». Comment peut-on justifier Dieu ? Comme l'a magistralement énoncé Épicure : « Dieu ou veut éliminer le mal et ne le peut, ou le peut et ne le veut pas, ou ne le veut ni ne le peut, ou le veut et le peut. S'il le veut et ne le peut, il est impuissant [*imbecillis*], ce qui ne convient pas à Dieu. S'il le peut et ne le veut, il est méchant [*invidus*], ce qui est étranger à Dieu. S'il ne le peut ni ne le veut, il est à la fois impuissant et méchant, il n'est donc pas Dieu. S'il le veut et le peut, ce qui convient à Dieu, d'où vient donc le mal [*unde malum*] ? » (Épicure, Fragment 374, Usener, d'après Lactance, *La Colère de Dieu*, 13, 19, cité dans *Notions de philosophie*, III, *op. cit.*, p. 182-183). Il est impossible de considérer l'hypothèse d'un Dieu méchant ou injuste, il faut donc chercher la réponse dans les nuances de la puissance de Dieu ou de la réalité du mal : ce sont les différentes solutions choisies par saint Augustin, Descartes ou Leibniz. Chacune d'elles aboutit ultimement à une impasse, soit que l'intensité et l'infinité des maux du monde semblent toujours inutilement injustes, soit qu'on bute en dernière analyse sur la contradiction, toujours déplacée, jamais résolue, entre la toute-puissance de Dieu et sa bonté. La seconde voie laisse donc intact le scandale du mal : il n'est aucune justification rationnelle à l'injustice du monde. Pour autant, le quiétisme (attitude antirationaliste qui consiste à s'en remettre aveuglément à la providence divine) n'est pas de mise : l'attitude à adopter face au mal n'est pas celle du « pourquoi », c'est celle du « non ».

PUBLICITÉ/PUBLIC

Kant, dans la *Réponse à la question : qu'est-ce que les Lumières ?*, distingue l'usage privé et l'usage public de la raison. L'usage public est défendu par Kant au titre du savoir, des Lumières : c'est en tant que savant que je pense par moi-même, que j'ai le droit d'exercer une pensée libre. Mais, en tant que citoyen, je dois au souverain une obéissance absolue (sans pour autant que je sois sous tutelle : le citoyen est responsable). L'usage public de la raison est restreint, car il n'est pas un usage politique ; l'usage privé est défini par une fonction, la fonction politique. En ce sens, le discours politique est réduit ou limité à un discours privé. Il n'en reste pas moins que le savant, en tant que savant, développe une pensée véritablement libre. Or, cela n'est possible que si cette pensée est exprimée publiquement : la publicité est la condition indispensable à la liberté de la pensée. Et la publicité ne peut véritablement s'épanouir que dans une république. Dans les appendices de *Vers la paix perpétuelle*, Kant insiste sur le lien entre la publicité comme condition formelle du droit, et la république, comme constitution concrète de l'État. La publicité est ce qui permet d'accorder morale et politique, et cet accord est réalisé au mieux dans la république, dont les institutions permettent de dégager un véritable espace public. Ce bref rappel de ce qu'est la publicité dans la pensée de Kant nous conduit à faire trois remarques : tout d'abord, Kant nous permet de distinguer entre public et commun. Est public ce qui relève de la forme ou de la structure de l'État, est commun ce qui relève du contenu. Une communauté politique est organisée autour d'un bien commun, qui permet d'unir les hommes par un lien d'intérêt ; la publicité est une des formes possibles des relations entre les individus. Deuxièmement, Kant nous permet de penser la publicité avant tout en termes de discours et d'espace : est public ce qui se dit, ce qui s'exprime ou se déclare publiquement, ce qui est publié. Et ce discours présuppose un espace public, lieu du discours destiné à être occupé. Ce qui nous conduit à notre troisième remarque, qui soulève la question du détenteur de la parole. Qui parle ? Le citoyen ou le savant ? La raison publique n'est pas toujours nécessairement politique. Enfin, Kant nous permet de prendre conscience de la structure communicationnelle de la république ; il nous conduit à penser la démocratie telle que nous l'expérimentons comme lieu de discours.

Habermas développe, dans *L'Espace public*, une critique d'inspiration marxiste de la notion de publicité, comme sphère abstraite des relations économiques privées. Le véritable espace public est mis en danger par le développement de l'économie de marché, et espace privé et espace public tendent à se confondre : la bourgeoisie exerce ses talents dans le domaine privé et en transpose les effets dans le domaine public, constituant ainsi une sphère publique politique et donnant naissance à l'opinion publique. Mais la dissolution de la politique en technique conduit à la disparition de la fonction critique de l'opinion publique instrumentalisée et asservie aux idéologies au pouvoir. Il retrouve cependant l'idée de publicité à travers celle de communication dans son éthique communicationnelle (cf. *Théorie de l'agir communicationnel*). La langue est sociale, la communication comme donné fondamental est la condition du lien social, qui doit s'orienter vers la compréhension et l'entente. Cependant, le discours, en tant qu'il renvoie à du commun, risque toujours de tomber sous la domination d'acteurs qui monopolisent la parole. L'espace public n'est jamais silencieux, mais toujours rempli de discours différents ; qu'est-ce qu'un véritable discours public ? Et en quoi ce discours est-il politique ?

Selon Rawls (cf. *Libéralisme politique*), la publicité est ce qui accorde morale et politique. Il distingue trois aspects principaux de la raison publique. Tout d'abord, la publicité est une condition primordiale du politique : une société bien ordonnée repose sur des principes publics de justice. Le politique est avant tout un savoir partagé par tous. De ce point de vue, le contenu du politique est secondaire, et la publicité est antérieure en droit à la communauté. En second lieu, les doctrines morales des citoyens doivent être publiquement assumées et justifiées. La publicité est la condition de la coexistence des doctrines morales, philosophiques et religieuses des citoyens, du consensus qu'il est possible d'adopter publiquement sur des valeurs privées. L'usage public de la raison engendre des valeurs, des contenus, des institutions constitutionnelles, chargées de prendre en compte cet usage public. Les individus privés se sentent alors attachés à la raison publique car la forme publique prise par les doctrines morales pour leur justification crée des valeurs politiques qui sont communes. La Constitution est au principe de ces valeurs, elle est le discours public par excellence ; la raison publique se réalise dans cette raison des citoyens, *du* public. L'objet de la raison publique, tel qu'il apparaît dans la Constitution, est le bien du public (ce que chacun détermine pour soi à partir de l'usage privé de sa raison comme son projet d'existence) et les questions de justice fondamentale, les questions constitutionnelles essentielles. Il y a alors congruence entre bien et juste. C'est là qu'on rejoint le troisième et ultime aspect de la raison publique : la nature *et* le contenu du politique sont publics, visibles par tous.

RAISON D'ÉTAT

On appelle raison d'État le principe au nom duquel un État s'autorise à violer le droit au nom d'un critère supérieur. Entre simple principe d'action et concept philosophique, l'idée de raison d'État, invoquée depuis la Renaissance, bénéficie d'un vaste flou définitionnel et donne lieu à des discours variés de la part des praticiens politiques comme des théoriciens. Loin d'être réductible à une théorie de l'État, elle doit être comprise comme le lieu d'émergence de différentes rationalités guerrières ou politiques. D'une part, elle a partie liée à l'exceptionalité des pratiques gouvernementales ; en ce sens, elle sert de vecteur à des maximes de transgression du droit commun, elle marque la frontière sauvage des théories de la souveraineté politique. D'autre part, elle relève de la définition d'un art de gouverner plus complexe, fondé sur le savoir, l'expérience, le calcul des possibles ; elle s'identifie ainsi à l'application directe d'une forme de prudence gouvernementale s'exerçant de façon ouverte ou continue (donc en dehors de la sphère du secret ou de la violence). Transgression dérogatoire de la justice quotidienne ou connaissance des moyens nécessaires à la conservation de l'État ? Justification du pouvoir despotique ou technique qui met en œuvre un savoir prévisionnel et prudentiel afin de s'adapter aux nécessités et de restaurer le souverain bien ? C'est dans ces ambiguïtés que s'est forgée la notion de raison d'État, qui suscite, dès son apparition, des interprétations totalement opposées.

Machiavel constitue le point d'ancrage historique de la notion. Selon les analyses de Michel Senellart, la notion de raison d'État prend des résonances entièrement différentes selon qu'elle est employée pour soutenir ou contrer un machiavélisme plus ou moins fidèlement suivi (Ch. Lazzeri et M. Senellart (dir.), « La raison d'État antimachiavélienne », in *La Raison d'État : politique et rationalité*, PUF, 1992). Machiavel aurait inventé la raison d'État, sans la nommer, avec cette formule : « Aussi est-il nécessaire à un prince, s'il veut se maintenir, d'apprendre à pouvoir ne pas être bon, et à en user et n'en pas user selon la nécessité » (*Le Prince*, trad. C. Bec, Laffont, 1996, p. 148). L'idée de raison d'État serait contenue dans cette maxime de prudence (souvent paraphrasée à tort par la formule « la fin justifie les moyens »), dictée par la nécessité, afin, pour le prince, de conserver le pouvoir. Outre les questions de définition de l'État (comme autorité du prince, comme domaine, territoire et population, ou comme forme constitutionnelle du gouvernement) qu'entraîne l'amalgame hâtif de cette maxime avec la raison d'État, Michel Senellart souligne qu'une raison d'État antimachiavélienne a vu le jour au XVIe siècle pour combattre cette doctrine dangereuse. Ainsi à la « raison d'État » machiavélienne s'est opposé un « art de bien gouverner », et à la « barbare manière de gouverner » prônée par Machiavel s'est opposée une « raison d'État » antimachiavélienne. Notons enfin que, selon Gaines Post, la raison d'État est une notion sans âge : « Si on la conçoit comme un principe, 1) qui privilégie l'intérêt commun par rapport aux intérêts particuliers en cas de conflit, 2) qui légitime l'emploi de moyens extraordinaires dans les situations d'urgence, 3) qui admet des compromis avec les lois morales pour servir une fin éthique plus élevée, 4) qui tolère un moindre mal pour en éviter un plus grand, 5) qui justifie les moyens par la fin, elle a toujours existé » (*Studies in Mediaeval Legal Thought, Public Law and State*, Princeton, 1964, p. 241-309 ; traduit dans C. Lazzeri et D. Reynié (dir.), *Le Pouvoir de la raison d'État*, PUF, 1992, p. 13-90). Il faut pourtant souligner que cette définition est trop large pour rendre compte des pratiques spécifiques engagées au nom de la raison d'État ou de sa rationalité propre. Ainsi, on peut se situer dans un horizon de pensée pro- ou antimachiavélien, selon qu'on reconnaît ou qu'on conteste la modernité de l'approche technico-prudentielle de Machiavel. On soutiendra alors, dans la première optique, que la raison d'État relève de la prudence comme technique finalisée par une obligation de production, technique de gestion du temps politique dépendant d'un savoir spécifique en vue de l'intérêt ou du bien-être de tous. Si l'on est partisan de la seconde approche, on considérera la raison d'État comme une connaissance expérimentale des moyens propres à maintenir la domination de l'État sur le peuple, à travers la domination du souverain.

RESPONSABILITÉ

Paul Ricœur observe que le concept de responsabilité est « bien fixé dans son usage juridique classique : en droit civil, la responsabilité se définit par l'obligation de réparer le dommage que l'on a causé par sa faute et dans certains cas déterminés par la loi ; en droit pénal, par l'obligation de supporter le châtiment » (« Le concept de responsabilité », in *Le Juste*, p. 41). En réalité, la précision sémantique de la définition juridique recouvre un concept difficile à cerner. L'idée de responsabilité comprend deux processus distincts : l'attribution d'une action à un agent individuel (ce qui permet l'individualisation de la peine) et une qualification morale (il y a eu faute). Dans le domaine moral, être responsable est synonyme d'être imputable. C'est tout le sens de l'analyse kantienne de l'imputabilité : dans la mesure où je suis un sujet libre (ma causalité n'est pas entièrement naturelle), et où la liberté est la *ratio essendi* de la loi morale qui en est la *ratio cognoscendi*, mes actions dépendent uniquement de mes décisions, prises par ma volonté libre, et les effets de mes actions me sont entièrement imputables. Une double difficulté s'élève alors. Dans le système kantien lui-même, d'une part, si l'on tient compte de la troisième antinomie de la Dialectique transcendantale, qui soulève le caractère aporétique de la liberté, l'homme, être nouménal *et* phénoménal, est libre *et* soumis aux lois de la nature : ses actions font toujours aussi partie de la chaîne de causalité des phénomènes, et en ce sens, il ne peut pas en être tenu pour responsable. D'autre part, si l'on poursuit l'imputation jusqu'à ses conséquences morales extrêmes, on aboutit à une vision exclusivement morale, où l'obligation d'agir conformément à la loi et celle de payer la peine rendent entièrement compte de l'idée de responsabilité ; l'imputation devient la norme et le point de référence : « Ce n'est nullement la liberté, entendue comme la non-détermination causale de la volonté, qui rend l'imputation possible, mais tout à l'inverse, l'imputation suppose la déterminabilité causale de la volonté. On n'impute pas à l'homme parce qu'il est libre, mais l'homme est libre parce qu'on lui impute » (Hans Kelsen, *Théorie pure du droit*, trad. Ch. Eisenmann, p. 124, cité par P. Ricœur, *Le Juste*, p. 50).

Il faut opposer à cette théorie morale de la responsabilité une théorie conséquentialiste, qui refuse la déontologie comme étant hors du champ de la politique ; la notion de faute morale est bannie de la définition de la responsabilité (distinguée alors de la culpabilité) et remplacée par celles de risque, de solidarité ou de sécurité. C'est ce que fait Max Weber, qui distingue l'« éthique de la conviction » de l'« éthique de la responsabilité », seule à même de conduire une action politique efficace. Le politique a sa propre éthique, par laquelle il accepte de prendre en charge les conséquences ultimes de ses actions, indépendamment des intentions, bonnes ou mauvaises, qui les gouvernaient, « pour autant qu'il aura pu les prévoir »

(« Le métier et la vocation d'homme politique », in *Le Savant et le Politique*, p. 172).
Cette dernière précision est fondamentale. L'objet de la responsabilité est la conséquence ; mais il existe toujours la possibilité d'une disproportion entre la décision prise et les conséquences entraînées par la décision. La responsabilité doit-elle se mesurer à la totalité des conséquences (on se replace alors dans une problématique morale) ou à celles qui sont prévisibles ? Le déplacement, dans le droit de la responsabilité, du sujet agent de l'action à la victime, au risque ou au dommage, conduit à considérer le fragile ou le vulnérable au plan moral comme les objets véritables de la responsabilité. Et comme toute action politique est intersubjective, comme mon action met toujours en jeu autrui, je suis ultimement responsable d'autrui. C'est dans ce champ moral que travaille Hans Jonas (cf. *Le Principe responsabilité*), pour qui la portée de ma responsabilité est strictement équivalente à la portée de mon pouvoir ; or, le pouvoir technique est aujourd'hui illimité et confronté à un vide éthique. La responsabilité de l'homme envers l'homme et son milieu est totale (extension spatiale et temporelle infinie), continue (il faut assurer la continuité de l'humanité face à une prise en compte du risque radical), et en relation à l'avenir : notre pouvoir nous crée des devoirs envers les générations futures, lesquelles n'ont que des droits. Le problème soulevé par cette responsabilité infinie est double : d'une part, le sujet individuel de la responsabilité devient insaisissable spatialement « à force d'être multiplié et dilué » (P. Ricœur, *Le Juste*, *op. cit.*, p. 69) et temporellement (à cause du trop grand décalage entre les générations agissant et les générations subissant les effets des actions), rendant toute réparation du dommage causé impossible ; d'autre part, « une responsabilité illimitée rendrait l'action impossible » (*ibid.*, p. 68).
Il faut donc trouver un juste milieu entre une théorie de la responsabilité qui ne tient compte que des conséquences voulues de l'action, sans prendre en charge les nécessaires effets latéraux qu'elle entraîne, et une théorie de la responsabilité illimitée. Ces deux tendances sont celles que dénonce Hegel comme relevant d'une double abstraction de l'entendement (*Principes de la philosophie du droit*, § 115-118). Le sujet doit être tenu pour responsable des conséquences de son action qu'il pouvait anticiper ; rendre un sujet moral responsable de l'intégralité de son action relève d'une pensée archaïque, la « conscience de soi héroïque », telle qu'elle est représentée dans les tragédies

(cf. les figures d'Œdipe ou de Phèdre).

TYRANNIE/DESPOTISME/ TOTALITARISME

Aristote définit et classifie les différents régimes selon deux critères : le nombre des gouvernants et la finalité des régimes. Selon ces deux critères, la tyrannie est le régime d'un seul exerçant le pouvoir dans son propre intérêt. Or, « toutes les constitutions qui visent l'avantage commun se trouvent être des formes droites selon le juste au sens absolu, celles, au contraire, qui ne visent que le seul intérêt des gouvernants sont défectueuses, c'est-à-dire qu'elles sont des déviations des constitutions droites. Elles sont, en effet, despotiques, or la cité est une communauté d'hommes libres » (*Les Politiques*, III, 6, p. 228). La tyrannie est une déviation de la monarchie en ce qu'elle ne vise pas le bien ou le bonheur de tous les membres (égaux) de la cité, mais celui d'un seul. Seul un régime qui vise l'intérêt général est juste, et un régime qui vise l'intérêt général est toujours juste.

On peut se demander si ces deux critères sont nécessaires et suffisants pour définir adéquatement la tyrannie. Chacun des deux peut faire l'objet d'un questionnement : la tyrannie est-elle nécessairement tyrannie d'un seul ? L'unique critère de la finalité du régime est-il suffisant pour traiter la question de la valeur de ce régime ? La tyrannie n'est-elle pas aussi, avant tout, une pratique politique ?

Tocqueville dénonce le danger majeur de la démocratie telle qu'il l'observe aux États-Unis, sa « force irrésistible », « le peu de garantie qu'on y trouve contre la tyrannie » (*De la démocratie en Amérique*, p. 350). Il voit, dans l'omnipotence du peuple, dans le droit et la capacité qu'il a de tout faire, le germe de la tyrannie, qu'il nomme « tyrannie de la majorité ». Il ne s'agit plus du pouvoir arbitraire d'un seul, gouvernant le peuple selon son bon plaisir et le soumettant à ses caprices, il s'agit d'une tyrannie d'autant plus dangereuse qu'elle est cachée et qu'elle s'appuie sur les lois : « Il faut bien distinguer l'arbitraire de la tyrannie. La tyrannie peut s'exercer au moyen de la loi même, et alors elle n'est point arbitraire ; l'arbitraire peut s'exercer dans l'intérêt des gouvernés, et alors il n'est pas tyrannique. La tyrannie se sert ordinairement de l'arbitraire, mais au besoin elle sait s'en passer » (*ibid.*, p. 352). C'est la tyrannie exercée dans un système politique bien établi et qui fonctionne qui est stigmatisée ici, une tyrannie dont les moyens légaux propagent une violence cachée grâce à laquelle les masses peuvent en toute impunité, en toute légalité et légitimité, tyranniser les minorités. Un individu ou un groupe souffrant d'une injustice ne peut que se soumettre à la mesure qui le frappe.

Et c'est en cela que la tyrannie de la majorité, bien que n'étant pas le pouvoir d'un seul, et bien que sa finalité soit l'intérêt général, peut être considérée comme une tyrannie : c'est dans sa pratique même qu'elle est tyrannique. Or, la pratique politique de la tyrannie revêt deux aspects principaux, la violence des gouvernants couplée à la crainte ou la terreur des gouvernés (qui s'accompagne réciproquement de la haine du peuple entraînant la peur des gouvernants), et un rapport ambigu entretenu avec les lois.

La tyrannie est toujours caractérisée par le rapport de force. Qu'il s'agisse de la tyrannie d'usurpation, où le tyran arrive illégitimement au pouvoir par la force (c'est le geste symbolique de Jules César franchissant le Rubicon en armes), ou de la tyrannie d'exercice, où le tyran, ivre de pouvoir, cherche à augmenter indéfiniment sa puissance en supprimant les opposants (Robespierre est-il un tyran ?), ce sont toujours les armes, la haine et la crainte comme principes d'action qui sont ultimement au cœur du régime tyrannique. Notons que, dans la tyrannie de la majorité, c'est la force armée légitime de l'appareil institutionnel répressif d'État (police, armée, etc.) qui est politiquement responsable de la violence.

Par ailleurs, la tyrannie entretient un rapport ambigu avec la légalité. Il faut, au sens strict, la distinguer du despotisme. Selon Rousseau, le despotisme est le règne de la subjectivité, de l'arbitraire, du caprice d'un seul, esclave de ses passions et maître de ses sujets qui sont ses esclaves : « Pour donner différents noms à différentes choses, j'appelle *Tyran* l'usurpateur de l'autorité royale, et *despote* l'usurpateur du pouvoir souverain. Le Tyran est celui qui s'ingère contre les lois à gouverner selon les lois ; le Despote est celui qui se met au-dessus des lois mêmes » (*Du contrat social*, III, 10). Le despote gouverne sans loi ; le tyran sait que la justice n'est qu'une convention, que le seul droit est le droit positif, mais il sait aussi que le secret de son maintien au pouvoir réside dans la croyance de ses sujets en la justice. Il faut, pour le tyran, se légitimer en créant de nouvelles lois ; il faut réintégrer la légalité (c'est ce que comprend Gygès, tyran éclairé, cf. texte n° 2). Il sait que le seul auteur de la loi est un homme, il transforme la loi en la recréant à son avantage, mais il ne peut s'en passer.

Hannah Arendt assimile despotisme et tyrannie : « L'arbitraire du pouvoir, son affranchissement à l'égard des lois, son exercice au profit du gouvernant, nuisible aux intérêts des gouvernés, d'une part, la peur pour principe d'action, peur du peuple ressentie par le gouvernant, peur du gouvernant éprouvée par le peuple, d'autre part – telles ont été, tout au long de notre tradition, les marques distinctives de la tyrannie » (*Les Origines du totalitarisme. Le système totalitaire*, p. 205). Mais cette définition large de la tyrannie permet de mettre l'accent sur ce qui la différencie du totalitarisme, sur les prétentions qui rendent le régime totalitaire monstrueux et impensable selon les critères traditionnels de classification des régimes : « Loin d'être "sans lois", [le totalitarisme] remonte aux sources de l'autorité, d'où les lois positives ont reçu leur plus haute légitimité ; loin d'être arbitraire, il est plus qu'aucun autre avant lui, soumis à ces forces surhumaines ; loin d'exercer le pouvoir au profit d'un seul homme, il est tout à fait prêt à sacrifier les intérêts vitaux immédiats de quiconque à l'accomplissement de ce qu'il prétend être la loi de l'Histoire ou celle de la Nature » (*ibid.*). Il se rit de toute légalité en prétendant revenir à la vraie légitimité transcendante et « instaurer le règne de la justice sur la terre ». Que l'homme à la tête de ce régime y croie ou non, c'est le message qu'idéologie et propagande ont pour but de répandre sur toute l'humanité : seul le totalitarisme est, ultimement, totalement, juste.

UTOPIE

Étymologiquement, l'utopie désigne un lieu en dehors de tout lieu (*ou-topos*), le lieu imaginaire, hors de tout espace politique réel, où la communauté politique peut s'accomplir, c'est-à-dire où l'écart est annulé entre la société telle qu'elle est effectivement réalisée et la communauté comme idéal politique. Selon que l'utopie est radicalement politique ou plus largement sociale, selon que son but est absolument négatif (critique des pouvoirs, des idéologies, ou des valeurs d'une société donnée) ou programmatique, elle présente une organisation sociale projetée plus ou moins loin dans l'imaginaire. L'utopie critique et politique se situe généralement plus près de nous, chronologiquement sinon géographiquement. C'est, en effet, une des caractéristiques fondamentales de l'utopie d'être souvent en même temps une uchronie. L'utopie renvoie à un passé mythique où s'enracine l'origine anhistorique de nos sociétés, comme à un lointain âge d'or ou à un Éden d'avant la chute, ou elle nous porte dans un avenir idéal conçu comme fin de l'histoire. Elle représente un avant ou un après des sociétés telles que nous les vivons ; le décalage critique est donc non seulement spatial, mais temporel. Qu'on parle de songe nostalgique ou de rêve visionnaire, on a pu dénoncer le décalage radical entre la communauté utopique et la société historique dont l'auteur est le produit. C'est le sens de la critique de Marx (dans *L'Idéologie allemande*, notamment) : les utopies précommunistes du XIXe siècle peignent un monde ouvertement inaccessible, sans se préoccuper des moyens de l'atteindre. Contre ces chimères illusoires et idéologiques qui ne permettent que d'accepter frileusement la réalité, Marx pense la société communiste comme un idéal moteur de l'histoire, en s'intéressant aussi aux moyens de transformer cette réalité par une pratique concrète soutenue par un savoir scientifique. Cependant, l'idée même de société idéale est déjà une idée régulatrice, un modèle asymptotique qu'il est nécessaire d'avoir sous les yeux afin de conduire une politique morale. C'est l'idée que soutient Kant pour souligner l'importance du modèle de la cité idéale développé par Platon dans la *République*. On ne doit pas la rejeter, « sous le très misérable et honteux prétexte qu'elle est irréalisable », car « bien que ceci ne puisse jamais se produire, l'idée, cependant, est tout à fait juste qui prend ce maximum comme archétype et se règle sur lui pour rapprocher toujours davantage la constitution légale des hommes de la plus grande perfection possible » (*Critique de la raison pure*, « Dialectique transcendantale », trad. A. Trémesaygues et B. Pacaud, PUF, 1993, p. 264). L'idée de la plus grande liberté humaine, telle qu'elle est présentée chez Platon, doit servir de principe à toutes les constitutions civiles, et même à toutes les lois humaines.

Quant au contenu des utopies, il varie bien évidemment avec les circonstances historiques, même si l'on relève des constantes. Les utopies de l'âge classique se construisent, dès Thomas More (et même dès Platon), à partir d'une négation radicale de la propriété privée, source de toutes les misères et de l'immoralité. La justice des utopies est une justice sociale, et l'on a vu dans la propriété privée la cause et le symptôme de l'injustice. (Que la justice soit presque annulée comme institution, c'est ce qui est très clair chez More, où les lois sont peu nombreuses, dans un univers sans avocats ; chacun doit connaître et révérer cette législation minuscule, dans l'exacte mesure où il ne doit exister aucune distance entre les individus et les lois ; les juges appliquent les lois, mais il n'est nul besoin de les interpréter.) Pierre-François Moreau affirme que les théories de la transparence géométrique, juridique et morale de l'homme telles qu'elles se présentent dans les récits utopiques correspondent en fait à un « roman de l'État » : on peut et on doit faire abstraction de la propriété privée pour penser les rapports entre l'État et les sujets du droit, mais de ce fait même, on décrit des sujets transparents, sans prendre en compte leur particularisme, et on se contente de poser le cadre formel dans lequel au fond, l'État peut acquérir sa rationalité et son efficacité absolue. Il dénonce ainsi l'illusion des penseurs socialistes qui ont cru pouvoir trouver des précurseurs dans les utopies classiques ; l'utopie, proche et éloignée de la théorie du droit naturel, a comme référence le règne du droit subjectif et la nature humaine normative, même si c'est pour les dénoncer (*Le Récit utopique, droit naturel et roman de l'État*, PUF, 1982). En ce sens, les sociétés utopiques se rapprocheraient davantage des sociétés totalitaires que du règne de la justice ; les contre-utopies du XXe siècle (en particulier celles d'Orwell ou de Huxley) reprennent les thèmes classiques de l'absence de propriété privée, de l'État conçu comme famille ou de la famille comme contrat, de la transparence absolue des individus, des vies et des consciences, et l'univers qu'ils décrivent prend une dimension tragique.

BIBLIOGRAPHIE

OUVRAGES CLASSIQUES (NON CITÉS DANS LE CHOIX DE TEXTES)

ARENDT H., *Les Origines du totalitarisme. Le système totalitaire*, trad. J.-L. Bourget, R. Davreu et P. Lévy, Seuil, 1972.

ARENDT H., *Essai sur la révolution*, trad. M. Chrestien, Tel-Gallimard, 1967.

BERGSON H., *Les Deux Sources de la morale et de la religion*, PUF, 1962 [la justice est l'exemple paradigmatique de la distinction entre la morale close – d'origine sociale et impersonnelle – et la morale ouverte, qui s'incarne dans des individualités créatrices ; la morale ouverte est une morale d'amour, qui a sa source dans l'élan vital et qui est libération].

CICÉRON, *De la République. Des lois*, trad. Ch. Appuhn, GF-Flammarion, 1965.

DIDEROT D., *Supplément au voyage de Bougainville. Pensées philosophiques. Lettre sur les aveugles*, GF-Flammarion, 1972.

HABERMAS J., *L'Espace public*, trad. M.-B. de Launay, Payot, 1993.

HABERMAS J., *Théorie de l'agir communicationnel*, trad. J.-M. Ferry et J.-L. Schlegel, Fayard, 1987.

HOBBES T., *Léviathan*, trad. F. Tricaud, Sirey, 1983.

HUME D., *Enquête sur les principes de la morale*, trad. P. Baranger et P. Saltel, GF-Flammarion, 1991 [voir en particulier la section III : la justice a pour seul mérite d'être utile à la société, et pour seule source l'utilité publique ; la justice est conçue comme répartition des biens, elle serait donc inutile dans un état d'abondance naturelle, ou si la nature humaine était généreuse et bienveillante].

KANT E., *Métaphysique des mœurs* ; Première partie, *Doctrine du droit*, trad. A. Philonenko, Vrin, 1968 [pose le principe d'idée rationnelle du droit, comme une exigence commandée par le principe d'universalité ; le droit diffère de la morale en ce que les obligations juridiques ne sont qu'extérieures, alors que la législation morale s'applique au devoir].

KANT E., *Vers la paix perpétuelle*, trad. J.-F. Poirier et F. Proust, GF-Flammarion, 1991.

LEIBNIZ G. W., *Essais de théodicée. Sur la bonté de Dieu, la liberté de l'homme et l'origine du mal*, GF-Flammarion, 1969.

LEVINAS E., *Totalité et Infini*, Le Livre de Poche, 1998.

LOCKE J., *Lettre sur la tolérance et autres textes*, trad. J. Le Clerc et J.-F. Spitz, GF-Flammarion, 1992.

MACHIAVEL N., *Discours sur la première Décade de Tite-Live*, in *Œuvres*, trad. Ch. Bec, Robert Laffont, 1996.

MANDEVILLE B., *La Fable des abeilles*, trad. L. et P. Carrive, Vrin, 1985 [l'égoïsme inné en l'homme peut cependant profiter au bien de la communauté ; critique satiriste du système judiciaire].

MARX K., *À propos de la question juive*, trad. M. Simon, Aubier, 1971.

MARX K. et Engels F., *L'Idéologie allemande*, trad. M. Rubel, in *Œuvres complètes*, t. III, Gallimard, Bibliothèque de la Pléiade, 1982.

NIETZSCHE F., *Ainsi parlait Zarathoustra*, trad. révisée de G. Bianquis, GF-Flammarion, 1996 [contre la morale des faibles qui a conduit au contrat social, Nietzsche annonce l'arrivée du Surhomme].

NIETZSCHE F., *Humain, trop humain* (Ire partie), trad. A.-M. Desrousseaux, Mercure de France, 1943 [l'esprit de justice, qui consiste à se détourner de tout ce qui aveugle le jugement, s'oppose à la paresse d'esprit qui cause les convictions ou la foi, cristallisations des opinions].

MORE T., *L'Utopie ou le traité de la meilleure forme de gouvernement*, trad. M. Delcourt, GF-Flammarion, 1987.

PASCAL B., *Trois Discours sur la condition des grands*, in *De l'esprit géométrique*, GF-Flammarion, 1976 [la justice relève de l'ordre ; Pascal distingue entre grandeurs naturelles et grandeurs d'établissement, et appelle à deux types de respect différents : le premier procède du souci d'équité, le second, purement social, vise au maintien de la paix].

PLATON, *Les Lois*, trad. L. Robin, in *Œuvres complètes*, t. II, Gallimard, Bibliothèque de la Pléiade, 1950 [l'application concrète de la justice dans des institutions : éducation des femmes, commerce, statut de l'étranger, etc.].

PLATON, *Gorgias*, trad. L. Robin, in *Œuvres complètes*, t. I, Gallimard, Bibliothèque de la Pléiade, 1950.

PLATON, *Protagoras*, trad. F. Ildefonse, GF-Flammarion, 1997.

PLUTARQUE, *Sur les délais de la justice divine*, trad. J. Amyot, Actes Sud, 1995.

PROUDHON P.-J., *De la justice dans la Révolution et dans l'Église*, in *Œuvres complètes*, Marcel Rivière, 1930 [la justice est l'essence de l'humanité ; elle est le concept clé de la philosophie de Proudhon. La loi n'est que la déclaration et l'application du juste, dont l'origine, comme l'origine de toute morale, est interne et rationnelle].

PROUDHON P.-J., *Théorie de la propriété*, in *Œuvres posthumes*, Librairie internationale, 1868.

ROUSSEAU J.-J., *Discours sur l'origine et les fondements de l'inégalité parmi les hommes*, GF-Flammarion, 1992 [dénonce le « moment funeste » du passage à la société civile comme la mise en œuvre de l'énoncé « ceci est à moi » ; la naissance de la propriété privée est la source des inégalités].

ROUSSEAU J.-J., *Émile ou de l'éducation*, GF-Flammarion, 1966.

SAINT PAUL, *Épître aux Romains, Épître aux Galates*, trad. sous la direction de l'École biblique de Jérusalem, GF-Flammarion, 1987.

SCHMITT C., *Théorie de la Constitution*, trad. L. Deroche, PUF, Léviathan, 1993 [critique du *Rechtstaat* libéral : la Constitution idéale de l'État de droit bourgeois est un système de garanties pour les libertés individuelles, définies comme libertés contre l'État. L'autorité de l'État est donc par principe limitée ; sa seule intervention légitime est une intervention fondée sur la loi. Dénonciation de la juridification de la vie de l'État].

SPINOZA B., *Traité politique*, trad. Ch. Appuhn, GF-Flammarion, 1966.

THOMAS D'AQUIN, *Somme théologique*, trad. A.-M. Roguet, Cerf, 1984, I-II, q. 90 à 105 [sur la loi, son essence, ses effets, la loi divine et la loi naturelle, la meilleure constitution], et q. 57, 58 et 61 [sur le droit, la vertu de justice et la justice distributive et commutative].

VERNANT J.-P., *Les Origines de la pensée grecque*, PUF, 1969.

WEBER M., *Le Savant et le Politique*, Plon, UGE, 10/18, 1959 [sur l'éthique de responsabilité, opposée à l'éthique de conviction, qui caractérise le travail politique].

WEIL É., *Philosophie politique*, Vrin, 1971 [la philosophie politique, dans le domaine de la pratique, se situe entre la morale et l'action ; dans la deuxième partie de l'ouvrage, « la société », l'auteur analyse le sentiment de l'injustice sociale à partir de la division en couches et groupes sociaux].

RÉFLEXIONS CONTEMPORAINES

AFFICHARD J. et FOUCAULT J.-B. de (éd.), *Justice sociale et inégalités*, Esprit, 1992.

COHEN-TANUGI L., *La Métamorphose de la démocratie française. De l'État jacobin à l'État de droit*, Gallimard, 1989 et 1993.

COHEN-TANUGI L., *Le Droit sans l'État*, PUF, 1985.

DWORKIN R., *Prendre les droits au sérieux*, trad. M.-J. Rossignol et F. Limare, PUF, Léviathan, 1995 [se penche notamment sur l'étude de « cas difficiles », qui conduisent à une pensée de la jurisprudence. Celle-ci relève du travail des avocats/juristes et de la théorie du droit].

HABERMAS J. et RAWLS J., *Débat sur la justice politique*, trad. R. Rochlitz et C. Audard, Cerf, 1997.

HAYEK F. A., *Droit, législation et liberté*, trad. R. Audouin, PUF, 1980 [part de la conception négative de la justice définie par des règles de juste conduite pour dénoncer le « mirage de la justice sociale » conçue, à tort, de manière positive : elle fait un devoir à la société de fournir des biens déterminés aux individus. Critique des droits-créances au nom des droits-libertés].

HÖFFE O., *L'État et la justice. Les problèmes éthiques et politiques dans la philosophie anglo-saxonne : John Rawls et Robert Nozick*, Vrin, 1988.

JONAS H., *Le Principe Responsabilité. Une éthique pour la civilisation technologique*, trad. J. Greisch, Cerf, 1991 ; rééd. Champs-Flammarion, 1998.

KELSEN H., *Théorie générale du droit*, trad. B. Laroche et V. Faure, LGDJ, Bruylant, 1997.

LEFORT C., *L'Invention démocratique. Les limites de la domination totalitaire*, Fayard, 1981.

MACINTYRE A., *Quelle justice ? Quelle rationalité ?*, trad. M.Vignaux d'Hollande, PUF, Léviathan, 1993 [retrace, de Homère à Rawls, un panorama des tentatives d'approche rationnelle de la justice, car si l'on cherche à fonder la justice de manière rationnelle, on est immédiatement confronté à une rationalité pratique toujours en situation, toujours historiquement déterminée ; MacIntyre dénonce ainsi les illusions libérales de l'universalisme et de la neutralité qui trouvent leur source dans les aspirations des Lumières].

NOZICK R., *Anarchie, État et utopie*, trad. É. d'Auzac de Lamartine, révisée par P.-E. Dauzat, PUF, 1988 [défense de l'État minimal contre l'État social : la seule fonction légitime et juste de l'État est la protection des individus, c'est-à-dire la protection de leurs droits inviolables découlant de la liberté individuelle ; s'oppose à la théorie qui veut que l'État soit responsable du cadre social général, par la prise en compte du bien-être des individus et la participation].

PERELMAN C., *Droit, morale et philosophie*, LGDJ, 1968.

RAWLS J., *Justice et démocratie*, trad. sous la direction de C.Audard, Seuil, 1993.

RAWLS J., *Le Libéralisme politique*, trad. C.Audard, PUF, 1995.

RICŒUR P., *Le Juste*, Esprit, 1995.

SPITZ J.-F., *La Liberté politique*, PUF, Léviathan, 1995.

STRAUSS L., *Droit naturel et histoire*, trad. M. Nathan et E. de Dampierre, Champs-Flammarion, 1986.

WALZER M., *Traité sur la tolérance*, trad. Ch. Hutner, NRF-Essais, Gallimard, 1998.

WALZER M., *Guerres justes et injustes*, trad. S. Chambon et A.Wicke, Belin, 1999 [défend une conception de la guerre juste, dans ses fins et dans ses moyens, qui peut à tout moment basculer dans l'injustice : il rétablit ainsi un critère de justice dans l'enfer de la guerre, qui permet de ne pas la condamner absolument, ni de justifier toute conduite guerrière du moment qu'elle mène à la victoire].

Les Constitutions de la France depuis 1789, présentation par J. Godechot, GF-Flammarion, 1995.

JUSTICE ET LITTÉRATURE

ANOUILH J., *Antigone*, La Table Ronde, 1946.

CAMUS A., *L'Étranger*, Gallimard, 1957.

CAMUS A., *Lettres à un ami allemand*, in *Essais*, Gallimard, Bibliothèque de la Pléiade, t. IV, 1965.

DOSTOÏEVSKI F., *Crime et Châtiment*, trad. P. Pascal, GF-Flammarion, 1984.

GIRAUDOUX J., *Électre*, Grasset, 1937.

HUXLEY A., *Le Meilleur des Mondes*, trad. J. Castier, Plon, 1977.

KAFKA F., *Le Procès*, trad. B. Lortholary, GF-Flammarion, 1983.

KLEIST H. von, *Michel Kohlhaas*, trad. G. La Flize, GF-Flammarion, 1992.

LA FONTAINE J. de, *Fables*, in *Œuvres complètes I, Fables, contes et nouvelles*, Gallimard, Bibliothèque de la Pléiade, 1954.

ORWELL G., *1984*, trad. A. Audiberti, Gallimard, 1950.

SHAKESPEARE, *Hamlet*, trad. F. Maguin, GF-Flammarion, 1995.

SOPHOCLE, *Œdipe-Roi*, in *Théâtre complet*, trad. R. Pignarre, GF-Flammarion, 1964.

Et tous les romans policiers posent, bien sûr, la question des rapports entre justice et légalité.

GF - CORPUS

LETTRES

L'Auteur (3058)
Le Comique (3065)
La Fiction (3060)
L'Intertextualité (3059)
Le Lecteur (3064)
La Mimésis (3061)
Le Personnage (3066)
Le Tragique (3062)

PHILOSOPHIE

L'Âme (3001)
L'Amitié (3054)
L'Amour (3010)
Autrui (3051)
Le Citoyen (3044)
Le Corps (3055)
La Démocratie (3007)
Le Désir (3015)
Dieu (3056)
Le Droit (3046)
L'État (3003)
L'Expérience (3049)
L'Histoire (3021)
L'Identité (3030)
L'Illusion (3035)
L'Image (3036)
La Justice (3050)
Le Langage (3027)
Le Libéralisme (3016)
La Liberté (3023)
La Loi (3056)
Le Mal (3057)
Les Mathématiques (3019)
La Matière (3020)
La Métaphysique (3037)
La Morale (3018)
La Nature (3009)
Le Nihilisme (3011)
L'Œuvre d'art (3024)
La Paix (3026)
Les Passions (3053)
Le Pouvoir (3002)
La Religion (3040)
Le Scepticisme (3014)
La Sensation (3005)
La Société (3041)
Le Temps (3006)
La Tolérance (3004)
Le Travail (3025)
L'Utopie (3029)
La Vie (3045)
La Violence (3042)
La Volonté (3012)

GF Flammarion

03/11/21857-XI-2003 – Impr. MAURY Eurolivres, 45300 Manchecourt.
N° d'édition FG305002. – Février 2000. – Printed in France.